かわいいウルフ

小澤みゆき編

AKISHOBO

かわいいウルフ　もくじ

3

ウルフのティーパーティーへ、ようこそ

4

オーランドー・アラカルト

5　ウルフとロンドンとわたし　小澤みゆき

ごあいさつ

小澤みゆき

こんにちは。本書を手にとってくださり、ありがとうございます。『かわいいウルフ』は、「みんなで読む、ヴァージニア・ウルフ」をテーマに、二〇世紀の作家ヴァージニア・ウルフの魅力を広く伝えたいと思ってつくった本です。ウルフがめちゃくちゃ好きなのに、なかなかその思いを共有できる場所がない！　だったら自分でやっちゃおうと、そういう思いでつくりました。

まず、ヴァージニア・ウルフについて、簡単にご紹介します。彼女はイギリス・ヴィクトリア朝末期である一九世紀末の裕福な中産階級に生まれ、ケンブリッジやオックスフォード卒といった高学歴な男性や文化人に囲まれながら、知的に充実した青春時代を送ります。その集団は今日では「ブルームズベリー・グループ」と呼ばれています。ウルフ以外にもさまざまなイギリスの著名作家を輩出している、文化集団でした。彼女はグループのメンバーのひとり、レナード・ウルフと結婚します。三〇代なかばで作家デビューし、レナードと出版社「ホガース・プレス」を立ち上げ、作品を次々と発表していきます。モダニズム文学の旗手としてのゆるぎない成功を手にしたウルフでしたが、神経衰弱を患い、五九歳で自殺してしまいます。

みなさんはウルフのことをどれくらいご存知でしょうか。難解な文体を持つモダニスト。フェミニズムの先駆者。レズビアン。自殺を遂げた非業の作家——二一世紀の今も、彼女にはそんなパブリックイメージが持たれています。かくいうわたしも、ウルフに出会ったころは、そういったイメージから、その世界に入っていきました。でも長篇、短篇、エッセイ、伝記……実に多彩な著書を残したウルフの文章世界を読みあさるうちに、わたしはある考えにたどりつきました。それは、

「ヴァージニア・ウルフは、かわいい。」

ということです。

〈かわいい〉とはいったい何でしょう。例えばジェイン・オースティンやブロンテ姉妹の作品のように、男女のメロドラマが主題ではありません。シュガー・コーティングされた文体でもない、むしろその真逆のような、難解とされることばたち。ウルフは小説の中で、ひとりひとりの人間の複雑な意識や、それを取り巻く世界観を、いわゆる意識の流れ〈Stream of Consciousness〉というやり方で、流れるように描いていきます。その過程で、人だけでなく、生き物や植物、風景や街の様子をあますことなく活写します。また、注意深く読んでみると、人物の言動や意識が実にチャーミングで、人間臭く、茶目っ気にあふれているのがわかります。シリアスさと同じくらい、ユーモアを大切にしていた作家が、ヴァージニア・ウルフなのです。そのシリアスとユーモアを行き来する様子を、わたしは〈かわいい〉と形容したいと思います。

近年、ヴァージニア・ウルフはさまざまな分野で再注目されつつあります。ウルフを含むモダニズム女性作家をフィーチャーした書籍『ヒロインズ』（ケイト・ザンブレノ、西山敦子訳、C.I.P.Books、二〇一八年）が話題を呼んだり、日本文学でも川上未映子や松田青子、町屋良平といった作家が、ウルフの影響を受けたとされる作品を発表。海外でも映画やバレエ、オペラ、ファッションと、さまざまな分野でウルフがフィーチャーされています。

このように、ウルフとその作品は続々とメディア化・リバイバルが続いています。**ウルフのことばと生き方が、多くの人に必要とされている時代が来ていると、本気で感じています。**

ですが今回わたしは、一般的なウルフのイメージを一旦脇に置くことを試みました。本書ではモダニスト、フェミニストやレズビアンといった大きな枠組みからのみ彼女を取り上げることを目的としていません。もちろんそれらは避けては通れないテーマではありますが、あくまで主題とするのは、**個人が抱くきわめて主観的なウルフのイメージ**です。彼女が遺した言葉が発する玉虫色の光を、〈かわいい〉という切り口から捉え直し、わたしなりに、その世界に誠実に向き合いました。ひとりの聡明な人間としての彼女が描く、人間のおもしろさ、残酷さ、揺れる心、そして生を渇望する明るさを〈かわいい〉と思うとき、学術的評価や一般的なイメージとはまた異なる、ウルフの姿が浮かび上がるのではないかと考えました。

またたくさんの方にご協力をいただき、ご自分の価値観や解釈でウルフの文章と向き合っていただきました。**わたしの〈かわいい〉と同じく、人それぞれのウルフ観を明らかにしたいと思いました。**

本書の第一部ではウルフの長篇作品を紹介しつつ、多角的な視点からその世界観にアプローチを試みました。第二部では、ウルフの作品を実際に翻訳された方々や専門家の方にお話をうかがったり、エッセイをご寄稿いただきました。第三部と第四部では、さまざまなバックグラウンドの方々をお招きし、ウルフ作品への正直な感想を語っていただきました。はじめて彼女の作品に触れた方々も多く、読者のみなさまと近い立場で読んでいただきました。そして第五部では、ウルフの実際の文章に触れていただけるよう翻訳を掲載しました。全体を通して、まんが、イラスト、エッセイ、インタビュー、テキスト分析、料理の再現、翻訳と、多岐にわたる内容になりました。

そして楽しみながらつくりました。ヴァージニア・ウルフをテーマとした文芸エンターテインメントとして、その楽しさが伝わる本になったと自負しています。ウルフの作品を愛読する人から、まったく知らない人まで。文芸を愛する、読者のみなさまに届きますように。

二〇二一年一月

まんが　Who is Virginia Woolf?

小澤みゆき

【誕生】

【青春】

両親を亡くしたきょうだいたちは、ロンドンの「ブルームズベリー地区」に家を移ります
超・概略地図
ブルームズベリー地区
ラッセル・スクウェア
ロンドン大学
トッテナム・コート・ロード
大英博物館
このことが彼女たちの運命を大きく変えることになります
ケンブリッジ大学を卒業した兄の同窓生たちがこの地区に私的に集まるようになるのです、それが一
ブルームズベリーグループの誕生です
ぺちゃ
くちゃ
あーだ
こーだ
あくまで私的なグループだったものの徐々にサロン的性格を帯び
後に英国の歴史に名を刻むメンバーが数多く活動していました
E・M・フォースター（文学）
ロジャー・フライ（美術批評）
リットン・ストレイチー（伝記作家）
メイナード・ケインズ（経済学）
またそれなりにヤンチャもしていたようで、ある日、ヴァージニアたちはエチオピアの皇帝一行を偽り（!?）
エチオピア人男性のコスプレをするヴァージニア
意外とにあう
イギリス海軍の戦艦に勝手に乗り込んだりしています……笑
（ドレッドノート号事件）
そんな彼・彼女らを結びつけていたのは、
知識
友情
そして
恋愛
でした
ヴァネッサ
画家になりました
ヴァネッサはクライヴ・ベルと結婚します
Wedding
そしてヴァージニアも30歳でレナード・ウルフと結婚
そして一九一五年、五年の歳月をかけ、デビュー作「船出」を発表。作家　ヴァージニア・ウルフが生まれたのでした
1917年にはレナードと一緒に出版社「ホガース・プレス」つくりました

【文学と評論】

デビュー作で文壇から評価を得たウルフ
To The Lighthouse
『灯台へ』
Mrs. Dalloway
『ダロウェイ夫人』
Orlando
『オーランドー』
The Waves
『波』
次々と著作を発表していきます
彼女の文学の特徴は「意識の流れ（Stream of Consciousness）」というやり方です
人間の精神の移ろいを、主観的に表現する文学手法です
そうして彼女は、二〇世紀モダニズム文学の旗手として、時代の先端を走り続けていくのです
ちなみに同世代のモダニズム文学の重要人物といえば
ジェイムズ・ジョイス
（アイルランド）
マルセル・プルースト
（フランス）
らがいます。ウルフは同時代の彼らとともに「意識の流れ」をさらに洗練させていきます
また作家としての彼女の修業時代、イギリスでは、女性参政権運動が起こっていました。
いわゆるサフラジェット（Suffragette）
投票させろ！
女たちは権利を求めて戦っていたのです
ウルフもまた、女性が小説家として自立することを説き、著作や雑誌で意見を表明していきます
女性には、好きに使えるお金と、部屋が必要….。
またレズビアンであるとも知られ、今日のＬＧＢＴＱの話題においても先駆的な存在でした
『オーランドー』のモデルですわ
恋人といわれたヴィタ・サックヴィル＝ウェスト
同時代の女性作家たちとも積極的に交流。特にニュージーランド出身の作家キャサリン・マンスフィールドには嫉妬するほどの影響を受けたといいます
キャサリン・マンスフィールド
チェーホフがすき♪

【死】

またウルフの人生は、二度の世界大戦とも重なっていました
一九四〇年には、ナチス・ドイツのロンドン大空襲により、自宅を破壊されてしまいました
ゴオオ
ゴオオオ
また夫・レナードはユダヤ人で、ナチス・ドイツから迫害されかねませんでした
夫婦ともども殺されてしまうかもしれない…!
ナチスのシンボル
二人はロンドンに住むことを諦め、南部・サセックス州にある別宅に引きこもります
London
英
仏
ドーバー海峡
Sussex
このような状況で、ウルフは精神的に追い詰められていきました
そして一九四一年三月二八日
ウルフは夫・レナードに手紙を書き残し
To Leonard
from V.
自宅近くの川で入水自殺し亡くなります。五九歳でした
コートのポケットには、石が詰められていたと言われています
残念ながら彼女は亡くなってしまいましたがウルフが残したことばは、
二一世紀の今も読みつがれ、世界の文学とフェミニズム思想に影響を与え続けています
おしまい

1

ウルフのかわいい長篇作品へ

小澤みゆき

なぜいま、ウルフなのか

本章では、ウルフの長篇作品を紹介します。しかしその前に、なぜ今の時代、ヴァージニア・ウルフなのでしょうか。わたしたちにとって、ウルフはどう魅力的で、彼女の何が必要とされているのでしょうか。昨今、ウルフの作品や生き方が注目される理由はなんなのか、考えてみました。

ウルフが生きた時代、およそ一〇〇年前の二〇世紀初め、世界は第一次世界大戦に突き進んでいきました。多くの人が亡くなり、混乱が生じた時代です。大戦が始まった一九一四年の翌年に、ウルフは『船出』という作品で作家デビューをしています。その後も作品を発表していきますが、父や母、兄の死など、さまざまな要因から神経衰弱に度々おちいり、第二次大戦が始まると自殺をして亡くなります。時代の空気や不安を敏感に感じ取りながら書き続けた作家が、ヴァージニア・ウルフと言えるでしょう。その不安定な感覚は、現代人にも通じるものがきっとあるはずです。

思い出に生きる

こんにち、わたしたちは〈思い出〉と向き合いにくい世界にいます。今日のできごとはコンテンツとして瞬時に共有され、すぐに過去となり忘れ去られていきます。昨日会った人のこと。先週食べたランチのこと。昨年行った旅行のこと。そうやって思い出せるものは、すぐにTwitter や Instagram に共有される、あるいは何らかの表象物として時たま Google や Facebook にリマインドされる――そんなような世界です。それは〈思い出〉を〈消費〉することだとも言えます。たとえスマートフォンの世界を離れたとしても、あらゆるメディアから、分断され、きれいにパッケージされ、補正された〈思い出〉が発信されつづけます。いま、そこから完全に逃れることは不可能です。

一方ウルフが描くのは、日常生活のなかのかすかな記憶の積み重ねです。わたしの考える〈意識の流れ〉とは、生活のなかで膨大に発生する記憶や、感情以前の心の機微が、蝶のようにひらひらと移動していく連続体を指します。それは時間を超え、空間を超え、時には性や人称すら超えてテキストの中で〈ヴィジョン〉として〈思い出され〉ます。光のように瞬時に現れては、幽かに脳をよぎり消えていく。プライベートな〈思い出〉が、連綿と続いていく。〈思い出〉は常に〈ヴィジョン〉として読者とともにあり、そこに分断はありません。むしろ読者は、常に〈ヴィジョン〉のなかにとらわれつづけます。そしてその〈ヴィジョン〉は非常に個人的で、他人にとっては取るに足らないものだったり、意味がわからないものであったりします。

ヴィジョンとユーモア

ヴィジョンを抱くことはけっして後ろ向きなことではありません。〈思い出し続ける〉ことと、過去にすがることは異なります。たとえばウルフが描くヴィジョンとしての思い出の扱い方には、どこかユーモアが漂っているのです。

たとえば『ダロウェイ夫人』で、主人公クラリッサにかつて激しく恋をしていたピーターという男性。彼は久しぶりにクラリッサに会い、昔の恋の思い出や、現在のクラリッサのヴィジョンにとらわれます。しかし当のクラリッサはピーターにすげなく接し、ピーターはツンツンとして愛憎交わる思いを募らせます（ここ、テストに出る萌えポイント〜！）。

また主人公が数百年を生きながら性を転換する『オーランドー』や、詩人の伝記を犬の視点から描いた『フラッシュ――或る伝記』は、一見奇想天外な作品に感じられますが、自分以外の何者かになりたいという願望が顔をのぞかせ、彼女ならではの生への欲求が溢れ出ています。

さらには『フレッシュウォーター』『幕間』では、ちょっとした笑いやギャグのようなノリも散見されます。シリアスさ、小難しさだけが彼女の文章の特徴ではないのです。

ウルフの〈意識の流れ〉の中では、一瞬一瞬を生きることがいかに危うく、困難なものであるかが示されます。それは時として病的なものとして読者の前に現出しますが、同時に、その生はきらめく確かな手触りにも満ちています。今この瞬間、そして未来を生きるために、過去を思い出す。ヴィジョンを表出し、人間同士の相互作用《インタラクション》を描いては、シリアスさとユーモアを持ってそれを処理すること。ヴィジョンとともに生きることの明るさと危うさを、波のように行きつ戻りつすること。その動きの様子そのものが、ウルフの文章の魅力の一つではないかと、わたしは考えています。

「ごあいさつ」で触れたように、こうしたウルフの魅力を本書では〈かわいい〉と形容します。あえて〈かわいい〉という、主観的な目線の言葉を使ったのは、シリアスとユーモアの間を不安定に揺れ続ける様子を最も表現できるから――もっと噛み砕いて言うならば、そのギャップを伝えられる言葉ではないかと考えたためです。

四つの〈かわいい〉

ここでは、わたしなりの言葉で、長篇小説の〈かわいい〉魅力をお伝えしていきたいと思います。「おままごと」「異世界転生」「かくれんぼ」そして「演劇」という四つの切り口から、彼女のテキストに向きあってみました。取り上げるのは八つの作品です。ウルフの中でもよく知られている代表作『ダロウェイ夫人』、『灯台へ』から、カルト的人気をもつ『オーランドー』、ウルフ史上最も難解と言われる『波』、また『フラッシュ――或る伝記』、『歳月』、戯曲『フレッシュウォーター』、遺作の『幕間』についても触れていきます。なお、これらはあくまでも、わたし個人の解釈です。多くの論文や研究書で語られてきたヴァージニア・ウルフ。彼女の作品が二一世紀の今もなお読みつがれ、影響を与え続ける理由はいったい何なのか――本章ではそんな問いに、〈かわいい〉という側面から迫っていきます。読者のみなさまには、こういうウルフの読み方をする人もいるのだなと感じていただくとともに、自分なりの感覚でウルフの作品に触れていただけたら、こんなにうれしいことはありません。

「おままごと」をするウルフ

ダロウェイ夫人　*Mrs. Dalloway*（土屋政雄訳、光文社文芸文庫、二〇一〇年）

Mrs.Dalloway said she would buy the flowers herself.

お花はわたしが買ってきましょうね、とクラリッサは言った。

『ダロウェイ夫人』は、ウルフ作品の中でも、よく知られた作品です。パーティを開く準備のため、クラリッサ・ダロウェイはロンドンを歩きまわり、買い物にでかけます。その道中、街で出会う人、過去に出会った人、今の家族や友人といったさまざまな人や思い出への意識が去来していきます。「ロンドンを歩き回るのは楽しいわね」――ウルフの筆は、そんな多くの人の頭のなかを飛ぶようにめぐりながら、やがて夜のパーティを目指していきます。

本作の魅力の一つは、二〇世紀初頭のロンドンの地理をくわしく描いていることです。光文社や新潮社の文庫版の『ダロウェイ夫人』を開けば、最初にロンドンの地図が目に入ります。ビッグ・ベンの鐘の音を耳にして、セント・ジェームズ公園を抜け、繁華街を通るクラリッサ。彼女と入れ替わるように、オックスフォード通りから北の公園へと向かっていくセプティマスとレーツィア——彼らの足どりはまるで観光ツアーで、小説という形式を取ったガイドブックのようです。本作でウルフは、ロンドンという街《シティ》そのものを描写しようとしているように思えます。登場人物たちはあちらこちらを歩き回り、道案内をしてくれるのです。

また、『ダロウェイ夫人』に関連した作品として、一九九七年にオランダ人のマルレーン・ゴリス監督による映画化作品があります。また作家マイケル・カニンガムは一九九八年に『めぐりあう時間たち』（原作は『The Hours——めぐりあう時間たち 三人のダロウェイ夫人』高橋和久訳、集英社、二〇〇三年）を発表。こちらはウルフと、『ダロウェイ夫人』を愛読する二人の女性が主人公であり、三つの異なる時間軸を行き来しながら、人生の不可思議さと謎について書かれた小説です。本作はピューリッツァー賞を受賞しベストセラーになりました。さらに二〇〇二年にはハリウッドで映画化。鼻の特殊メイクでウルフになりきったニコール・キッドマンは、アカデミー賞主演女優賞を見事獲得しました。

文章の中の空間と、実在するロンドン。そのめくるめく繋がり——それは小宇宙的で、神の視点すら感じさせます。例えるなら、「おままごと」で遊ぶような感覚をわたしたちに思い出させてくれます。まるでウルフが、ミニチュアのロンドンの中で、人物たちを思い思いに動かして遊んでいるみたいに。それはまるで作品にも登場するメアリー王女のドールハウス[*1]のように精巧で、すみずみまで美が込められた世界です。

物語には、確かに生きることの悲しみや苦しみも存在します。しかしそういった感情も含めて、小説の中でひとり、遊ぶウルフの姿が『ダロウェイ夫人』を読んでいると目に浮かぶようです。「お花はわたしが買ってきましょうね」――このせりふなんか、まさにおままごとをする女の子のつぶやきのようにも聞こえませんか。

*1　メアリー王女のドールハウス　一九二〇年代に英国王ジョージ五世の王妃、メアリー・オブ・テックへ贈られたドールハウス。一二分の一スケールで作られており、現在もウィンザー城で展示され人気を博している。

異世界転〈生／性〉ラノベ作家ウルフ

オーランドー　*Orlando:A Biography*（杉山洋子訳、ちくま文庫、一九九八年）

It is enough for us to state the simple fact; Orlando was a man till the age of thirty; when he became a woman and has remained so ever since.

ここでは簡単明瞭な事実だけ記せば十分。すなわちオーランドーは三十歳までは男だった。三十歳で女になり、以来ずっと女だ、と。

ロンドンという空間を俯瞰してみせたのが『ダロウェイ夫人』だとしたら、時間をテーマとしたのが『オーランドー』でしょう。ウルフ作品の中でももっともぶっ飛んでいて、ポップで、楽しい小説。それが『オーランドー』です。舞台は一六世紀から二〇世紀初頭までの約三〇〇年間。貴族の男性オーランドーはエリザベス女王のお気に入りとなり、恋をし、やがて外交大使としてオスマン帝国にわたります。彼は死なず、生き続け、三〇歳のある日、突然女性となって新しい人生を生き始めるのです。社交界の花として輝き、やがて結婚し、子どもを授かります。

その人生は、ウルフが生きたリアルな時代まで続き、物語が終わってもなお、オーランドーの永遠なる生を感じさせて本は終わります。この結末は、ウルフの作品の中でも、特にハッピーで感動的です。力強く、生きることの肯定に満ちています。カルト的な人気を持つ本作ですが、あえてここで言わせていただきます。わたしにとって『オーランドー』は、ずばり「異世界転生ラノベ」そのものです。異論は認めない！

まずライトノベル（以下、ラノベ）の暫定的な定義としては、まんが・アニメ調のイラスト、いわゆる萌え絵を用いた、サブカルチャー好きの読者向けの小説のことを指します（しかしこの定義は非常に曖昧で、とても本項だけで説明しきれるものではありません）。そして「異世界転生」とは、ラノベ作品におけるサブジャンルの一つで、人物が異なる世界に転生・転移して活躍する、という筋書きのストーリーです。こうした小説は、インターネットの小説投稿サイト「小説家になろう」などに多く投稿されているため、通称「なろう系」とも呼ばれています。

三〇〇年間をさまざまな人物となって生きる『オーランドー』の筋書きは、まさに「なろう系」の系譜に連なっていると言えます。しかも、転生ではなく〈転性〉しながら。『オーランドー』でウルフは、エリザベス一世の時代からヴィクトリア朝期までを、大河ドラマさながらに繋げてみせますが、恋をしたり、冒険したりするオーランドーの波乱万丈の人生にはエンターテインメント性が感じられます。また『オーランドー』には、ところどころ挿絵が挿入されています。貴族の男子オーランドーの肖像画や、恋の相手サーシャ、女性となったオーランドーのイラストなどが登場するのです。これもラノベの体裁と似ていませんでしょうか。

何より両性具有の人間が数百年を生き続けるというのは、ユニークで、唯一無二の発想です。

こんな物語は、後にも先にも出ることはないでしょう。男として、女として、時空を旅するオーランドー。このオーランドーのモデルは、当時ウルフが親密だった詩人ヴィタ・サックヴィル＝ウェストと言われていますが、実在の人物から、これほどまでの物語を紡ぎ出す彼女の想像力には、感嘆せざるを得ません。

読者のイメージをおおいに掻き立てる『オーランドー』ですが、これまで映画・演劇・バレエ・オペラと、さまざまな分野で翻案がなされてきました。この小説が放つ強烈な個性が、多くのクリエイターに刺激をあたえつづけています。国や地域、時代によってその表現はことなるものの、一つ共通しているのが「(翻案されたその時代の)現代までオーランドーが生き続ける」という点です。

ウルフは、自らの同時代まで生きた人としてオーランドーを描きました。ですので、翻案された作品中のオーランドーも「現在《いま》」を生きています。この世界に生きるオーランドーが、いまこの瞬間何をしているか？　その姿は変わりつづけます。お話の骨格はそのままに、そのときそのときの「現代」に合わせてアップデートされつづける『オーランドー』は、歌舞伎や落語といった古典芸能にどこか似ている気がします。

フラッシュ――或る伝記　*Flush: A Biography*（出淵敬子訳、白水ｕブックス、二〇二〇年）

Now Flush knew what men can never know—love pure, love simple, love entire; Love was all; love was enough.

いまやフラッシュは人間には決してわからないものを知った――純粋な愛、無邪気な愛、至純な愛である。（中略）愛はすべてであり、愛があればじゅうぶんだ。

本作は小説ではなく、ヴィクトリア朝の詩人エリザベス・バレット・ブラウニングの伝記物語です。しかしわれらがヴァージニア・ウルフ。ただの伝記にはいたしません。お話は、彼女の飼い犬・フラッシュの目線で語られているのです。つまり今度は犬へと転生したのです！（ウルフなのに〈笑〉失敬！）

高貴な生まれのコッカー・スパニエル種の雄犬フラッシュはある日、もとの飼い主から贈られて、ロンドンのエリザベス・バレット嬢のところへやってきます。フラッシュは、自分と同じように両耳が垂れたような髪型をしたこのお嬢さまに可愛がられ、ふたりは〈なかよく〉過ごします。しかしそんなある日、変化が訪れます。バレットお嬢さまが別の男性と〈なかよく〉なるのです。フラッシュは嫉妬し、そしてバレット嬢への深い愛に気づきます。いくつかのトラブルを経て男性と和解したフラッシュですが、その後、犬泥棒に遭い、ロンドンのスラム街へとさらわれてしまいます！　これからどうなっちゃうの〜!?　そんな物語です。『オーランドー』と同じように、ところどころ差し込まれる挿絵もチャーミングです（これらの絵はウルフの姉で画家のヴァネッサ・ベルによって描かれています）。伝記というタイトルがついているものの、本作は、フラッシュとエリザベス・バレット・ブラウニングとの、一種のラブストーリーなのだとわたしは解釈しています。『オーランドー』が転生を繰り返す冒険奇譚だとすると、『フラッシュ』はまるでラブコメであるように思うのです。

なぜウルフが、こういったアイデアで伝記を執筆しようとしたのかはわかりません。しかしウルフは、最初に稼いだ原稿料で猫を飼い、晩年は犬を飼っていたという逸話があります。花や木といった自然と同じくらい、生き物を愛していた人だったのでしょう。

ところでわたしは小さい頃、ＮＨＫの『おかあさんといっしょ』という番組を見ていました（今も放送されていますが）。当時の番組の最後に登場する歌の歌詞に、こんなフレーズがありました。

くじらに　なりたい　らっこ　らっこに　なりたい　コアラ　コアラに　なりたい　ライオン
ライオンに　なりたい　おんなのこ　おんなのこに　なりたい　おとこのこ　いいな　いい
な　なれたら　いいな　いいな　いいな　なれたら　いいな

（WA・WON／ひまわりキッズ『あ・い・うー』日暮真三作詞）

わたしは毎日番組を見て、この歌を聞きこんで育ちましたので、幼ごころに「ああ、動物になりたい人や、別の性別になりたい人もいるんだ」と自然に思っていました。

ウルフもこの歌詞のように、犬になりたかったのでしょう。側にいて自分になついてくれる犬を見て、その目線で愛を語ろうと試みた。その結果が、犬と人間の種別を越えたプラトニックな愛を描いた、伝記という体裁になったのだと思います。

＊

『オーランドー』『フラッシュ』には、ウルフの遊び心が存分にあらわれています。時代とジェンダーを行き来し、別の生きものにもなる自由自在さ。この二作は〈意識の流れ〉を用いた『灯台へ』や『ダロウェイ夫人』とは異なり、肩の力が抜けた軽やかさがあります。内的な意識よりも、ラノベ的エンタメを追求したこれらの作品は〈他ジャンル／別ジャンル〉なのかもしれません。しかしわたしは、お遊びで書かれた作品だとは決して思いません。むしろここには、ウルフのユーモアの真髄があります。自分ではない何かになりたい、ここではないどこかへ行きたい、誰かを愛し愛されたい、もっと生きたい――そんな欲求が電撃のようにほとばしっています。

わたしはこの二作が、本当に好きです。とにかく、かわいいのです。一度読んでいただければ、みなさんにもその〈かわいさ〉がきっと伝わると思います。ウルフの作品の中でも、心からおすすめしたい作品です。

「かくれんぼ」をするウルフ

『灯台へ』『波』『歳月』は、ウルフのキャリアの中でも中期から後期にかけての作品です。キャリアの円熟期にふさわしく、その文体はさらに冴え、繊細かつ重厚な世界が展開されています。これらの作品は、一見するとシリアスで、〈ユーモア〉や〈かわいさ〉は見つけられないかもしれません。そこに描かれているのは、ずばり〈不在〉です。大切なものを隠し、それをあえて読者に探させる。読者は謎を抱えながら、糸を手繰り寄せていくことで、物語の真実に近づいていく――そんなウルフなりの謎掛けが展開されます。

灯台へ　*To The Lighthouse*（鴻巣友季子訳、世界文学全集II―01、河出書房新社、二〇〇九年）

Nothing need be said; nothing could be said. There it was, all round them.
ことばはなにも要らなかった。なにも出てこなかった。ただ幸福の薄もやが、みんなをとりまいていた。

『灯台へ』は、全三部から構成されています。第一部「窓」は、スコットランドの海沿いのとある別荘が舞台の、一日の物語。主人公はラムジー夫人という女性。他に登場するのは、哲学者であるラムジー夫人の夫、八人の子どもたち。そして別荘に間借りしているさまざまな人々――画家で若い女性のリリー・ブリスコウ、ラムジー氏の友人チャールズ・タンズリー氏など。ラムジー夫人は、五〇歳過ぎで八人の子の母親でありながら、たいへんな美人で、他の人々にとってのミューズとして描かれます。ちょっぴり下世話な言い方をすれば「オタサーの姫」といったところでしょうか。第一部は、そんなラムジー夫人という太陽を中心とするように、みんなのヴィジョンがめぐりめぐっていきます。

夫人と家族は、別荘からほど近い距離にある灯台への旅を夢見ますが、天候などのせいでなかなか実現しません。灯台への憧憬はたびたび描かれますが、そこに何があり、そこに行けば何が起こるのか――つまりは何のメタファーなのか?――は、なかなか明らかにはされません。灯台の謎は隠されたまま、第一部は終わります。

続く第二部「時はゆく」は、短いですが、この物語の中で最も美しい章です。ある一日を描いていた第一部とは対照的に、ここでは別荘に訪れる数十年の時間が、主に神の視点から描かれます。その文章は詩のようでもあります。長い時の中で荒れ果てた別荘にあるのは、文字通りの〈不在〉です。このリリシズムきらめく文章の中でウルフは、ラムジー夫人や他の人々がどう生きたのか、隠されたベールをはがすように、ちらりちらりと明らかにしていきます。あくまで別荘の時間の経過を描写することで、読者は間接的に登場人物たちのその後に導かれていき、やがて結末に向けて事実を知るのです。

最終的に一家と読者は、第三部「灯台」で、ついに灯台へ向かいます。別荘には久しぶりにラムジー一家と、その周囲の人々が集合します。その中にはずいぶんと年をとった画家リリー・ブリスコウもいます。彼女はとあるものの〈不在〉と向き合い、そのヴィジョンをキャンバスに焼き付けようとします。リリーが懸命にヴィジョンをつかみ、描こうとする様は幸福に満ち、感動的です。また、灯台へ向かう家族たちの関係も見どころです。気難しいラムジー氏に対して、愛憎入り交じった感情を抱く息子のジェイムズ。エディプスコンプレックスを思わせる彼のヴィジョンの中にも〈不在〉の影がちらつきます。そして灯台に到着した時、彼らを待ち受けているものとは何か。ぜひ確かめてみてください。

このように、『灯台へ』には、時を通した謎解きの仕組みが存在します。謎解き、というと大げさですが、ウルフ流ユーモアで言い換えれば、「かくれんぼ」といったところでしょうか。「もういいかい?」「まあだだよ」——そんなやりとりを読者と繰り返しながら、少しずつ幸せの核心へと近づいていく、そのヴィジョンの連続体が結晶化されたのが、『灯台へ』という作品です。

波 The Waves（鈴木幸夫訳、角川文庫、一九五四年）

The sun had not yet risen. The sea was indistinguishable from the sky, except that the sea was slightly creased as if a cloth had wrinkles in it.

日はまだ昇ってはいなかった。海と空とのけじめはさだかではなく、ただ海には布の皺のように小波が微かにたゆとうばかり。

時間を織り上げつつ、人々の幸福なヴィジョンを描いたのが『灯台へ』だとしたら、ある種の不幸を取り扱っているのが『波』と言えるでしょう。『波』では、『灯台へ』よりももっと直接的に、ある人物の不在が描かれます。しかも、六人の男女の語りによって。小説は、常に六人の誰かの独白によって進みますが、もっとも重要な人物は最後まで言葉を発しません。しかしその〈不在〉によって、読者はだんだんと、彼にまつわる痛ましい出来事を知るのです。主人公（と呼べる人）が登場しないという点においては、朝井リョウ『桐島、部活やめるってよ』（集英社、二〇一〇年）などにも通じているように思います。

それにしても、この物語は小説というより、長い長い詩のようです。正直、ウルフ初心者の方にはおすすめしづらい作品ではあります。しかし、かわりに、限りなく透き通り、文字通り寄せては返す海の静けさが『波』にはあります。短篇小説では「青と緑」などで表現されている、美しい情景――憧憬――が、とてつもない熱量で長篇として完成されています。読者は、ページをめくりその美に陶酔してもよいですし、せりふの中に注意深く織り込まれた人間関係を見ていってもいい。角川文庫版の帯には「近代文学の極北」とありますが、まさにそのとおり。作家として誰も到達できない、孤高の地位に登り詰めたヴァージニア・ウルフの姿が、『波』にはあります。

歳月　*The Years*（大澤實訳、文遊社、二〇一三年）

The sun had risen, and the sky above the houses wore an air of extraordinary beauty, simplicity and peace.

陽はのぼった。家並の上の空は、ただならぬ美と簡素と平和の色を帯びていた。

『波』が誰もたどり着けない極北の地なのだとしたら、『歳月』は、そこから命からがら戻ってきたウルフが、ロンドンに建てた豊かなお屋敷と言えるでしょう。というのも、本作はウルフが培ってきたものの集大成だからです。『ダロウェイ夫人』でのロンドンの細かい地理の内包、『灯台へ』の幸福感と時間の経過、『波』での群像的なヴィジョンの連続——『歳月』には、そのすべてが詰まっています。それだけでなく、〈ヴィジョン〉の描写というところから、一歩先へと踏み出した様子も見られます。

　本作はロンドンに住むパジター家という一族の、四〇年にわたる年月を描写した大河小説です。もともとは『パジター家の人々』というタイトルであったそうです。非常に長い物語で、『灯台へ』の倍はあります。

『歳月』を読み始めてすぐに気づくのは、まずその文体です。これまでの作品は、人物の会話文とヴィジョン（地の文）の境目があいまいで、連綿と続いていくものでした。しかし『歳月』では、会話文と地の文がくっきりと分かれています。また三人称がほとんどで、地の文で一人称に切り替わるような、いわゆる〈意識の流れ〉的文体はあまり見られません。一見すると普通の小説のようです。しかし、会話文から切り離されたことで、ヴィジョンの描写は一層冴え、人物の内的独白に深く潜り込んでいきます。これは、ヴィジョンの連続体だけでできた『波』を乗り越えたウルフだからこそ、なし得た文体であるとわたしは考えます。つぎに興味深いのは、パジター家の人々を描きつつも、実質となる主人公は、パジター家の長女エリナであることです。小説内では一族のさまざまな人々が入れ代わり語りますが、最初から最後まで登場するのはこのエリナのみ。エリナの描写は二〇代からはじまり、最後は七〇代の未婚のおばあさんになるまで続きます。ウルフ自身、このエリナは自分の分身のようであると話しています。ウルフは五九歳で亡くなっていますが、まるで未来を予見するかのように、自らの半生と重ね合わせて、エリナという人物を造形しています。彼女が何を感じ、何に悲しみ、何に幸せを感じるのか。その描写にウルフその人が感じられます。

最後に忘れてはならないのが、パジター家の長男・エドワードの存在です。彼は冒頭一度だけ登場して以来、文字通り物語の中に隠れてしまいます。『波』のように、これ以降は他の人物によってしか語られなくなってしまうのです。生きているのか死んでいるのかすらわからない。エドワードはどうなったの？　そんな気持ちで最後まで読むと、驚きの展開が待っています。これこそ、ウルフ的ユーモア＝人物の「かくれんぼ」と言えるでしょう。自らの半生を主人公に重ね、新しい文体に挑戦しながらも、読者へのユーモアを忘れないウルフ。わたしはそんなふうに、『歳月』のなかにも〈かわいさ〉を感じ取ることができました。

物語をときほぐすごとに明らかになる〈不在〉の正体——それはある種の謎解きで、ウルフが彼女なりに読者と遊ぼうとしてくれているのだと、わたしは思います。隠されたもの、存在しないものへ思いを馳せることで、読者はその痛みを知り、「いま」そして「未来」がいかに尊いかを、想うことができるのです。

最後に比較してみたいのが、前述した『波』の書き出しと、『歳月』のラストの文章です。

読みくらべると、まるっきり逆のことを言っています。陽がのぼらない夜明けから、太陽が美しく輝く朝へと、ウルフはたどり着いたのです。わたしはこのことにとても感動しました。長い歳月をかけて、彼女は力強い文体を伴って、暖かい光の中へと戻ってきたのです。

劇作家そして女優、ヴァージニア・ウルフ

フレッシュウォーター　*Freshwater*（中島俊郎訳、こびあん書房、一九九二年）

John: "And I'm not the sort of man who does things in a hurry. Look here. [He takes out a watch.] Let's be married at half past two."

ジョン「ぼくはせっかちじゃないけど。でもどうだい。（時計を取り出して）二時半に結婚しよう」

Nell[*1]: "Married? Where shall we live?"

エレン「結婚？　どこに住むの？」

John: "In bloomsbury."

ジョン「ブルームズベリーさ」

Nell: "Are the any apple trees there?"

エレン「そこにりんごの木はあるの？」

John: "No one."

ジョン「いや、ないけど」

ウルフが小説やエッセイだけでなく、戯曲も書いていたことはご存知でしょうか。それもただ一作のみ。というのも『フレッシュウォーター』は、ロンドンのブルームズベリー地区に集まっていた文化集団、通称「ブルームズベリー・グループ」の中で上演するために書かれたものだからです。本作は、一九二三年（『ダロウェイ夫人』発表前）に第一稿が書かれました。その後一〇年あまり寝かせられ、一九三五年（『波』発表後）に第二稿として上演されました。演じるのもブルームズベリーのメンバー。ウルフの姉ヴァネッサ・ベルや、夫レナード・ウルフ、弟エイドリアン・スティーブンと、身内で楽しむために書かれた作品でした。

本作の特徴は三つあります。まず前述の通り、①ブルームズベリー・グループ内のある種の内輪芸であること。そして②ヴィクトリア朝的価値観へのアイロニカルな姿勢、そして③ボケとツッコミ芸です。

まず「フレッシュウォーター」というのは、イギリスの地名で、南部のワイト島という島の中にフレッシュウォーターという地域があります。ワイト島は地中海的な温暖な気候で知られ、ヴィクトリア女王も好んだ場所だそうです。本作はそんなフレッシュウォーターが舞台の、かる〜いコメディです。若い男女の駆け落ち劇ですが、次の『幕間』につながる重要な作品でもあります。

①内輪芸としての室内劇

まず上演についてです。本作はヴァネッサのスタジオで上演されたものであり、観客はグループのメンバーから招待を受けた八〇名ほどの人々だったそうです。つまり一般に公開されたものではないのです。そのため軽妙な言い回しや、少しお下品なせりふがところどころ見られます。ウルフの作品というよりも、ブルームズベリー・グループが持っていたある種はっちゃけた雰囲気、そして微妙に淫靡な空気感を感じ取ることができます（このあたりについては、橋口稔『ブルームズベリー・グループ』〈中公新書、一九八九年〉に詳しいので、ぜひ読んでみてください）。

②ヴィクトリア朝的価値観へのアイロニー

本作はまったくのフィクションではなく、ウルフの大叔母ジュリア・マーガレット・キャメロンを主人公に据えた作品となっています。他の人物もすべて実在した人たちです。この中で、キャメロン夫人やその夫、詩人のテニスンなどが登場します。また作品には出てきませんが、キャメロン氏の友人にはダーウィンや、前述の『フラッシュ』で触れたエリザベス・バレット・ブラウニング夫妻もおりました。彼らは一九世紀に生きた人たちです。そうしたヴィクトリア朝の華麗な社交の世界とは裏腹に、ウルフはそこに横たわる女性への軽視に息苦しさを感じていたようです。そうした愛憎入り交じった感情が、アイロニーという形で劇作に現れています。

そのような批判的な目線は、若い男女の駆け落ちという形でも示されます。本作の実質的なヒロインである女優エレン・テリーは、まだ一五歳ほどの幼い少女であるにもかかわらず、父親ほどの年齢であるジョージ・フレデリック・ワッツというアーティストと結婚します。しかしワッツはエレンに対し抑圧的な態度を取ります。劇の中ではそれが、ワッツがエレンをモデルに絵を描く場面で表されています。「動くんじゃない、エレン。じっとしてなさい、絶対に」そう言われたエレンは、第二幕で若い海軍大尉のジョンという男に出会い、求婚されます。エレンは自分が既婚者であることを自覚しつつも、結婚指輪を海に投げ出し、ジョンと駆け落ちしてロンドンのブルームズベリーに向かおうとするのです。

ウルフはここで、直接的にヴィクトリア朝的人々と自分たちの世代の線引きをしようとしていると感じます。またこうも述べています。「二つの異なる世代が、ハイド・パーク・ゲートの居間では対立していたのだ。ヴィクトリア朝とエドワード朝が」こうした世代間の断絶の要素は、次の『幕間』に引き継がれていきます。

③ボケとツッコミ（と若干のスベり）

冒頭に引用した会話は、ジョンがエレンに求婚する場面ですが、妙なリズムといいますか、おかしみがあります。まず今すぐじゃなくて二時半（これは物語上で別の出来事が起こる時間でもあるのですが）に結婚しようというのも妙ですし、ブルームズベリーに行こうというジョンに対して「りんごの木はあるの？」と質問するエレン（これは聖書からの引用でしょうか）。一見純粋で愛らしい少女の発言のように思えますが、わたしはここはウルフなりのボケツッコミであるように感じました。試しに、引用した会話をさらに関西弁に翻訳してみます。なお翻訳にあたっては、大阪府出身者に監修してもらいました。

ジョン「ぼくはせっかちとはちゃうけど。でもどうや（時計を取り出して）二時半に結婚せえへんか？」
エレン「結婚て何？　どこに住むん？」
ジョン「ブルームズベリーや」
エレン「そこにりんごの木はあるのん？」
ジョン「いや、あらへんけど」

どうでしょうか。ピュアにボケるエレンに対して、ジョンがツッコんでいるような気もします。この会話の後も、結婚に関する会話が続きますが、天然ボケのエレンをジョンがフォローする漫才のようにも思えます。こういったところに、ウルフの喜劇性があらわれている気がします。そして笑えると言うよりも微妙にスべっている気もします。そこにかわいさというか、愛おしさを見出してしまうのです。こうした微妙なギャグ（？）的センスも『幕間』に繋がる要素として存在しています。

幕間　Between the Acts（片山亜紀訳、平凡社ライブラリー、二〇二〇年）

Then the curtain rose. They spoke.
そして幕は上がった。彼らは話を始めた。

本作は、ウルフの遺作である最後の長篇小説です。しかし出版されたのは、彼女の自死（一九四一年三月）の四ヶ月後（同年七月）のことです。この経緯について夫のレナード・ウルフは、「ヴァージニア・ウルフが死去した時点で作品の原稿は書き終えられていたが、印刷に向けた最終的な校正はまだだった。校了までに、彼女は小さな修正や訂正をおそらくかなり加えただろうが、大きな変更ないしは実質的な変更はしなかっただろうと思う」と述べています。つまり夏目漱石の『明暗』のような未完の大作とは異なり、ほぼ完成形と言って差し支えないと考えます。

執筆を始めたのは、『歳月』を一九三六年に苦心して書き上げた後の一九三九年頃からのようです。その間ウルフは、有名なエッセイ『三ギニー』や、ブルームズベリー・グループのメンバーの一人であるロジャー・フライの伝記を執筆していました。つまり創作よりも評論活動に精を出していたと言えるでしょう。そんなある日、彼女は新しい小説の構想を練り始めます。『歳月』でキャリアに一旦区切りをつけたように見えるウルフ。何が新しい小説へと駆り立てたのか。本項では、それを①ウルフ流ユーモアの炸裂、②ウルフなりの演劇論、③英国歴史の内包、④戦争の影響、⑤自殺までの苦悩、の五つの点から見ていきたいと思います。

簡単なあらすじを説明します。舞台はイギリス中部にある、ポインツというお屋敷です。季節は夏。屋敷では、村の人々を招いて、自宅で野外劇を披露するという恒例行事が行われています。観客は、同じように大きな屋敷を持つ上流階級の人々。演ずる役者は、村の子どもからプロの役者までさまざまです。本作はそんな野外劇が行われるある一日の物語です。

この、小説内の劇中劇というスタイルはたいへん興味深いです。前述のように、『波』までの〈意識の流れ〉文体を経て、通常の小説形態でよりディープな人物描写を表現した『歳月』を執筆したウルフが、劇中劇というスタイルに移行したのは、一見すると突然変異のように見えます。しかし前述のように『フレッシュウォーター』で劇作に挑戦しているため、その下地は整っていたと言えます。そしてわたしが考えるに、ウルフは内的ヴィジョンを徹底的に書き切ったからこそ、それを演劇という、人間同士のやりとりの中で表現したいという欲求が高まったのではないでしょうか。まさに〈ウチ〉から〈ソト〉への変化であり、五〇代の作家がなお、新しい小説スタイルに挑戦しているのには、彼女の飽くなき創作欲求と、勇気が感じられます。

①ウルフ流ユーモアの炸裂

物語の前半、野外劇が始まるまでの間は、ポインツ屋敷の人々の様子が描かれます。ここには重苦しい雰囲気がなく、ウルフ的なユーモアがよく出てきます。屋敷に集まる一族やそのゲストはとりとめもない会話をするのですが、そこここにウルフのお遊びの片鱗を感じることができます。例えば以下の文は、屋敷の主人・ヘインズ夫人のモノローグの一部です。

> "Where we know not,where we go not,neither know not care," she hummed. "Flying,rushing through the ambient,incandescent,summer silent..." The rhyme was "air."
>
> 「だれも知らない彼方、だれも行ったことのない彼方、知らない、気にしたこともない彼方に向かって」彼女は呟いた。「飛びゆく――駆けゆく――灼熱の、白熱の、静かな夏の……」
>
> 韻を踏ませるなら「大気を抜けて」だろうか。（前掲書）

このように人物に韻を踏ませるやり方は（少なくとも）わたしが読んできたウルフ長篇の中では見つけられませんでした。なんだか気の抜けた感じ、軽やかさを感じさせます。またもっとすごいのは、サンズ夫人という女性のもとを訪れた、ミセス・スウィズンが発するこのせりふ！

“The sandwiches....” said Mrs.Swithin,coming into the kitchen.She refrained from adding “Sands” to “sandwiches,” for Sand and sandwiches clashed.

「サンドイッチを……」と言いながらミセス・スウィズンが台所に入ってきた。「サンドイッチ」のあとに「サンズさん」とつけたかったけれど、「サンズ」と「サンドイッチ」で音が重なるのでやめておいた。（前掲書）

お、オヤジギャグか!?　と思わず突っ込んでしまいました。一応、ミセス・スウィズンは「決して人々の名前をもてあそんではいけません」と言われて育ったという説明が次にあります。しかしここでもウルフはまた微妙にスベっており、そこにわたしはニヤついてしまいます。ギャグを言おうとして言わせないあたりは、いかにもウルフらしいですが。

このように、一種の明るい、軽やかな文体に、彼女のユーモアが直接的に表現されています。『フレッシュウォーター』にも通じる部分です。小説内でのとりとめもない会話の中に、こうした笑いが散見されるのは、ウルフ的にも新しい試みだったのではないでしょうか。

②ウルフなりの演劇論

物語の中盤から、ついに野外劇が始まります。その前に、ウルフと演劇というテーマで、長篇を離れ、とある彼女のエッセイについて、まず紹介したいと思います。

それは「エレン・テリー」というタイトルの短いエッセイです。そう、『フレッシュウォーター』に登場した、あのエレンです。エレンはウルフよりも三五歳年上で、一〇代から舞台女優として活躍しました。シェイクスピア劇でキャリアをスタートさせ、二〇世紀にはバーナード・ショーら劇作家とも親しくし、当時存在したインペリアル・シアターのマネージャーにもなりました。まさに大女優であり、演劇プロデューサーと言えるでしょう。[*2]

一九四一年——ウルフの死と同じ年——、現在もイギリスで発行されているリベラル系雑誌“The New Statesman and Nation”にそのエッセイが寄稿されています。エッセイでは、エレン・テリーのさまざまなキャリアを伝記的に紹介しつつ、バーナード・ショー作の『ブラスバウンド船長の改宗』という舞台に注目します。ウルフはそれを観た時、素晴らしい演技のあとに彼女がせりふを忘れてしまった瞬間が、印象深かったと言うのです。与えられたせりふを発するだけでなく、せりふがとぎれ、役者が即興で演技を行う。そんなときに立ち上がる、舞台の偶然性について述べています。

しかし、つまるところ、シェイクスピア、イプセン、あるいはショーよりももっとすぐれた劇作家がいるのだ。自然である。（中略）ときおり、**自然は新しい役、独創的な役を創**

造する。

（『病むことについて』川本静子訳、みすず書房、二〇〇二年、太字は引用者）

ここの「自然」つまり即興性は、『幕間』にも反映されています。野外劇の冒頭には少女が登場しますが、彼女はいきなりせりふを忘れ、台本にないせりふを発します。その他にも、役者が即興で演技をする場面が多数見られます。それぞれは短い描写ですが、ここにウルフが演劇に求めているものがあると感じます。

③英国歴史の内包

野外劇の主人公はずばり「イギリス」そのものです。擬人化されたイギリスは、古代から現代までを寓話的に駆け抜けていきます。『オーランドー』の始まりは一六世紀ですから、それよりもずっとさかのぼっての壮大な演劇と言えるでしょう。初期ブリトン人、プランタジネット朝、テューダー朝（＝国造りの苦労）を短く描き、エリザベス朝ではシェイクスピアのオマージュともとれる表現が続き、栄華と終末を表現しています。

劇はインタールードを経て、後半に突入。ヴィクトリア朝の時代に入ります。ここでは三つの劇中劇が寓話的に挟まります。そのテーマは女性の結婚と自由恋愛であり、若い女性と、彼女を決められた相手と結婚させようとする母（もしくは母親にあたるような存在）、という構図です。この辺りの構成は『フレッシュウォーター』と全く同じテーマであり、前時代への批判的視点が感じられるエピソードです。

またこの劇で特徴的なのは、英国文学への膨大なオマージュと引用です。シェイクスピアについては、『ハムレット』『お気に召すまま』『マクベス』『ソネット』等をもじったせりふが多く見られます。そしてテニスン、キーツ、果ては英国国歌まで。イギリスと文学に敬意を払う、ウルフのまなざしと知性が存分に感じられる部分です。

④戦争の影響

次に忘れてはならないのが、戦争です。本作の設定は一九三九年六月で、第二次世界大戦勃発（九月）直前です。劇中でも戦争について言及があり、時代が反映されています。英国のサーガを描く小説（劇）は後半に進み、ヴィクトリア朝から第一次、そして第二次世界大戦が取り上げられると、その重さは一層濃くなります。特にせりふや、詩の形式をとった人物のヴィジョンを描く部分では人間の愚かさを説き、ウルフは「人間は『くず、破片、断片に過ぎない』」とまで断罪しています。

⑤自殺までの苦悩

このように多様な内容をこれでもかと盛り込んだ『幕間』ですが、やはり戦時下かつ、不安定な精神状態にあった彼女の状況は極めて厳しかったことと想像します。また、ウルフは『幕間』の内容に自信がなかったとも言われています。何よりほぼ脱稿し、印刷所に渡す前に自殺していますから、自殺前にはこれが自分の遺作になるだろうとわかっていたはずです。

これはわたし自身の意見で、あくまで勝手な憶測に過ぎないのですが――彼女は『幕間』で、すべてやり尽くしてしまったのではないでしょうか。本作には新たな試みだけでなく、これまでのおなじみの要素も盛り込まれています。ロンドンという都市への憧憬、文中に隠れて出てこない人物、同性愛、そして幸福感。これらを書き終えた時、ウルフは燃え尽き、その後どう生きてゆけばいいのかわからなくなってしまったのかもしれません。その迷いの選択の一つが、死だったのではないでしょうか。

もちろん戦争と病気を乗り越え、長生きしてほしかったという気持ちはあります。戦後にどんな小説世界を見せてくれたのか、それが見られないのは悔しくてなりません。しかし彼女は逝ってしまいました。悲しいですが、彼女は最後まで彼女自身であり続けたのではないでしょうか。ヴァージニア・ウルフは、その人生を演じきり、自らの意志で、その幕を下ろしたのです。

*1 Nell はエレンの愛称。
*2 https://en.wikipedia.org/wiki/Ellen_Terry

さいごに

これまで、ウルフの長篇作品（伝記・戯曲も含む）を八作品ご紹介しました。最後に改めて、これらはわたし独自の解釈であり、既存のヴァージニア・ウルフ研究ならびに英文学の最新の研究を代弁するものではないことを附しておきます。一部、我ながらやりすぎじゃないかと思ったり「こんなこと言って怒られたらどうしよう〜」とヒヤヒヤしながら書いた部分もありますが、ふつうの読者が、ふつうの言葉で語れる彼女の魅力がきっとあるはずと信じ、心をこめて書きました。何より「みんなにもっとウルフを読んでほしい！　ウルフを語れる仲間を増やしたい！　この〈かわいさ〉を共有したいのだ！」という気持ちの一心で、そのきっかけになるような要素を盛り込んだつもりです。

　最後に、わたしの拙い文章にお付き合いいただいた読者のみなさまに、感謝申し上げます。他のページもぜひ、お楽しみください！

形態素解析でみるヴァージニア・ウルフの文章

長篇作品紹介では、ウルフ的ユーモア＝「かわいさ」という主観的な切り口から、八つの作品をご紹介しました。本稿ではそこから視点を変え、自然言語処理の手法の一つである形態素解析を用いてウルフの作品を分析していきたいと思います。

まず、ウルフの文章が、時を経てどのように変化していったのかを見ていきます。ここでは①デビュー作である『船出』、②キャリア中期の『ダロウェイ夫人』『灯台へ』、③晩年の『歳月』の四作を対象としました。①〜③はほぼ一〇年ずつ間が空いているため、ウルフの言葉遣いの変化に着目できると仮定しました。まずは文章全体の構造を比較し、そして作中から一般名詞だけを抽出することで、その特徴を見ていきたいと思います。

また『ダロウェイ夫人』『波』については、作中の登場人物のつながりをネットワーク図にして分析を行いました。

ワードクラウドによる作品比較

【解析手順】

ウルフの作品は著作権が切れており、ほとんどがプロジェクト・グーテンベルク[*1]というウェブサイトで無料で読むことができます（日本の青空文庫と同じ仕組みです）。今回は、データ分析の分野で使われている「R」というプログラミング言語と、形態素解析という手法を用いて、ウルフの小説に頻出する単語を抽出しました。[*2] まずはテキストデータをダウンロードし、それをRで解析し、「ワードクラウド」と呼ばれる画像を生成しました。これは文中の頻出単語を視覚的に表現したもので、文字が大きいものほど、小説内に多く出現しているということを示しています。

『高慢と偏見』（一八一三年）

ウルフの前に、イギリス文学で最も有名と言っても過言ではない恋愛小説、ジェイン・オースティンの『高慢と偏見』(*Pride and Prejudice*) を見ていきたいと思います。これは一八一三年の小説で、ウルフのデビューよりもちょうど一〇〇年ほど前の文章です。本作を選んだ理由は、ヴィクトリア朝のメインストリームな女性作家であることと、ウルフ自身もオースティンを読んでいたことがわかっており、影響を受けているのは間違いないと考えるからです。

結果を見ると(図1)、もっとも頻出しているのは主人公であるエリザベス(elizabeth)の名前で、ついで恋のお相手となるダーシー（darcy）が続きます。またwill、saidといった言葉も多く、地の文の三人称「Elizabeth said」といった表現が多いと推測できます。その他、人物の名前や固有名詞が多く見られます。

また興味深いのがmustがそれなりの大きさを占めていることです。原文を見ると、会話文の中で「I must confess」「I must say」といったせりふが見られました。must（するべき）という言葉が多いのは、女性の抑圧が強くあり、自立した生き方をするのが難しかったことを示唆しているように思います。そのほか、固有名詞やsister、father、familyといった単語から、なんとなく家父長的な雰囲気も読み取ることができます。

図１　『高慢と偏見』ワードクラウド

図２　『船出』ワードクラウド

①『船出』（一九一五年）

『高慢と偏見』から一〇〇年後、ウルフはデビュー作『船出』を発表します。南米行きの船に乗り込んだ若い女性主人公・レイチェルが、同乗した青年と恋に落ちるものの、熱病に冒されてしまい――という物語です。幸福感や死生観など、それ以降のウルフ的要素の萌芽が見られるという意味でも興味深い作品です。またレイチェルと恋人とのメロドラマにも着目です。燃え上がる二人の恋の様子をみて、わたしはオースティンの直接的な影響を感じました。

結果をみると（図2）オースティンと同じくsaidとone（ある～）、次いで主人公のレイチェル（rachel）が来ています。しかし『高慢と偏見』とは異なり、他の登場人物の固有名詞はヘレン（helen）という女性以外、あまり目立ちません。これは以降のウルフ作品にも見られる傾向です。またオースティンに対して、mustがなくなっていることから、一〇〇年間で女性の意識が変化していったことが推測されます。かわりにsee、looked、seemed、likeなど、人や物の状態、その視線を表す単語が多いように見えます。デビューの時点でオースティン的文体からはだいぶ離れ、ウルフが女性の内面の様子や意志を表現しようとしたことが読み取れます。

②『ダロウェイ夫人』（一九二五年）および『灯台へ』（一九二七年）

さてデビューから一〇年後、ウルフはこの二つの傑作を発表しましたが、その一〇年間にどんな変化があったのでしょうか。ワードクラウドを見ると（図3・4）、以前からの要素に加えてthoughtやfeltの存在感が圧倒的に増しています。一般的な三人称の小説から、〈意識の流れ〉へ突入したウルフの文体の変化がはっきりと感じられる部分です。またnowやmomentも頻出しています。このことから、いかにウルフが「いま、この瞬間」の主観的意識に肉薄していたのかがわかります。また、『船出』と異なり、さりげなくmustの頻度が増えてきています。しかしその使われ方はオースティンの時代とは異なります。

『ダロウェイ夫人』では「I must」はたった二回しか登場しませんが、「She must」「He must」といった三人称の文章がよく見られます。これらは地の文で展開される〈意識の流れ〉に通じていると考えられます。二作品ともに共通する単語も多く、ウルフの世界観を支える言葉がどんなものであるかがわかり、興味深い部分です。

図3 『ダロウェイ夫人』ワードクラウド

図4 『灯台へ』ワードクラウド

図5　『歳月』ワードクラウド

③『歳月』（一九三七年）

最後は、『灯台へ』からちょうど一〇年後の『歳月』を見ていきます。この小説はとても長く、『灯台へ』の倍近い量があるため、ワードクラウドの密度も他とは異なります（図5）。look、looking、watch、watched、glanced といった単語は地の文で使われており、直接的にモノを見る文脈で使われていることが多いです。また hand、head、eyes、arm といった人の身体を指す単語も見受けられます。作品をよく読むと、「手を前に押し出して〜」（put his/her hand）という表現が多々あることに気がつきました。内的思考から、外の肉体的運動へと視線が移っていく様子がわかり、ウルフが小説家として変化しようとする様子が感じられる気がします。

頻出一般名詞ランキング

【解析手順】

次に、作中から一般名詞だけを抽出し、そのランキングを作成しました。一般名詞に着目したのは、作者の伝えたいことが特に現れている品詞であると仮定したためです。ランキング作成にあたっては、TreeTagger[*3]という分析ツールを利用しました。

【結果】

頻出名詞トップは表1のようになりました。

まっさきに目につくのは、オースティンとウルフの言葉遣いの違いです。『高慢と偏見』では、具体的なモノや人を指すsister、lady、daughter、gentlemanといった言葉が頻出しています。それに比べてウルフ作品はどれも抽象度が圧倒的に高いです。『船出』から『歳月』までほぼトップを占めているのがthingであることからそのことが読み取れます。そして単語自体は短く、man、woman、flowerなど中学生でもわかる簡単なもので、あっさりとしている印象を受けます。この抽象度の高さが、いわゆるウルフの〈モダニズム〉〈難解さ〉に通じているのではないでしょうか。四作品を通して、ランキング上位の名詞にあまり変化がないのも興味深い点です。彼女の言葉遣い、小説を通して伝えたいことが、最初から完成されていたようにも感じます。

次に着目したいのが、身体に関する言葉です。eyeをはじめ、hand、arm、foot、finger、lipといった単語が多く見られます。〈意識の流れ〉というと、主観的な思いや感情を表す単語が優先されるように思っていましたが、意外とそうではありませんでした。例えばfeelingは、『高慢と偏見』では一位ですが、ウルフ作品ではいずれも三〇位以内には入らず、隔たりがあります。このことから、前述の通りウルフの身体への関心の高さが読み取れます。前出の『歳月』でも触れたことですが、四作品すべてを比較してみても同じことが言えます。特に頻出しているeyeについて原文を見ると、「his eyes」「her eyes」といった表現が多いです。他者へのまなざし、観察眼の鋭さ。ウルフはそういった思いや関心から小説を書いていたことがわかりました。

また、自然物を指す単語についても興味深い結果が見られました。leaf/leavesという単語は、作品を追うごとに増加し、はじめは圏外だった『船出』から、『歳月』では八位にランクイン。flowerは、『ダロウェイ夫人』以降はトップ10以内を常にキープ。treeも、六位～一二位の中に留まっています。もしかすると、ウルフは意識のうつろいや感情表現を、こういった自然に託していたのではないでしょうか？　直接感情をあらわすのではなく、花や樹や葉っぱの動きによって、人の意識や行動を表現しようとしていたように感じられます。例えば『ダロウェイ夫人』における花束や、『灯台へ』における別荘地の海の描写のように、人の身近にある小さな自然に対して向けられる言葉が、ウルフのきらめくような文章の中心要素としてあるのではないかと考えます。

登場人物の共起ネットワーク

【解析手順】

最後に、『ダロウェイ夫人』『波』における人物の結びつきを視覚化してみます。この二作品

	高慢と偏見（1813 年）	船出（1915 年）	ダロウェイ夫人（1925 年）	灯台へ（1927 年）	歳月（1937 年）
1	feeling	thing	thing	thing	hand
2	sister	eye	eye	eye	thing
3	lady	woman	woman	child	word
4	friend	man	man	man	child
5	eye	word	year	year	flower
6	other	tree	hand	word	tree
7	daughter	hand	flower	hand	man
8	manner	year	tree	flower	leaf/leaves
9	girl	other	party	woman	stairs
10	spirit	day	rose	wave	house
11	gentleman	book	word	book	woman
12	minute	minute	day	tree	year
13	year	child	child	leaf/leaves	step
14	man	hour	friend	boot	window
15	officer	arm	lady	light	foot
16	wish	light	letter	day	lady
17	day	window	arm	bird	other
18	word	finger	tear	finger	lip
19	thing	lip	paper	lip	day
20	circumstance	foot	leaf/leaves	letter	glass
21	hour	life/live	girl	leg	finger
22	attention	flower	face	window	voice
23	thought	chair	door	door	arm
24	child	thought	lip	other	clothes
25	relation	letter	wave	field	book
26	pound	wave	shop	water	light
27	term	friend	other	sail	face
28	inquiry	figure	moment	rock	door
29	hope	leg	dog	life/live	street
30	month	lady	chair	foot	gentleman

表 1　頻出一般名詞ランキング

は登場人物が比較的多く、人間関係も複雑であると考えたためです。今回はKHcoder[*4]というソフトウェアを用いて、特徴語同士の共起関係を可視化した共起ネットワーク図を生成しました。作図にあたっては、作品内の固有名詞のみを対象としました。

①『ダロウェイ夫人』（一九二五年）

図を見ると（図6）、主人公であるクラリッサと、彼女にかつて恋していたピーターという男性の結びつきが最も強く見られます。またクラリッサと同性愛的な関係にあるサリーという女性とも関係が深く、三人による文字通りの三角関係が結ばれていることがわかります。また、〈生〉のクラリッサに対して、〈死〉を表現する主人公・セプティマスが、クラリッサから遠く離れた場所にいるのが印象的です。妻のレーツィアと主治医のホームズとしか繋がっていません。セプティマスの孤独と苦悩が伝わってくるようです。

②『波』（一九三一年）

『波』は六人の男女による独白のくりかえしによって進む小説です。せりふの中ではパーシヴァルという人物が度々登場しますが、パーシヴァル自身は一言も話しません。間接的に語られる彼の人物像や、他の六人との関係がどのようであったかが気になりました。

図を見ると（図7）、パーシヴァルはネヴィル、ルイ、バーナードと結びつきが強いことがわかります。この三人は男性ですが、一方女性であるローダ、ジニー、スーザンとは少し距離があるように見えます。また六人の会話の中からパーシヴァルに言及している箇所を抜き出して

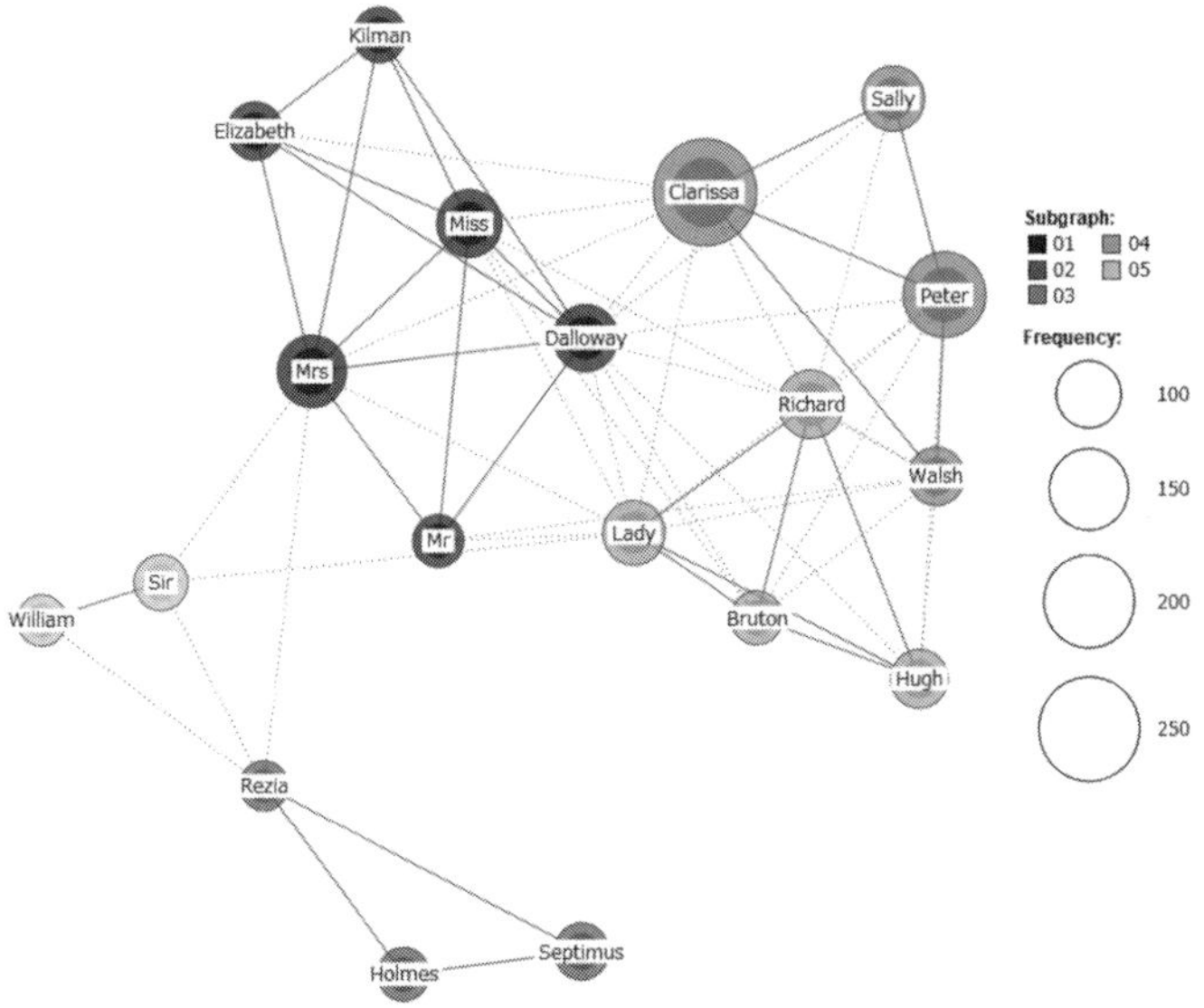

図6　『ダロウェイ夫人』の共起ネットワーク

みたところ、八九回もパーシヴァルの名を出しているルイがいる一方で、スーザンは一言も彼の名を口にしていませんでした（表2）。小説を読んだ時は、パーシヴァルが円の中心にいて、その周りを六人が取り囲んでいるイメージを想起していましたが、必ずしもそうではないことがわかりました。

　また、パーシヴァルに言及しているせりふを詳しく見るため、形容詞だけを抜き出しました。形容詞を選んだのは、パーシヴァルについて他の五人がどのような感情を抱いているのか見えるのではないかと考えたためです。

　結果はスーザン以外の（表3）五人ともそろってgreatという言葉を口にしていました。彼らにとっていかにパーシヴァルが大切な人物であったかがわかります。またalone、strangeといっ

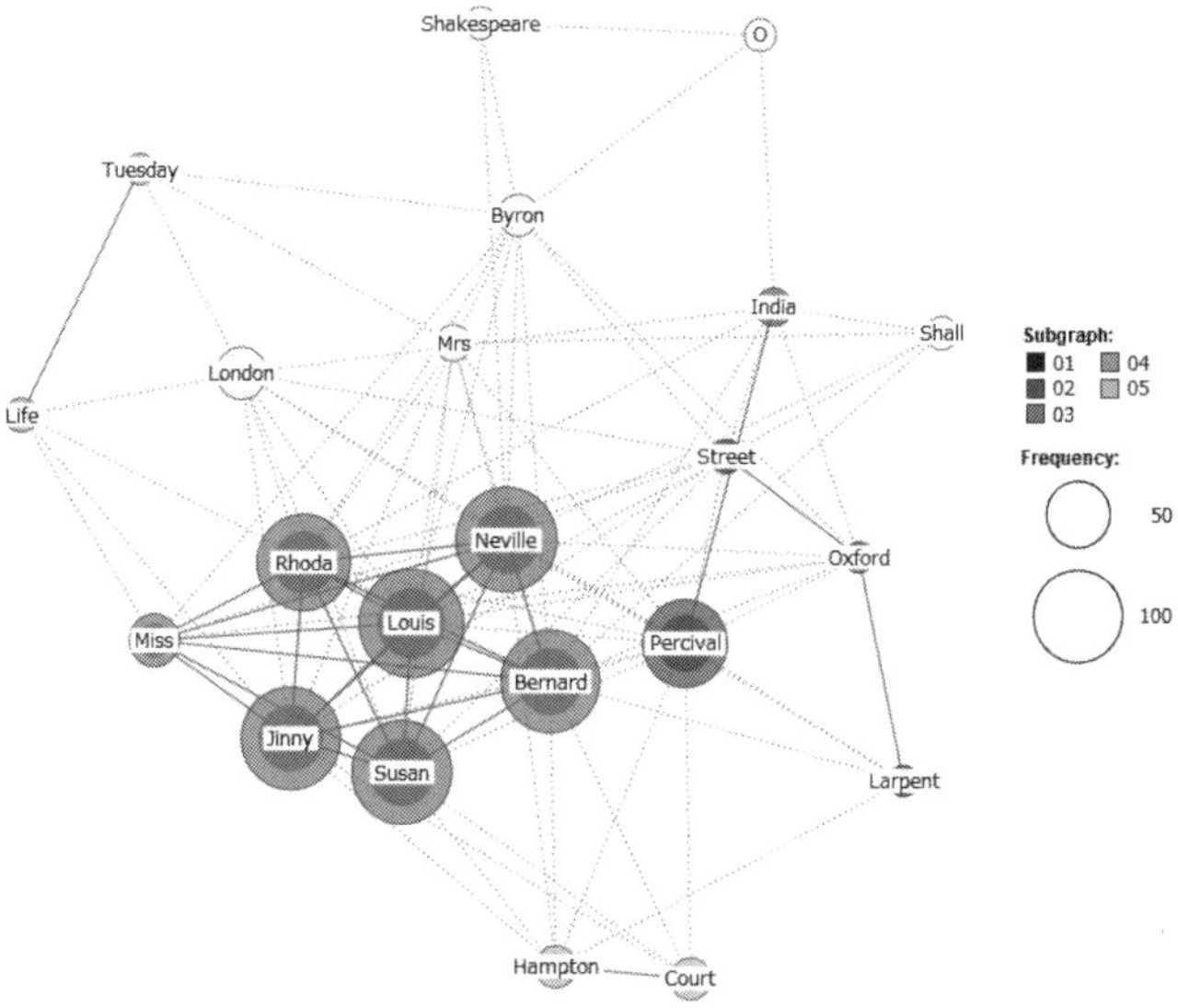

図7　『波』の共起ネットワーク

た単語から、彼が孤高の存在であったことも感じられます。

おわりに

本章では、定量的な面から彼女の言葉にアプローチしてみました。ウルフの作品だけでなく、他の作家・作品と比較分析するのもおもしろそうですし、他にもいろいろな切り口があると思います。こうした分析に興味を持たれた方は、ぜひ試してみてください！

＊1　ウルフの著作は、Project Gutenberg Australia にほとんど網羅されている。

＊2　小林雄一郎「Rによる英文テキスト解析」、東洋大学社会学部紀要、二〇一五年

＊3　TreeTagger http://www.cis.uni-muenchen.de/~schmid/tools/TreeTagger/

＊4　KHcoher http://khcoder.net/

	Bernard	Louis	Jinny	Neville	Rhoda
many	1	15			1
great	1	10	2	2	1
little		14			
long		9	2	2	
alone		8		3	
young		6	1	2	
first		9			
old	1	8			
strange	2	7			
hot		6		2	

表3　『波』におけるパーシヴァルに関するせりふ内の形容詞トップ10

Louis	89
Neville	14
Bernard	10
Rhoda	4
Jinny	3
Susan	0

表2　『波』における各登場人物のせりふから、パーシヴァルの登場回数

2 ウルフ作品の探求者たち

『ダロウェイ夫人』の音楽たち――万霊節の調べ

片山亜紀

ウルフの『ダロウェイ夫人』にはさまざまな音楽が登場します。主人公クラリッサの思い出の中では、青春時代を過ごしたブアトンのお屋敷で客人がいつまでもブラームスの弾き語りをしています。五〇代になったクラリッサ本人のお気に入りはバッハで、小説の最後に描かれるパーティではバッハ好きの客人にピアノを弾かせようとします（実現はしませんが）。その他、ロンドンの街に響きわたるビッグ・ベンの鐘の音も人物たちに行動を促します――これも一種の「音楽」かもしれません。

しかし何と言ってもいちばん重要なのは、リヒャルト・シュトラウスの「万霊節」でしょう。作品の中盤では、クラリッサの旧友ピーターが何十年ぶりかでクラリッサのもとを訪れます。ピーターは言いたいことがありすぎてうまく言えず、クラリッサに冷たくあしらわれたと感じます。ややあってクラリッサの家をあとにしたピーターは、会ったばかりのクラリッサのこと、昔のクラリッサのことなどを次々と――ぶちぶちと――思い返し、「女には情熱がわからない」と結論づけます。この結論をさえぎるように聞こえてくるのが「かすかな震える音」で、地下鉄の駅の前で、貧しげな老女が何やら歌っています。

実はこの歌、すぐには「万霊節」とはわかりません。作中にシュトラウスへの言及はなく、老女の歌も、まずは意味不明な音として登場します。

イー　ウム　ファー　ウム　ソウ
フー　スィー　トゥー　イム　ウー……

これをシュトラウスの「万霊節」と見抜いたのは、アメリカの批評家ヒリス・ミラーでした。一九八二年の論文で、ミラーは曲名を言い当てただけでなく、この歌は作品全体の鍵であり、作品テーマを提示しているとまで言い切ります（ただし、ミラーの根拠がこの二行だけではなかったことは、あとで触れます）。

シュトラウスの「万霊節」とはどんな曲なのでしょうか。YouTubeで演奏を聴いたところ、通常はピアノと一緒に歌われる曲のようです。そこでピアノの先生のご指導を受けながら、ピアノパートを弾いてみました。

*

リヒャルト・シュトラウス（一八六四〜一九四九年）はドイツの作曲家で、おそらくはその壮大な交響詩やオペラ作品によって、よく知られているのではないでしょうか。交響詩『ツァラトゥストラはかく語りき』（一八九六年）は、のちにスタンリー・キューブリック監督が『二〇〇一年宇宙の旅』（一九六八年）のオープニングで使ったことから、多くの人が一度は耳にしたことがあるかもしれません。

交響詩などの壮大な作品とはべつに、シュトラウスは小さな歌曲も数多く手がけています。歌曲はとくに一八世紀末～一九世紀のドイツで盛んになったジャンルで、詞を歌手が歌い、ピアノなどの楽器が伴奏をつけます（ドイツ歌曲を「リート」と呼んだりもします）。シュトラウスの歌曲はこのドイツ・リートの伝統に連なるもので、「万霊節」は代表作の一つ。作曲は一八八五年、シュトラウスは弱冠二一歳でした。詞はオーストリアの詩人ヘルマン・フォン・ギルム（一八一二～六四年）、没後に出版された『最後のページ』（一八六四年）より。シュトラウスが作曲した時点で、すでによく知られた詩だったようです。

「万霊節」というタイトルは、ギルムの詩にもともと付されていました。万霊節とはキリスト教の祭日で一一月二日、亡くなった人々を弔う日を指します。ディズニーのアニメ映画『リメンバー・ミー』（二〇一七年）では、メキシコでのカラフルな「万霊節」に目を見張った人も多いかと思います。ヨーロッパではメキシコのように骸骨の人形を飾ったりはしませんが、教会で祈りを捧げたり、お墓に花を飾ったり、ローソクを灯したりします。

ギルムの詩は三連からなり、いまはそこにいない最愛の人への想いを歌っています。ドイツ語の歌詞を、日本語に訳してみるとこうなります。

テーブルの上に香り立つ金木犀《きんもくせい》の花を置いておくれ
咲き残った赤いアスターの花を持ってきておくれ

そしてまた愛を語ろう
遠い昔の五月のように（第一連）

手を差し伸べてくれたらこっそり握ろう
だれかが見ても気にしない
わたしを見ておくれ、甘いまなざしで
遠い昔の五月のように（第二連）

今日はどのお墓にも花が添えられ、良い香りがしている
一年に一度の万霊節――
わたしの胸に来ておくれ、もう一度抱きしめることができるように
遠い昔の五月のように
遠い昔の五月のように（第三連）

この歌詞を、シュトラウスがどのように歌曲に仕立てているのかというと――。弾いてみてわかった特徴を、三つ挙げます。

第一に、切々とした哀愁のあふれる曲です。曲全体に“Tranquillo”（静かに）と指示がついており、第三連の「わたしの胸に来ておくれ、もう一度抱きしめることができるように」と歌われるところでフォルテッシモのクライマックスを迎えはするものの、それ以外は全体に抑えた曲調が

保たれ、ピアノ伴奏のゆっくりとしたアルペジオに支えられながら、愛する人への想いが情感豊かに歌われます。

第二に、この情感を作るのに、ピアノパートがかなり重要な役割を果たします。通常の伴奏では歌がメイン、ピアノがサブという役割が明確ですが、この曲ではピアノが何度か前面に出て、つぶやくような歌い出しを引き出します。たとえば前奏、第二連と第三連のあいだ、第三連のリフレイン（「遠い昔の五月のように」）のあいだ、そして後奏で、あるときは嘆くように、あるときは鎮めるように、普段使わないような低音から高音まで使いつつ、ピアノじたいが歌って歌唱パートへの橋渡しをします。

第三に、哀愁の中にもある種の妖しさがあります。曲は変ホ長調ではじまりますが、ハ短調に移調し、すぐに変ホ長調に戻り、またすぐにト長調に移調し——と、かなり目まぐるしく転調を繰り返し、不安定な感じを生んでいます。不協和音がそこかしこに挿入され、協和音に回収されてもまた不協和音が鳴り——という繰り返しも、不安定感の一因と言えそうです。

いろいろな解説を見たところ、ギルムの詩には大きくわけて二通りの解釈があるようです。一つは、自分のもとを離れていった恋人に向けて、「わたし」が心残りを歌っているというもの。この解釈で行くと、恋愛は終わっても恋人は生きています。「わたし」は万霊節という日に言寄せて、恋人にもう一度戻ってきてほしい（戻ってきてくれるかもしれない）と歌っています。しかしもう一つの解釈では、恋人は死んでいます。万霊節のこの日、「わたし」は死んだ恋人に向けて、恋人に戻ってきてほしいと歌っていますが、けっして戻っては来ないということも知っています。

どちらの解釈も可能かもしれませんが、曲の妖しさを考慮すれば、後者のほうが妥当という気がします。とくに第二連で「わたしを見ておくれ、甘いまなざしで」と歌われるとき、途中まで気持ちを乗せてクレッシェンドしていたのが「甘いまなざし」の前で歌もピアノも一瞬止まり、ひそやかなピアニッシモに変わります。それはたぶん、あたかも故人がもう一度帰ってきて、そして「わたし」を見ている、少なくとも「わたし」にはそう思える、そう思いたい、というような、妖しくも切ない気持ちの表現ではないでしょうか。

*

さて、ここでもう一度『ダロウェイ夫人』に立ち返ると、いろいろわかってきます。

まずは、老女が歌っているのはたしかに「万霊節」だということ。謎めいた歌い出しのあと、語り手は歌っている老女を二ページにかけて描写しますが、そこには「万霊節」からの歌詞がいくつか織り込まれています――「五月」「赤いアスターの花」「わたしを見ておくれ、甘いまなざしで」「だれかが見ても気にしない」。ミラーが曲当ての根拠にしたのも、これらの歌詞だったのでしょう。付け加えれば、歌い出しは「かすかな震える音」のようだとあり、これも「万霊節」の特徴をおそらく語っています。ピアノパートの前奏がなければ、歌い出しはそう聞こえかねません。

一方で、もとの「万霊節」にウルフがいくつか改変を加えているのもわかります。

たとえば二ページにわたって老女を描写する中で、その箇所の語り手は、すでに死んでしまった男性に向けて老女が歌を歌っていると捉えます。もとのギルムの詩で「わたし」の性別は曖昧でしたし、恋人が生きているか死んでいるかもぼかされていました。ちなみに「万霊節」の歌唱パートは男性歌手が歌うこともあれば、女性歌手が歌うこともあります。さらに、ウルフの老女が想いを寄せる男性は、はるか昔に死んだことになっています。老女が彼といっしょに五月を過ごしたのは「何百万年も前」で、彼の「茶色の瞳、黒い頬ひげ、日焼けした顔」の印象は薄れてしまい、「ぼんやりした影」にしか見えません。ギルムの詩では一一月から五月を振り返るというように半年の経過だったことを考えれば、ウルフはかなり思い切って時間を引き延ばしています。最後に、ウルフの老女は自分の死についても考えます――「年老いた白髪の頭をとうとう地につけ氷のように冷たい燃え殻になってしまうときには、どうか紫のヘザーの花束をわたしの傍らに添えてくださいと、彼女は神に願った」。ところがギルムの詩には、「わたし」の行く末のことは出てきませんでした。

　ウルフはどうしてこれらの改変を加えたのでしょうか。それは、前後の場面と密接に関連づけるためではないかと考えられます。

　これらの改変によって、老女はピーターの女性蔑視的な結論に反駁することになっています。老女の歌が聞こえてくるとき、ピーターは「女には情熱がわからない」という結論を下していたのでした。でも、「何百万年も前」（！）に死んだ恋人が「ぼんやりした影」になるまで、そして自分が「冷たい燃え殻」になるときまで想い続ける熱い気持ちを「情熱」と呼ばないで何と呼ぶのでしょうか。ただ残念ながら、アッパーミドル階級に属しているピーターに老女の反駁は伝わらず、彼の目には老女は「かわいそうな」物乞いとしか映りません――彼はコインを彼女の手に握らせ、タクシーに乗り込んでさっさと立ち去ってしまいます。

しかし老女の「情熱」は、その場に居合わせたもう一人の登場人物、ある移民女性には伝わります。その女性レイツィアは、老女から「情熱」を受け取り、作品終盤では朦朧とした意識の中で「万霊節」を変奏することになります。

その過程をざっと追ってみましょう。ピーターがタクシーで立ち去ったあと、レイツィアは歌う老女の落ちぶれた様子に同情して、「かわいそうな」おばあさん、と思います。ここまではピーターと同じです。ところが「だれかが見ても気にしない」と、決然と歌うその姿に、レイツィアはべつの感慨を覚えます。「何もかも大丈夫だとにわかにはっきり確信」するのです。

実際、レイツィアの日常はかなり危機に瀕しています。彼女はイタリア人で、第一次世界大戦中にイギリス人兵士セプティマスとミラノで知り合い、終戦後、結婚してロンドンに渡ってきました。しかし従軍体験から、夫は心を病んでいます――当時の言い方なら「シェルショック」、現代風に言えばＰＴＳＤに悩まされている彼は、自分でもよく病状が把握できませんし、周囲にもわかりません。子どもを作るかどうかをめぐる夫婦の口論をきっかけに、セプティマスは鬱になり自殺をほのめかします。実のところ、レイツィアは勇敢な兵士だったセプティマスを好きになったのであって、泣いてしまう彼にはどう対処していいのかわかりません。かかりつけ医に診てもらってもよくならず、その日、夫婦は精神科医に診てもらおうとしています。でも診察所に向かって連れ立って歩きながらも、夫は独り言を呟いたりしていて上の空。妻であるレイツィアが付き添っていることも、よくわからない状態です。

「何週間も何週間も」わたしは不幸だったと振り返るレイツィアに、老女の「だれかが見ても気にしない」という言葉は勇気をくれます。

しかしこの捨て鉢な情熱から、明るい未来が切り拓かれるわけではありません。精神科医の診立てではセプティマスは重症であり、療養所にひとり隔離されねばなりません。患者の言い分を聞くでもなく、病状を理解しているかも怪しいのに強権を発動させようとする精神科医に、レイツィアは憤ります――少しのあいだだけ夫婦は団結します。ところが小説の終盤、かかりつけ医が訪ねて来ると、セプティマスはあっさり窓から身投げして自殺してしまいます。

レイツィアは窓辺に駆け寄り、夫が死んだことを知りますが、周囲のお節介な配慮から精神安定剤を飲まされます。安定剤にうとうとするレイツィアの脳裏にはいくつかの場面がよぎり、やがてそれらは二つの場面に収斂していきます。第一の場面は、海辺の丘の上で、船やかもめや蝶に囲まれながら、夫婦で座っている場面です――レイツィアはすでに息をしていないはずの彼を意識の中で蘇らせ、短かった夫婦水入らずのひとときを再現します。しかしその場面は長くは続かず、第二の場面に切り替わります。第二の場面では彼女はひとり岸辺に横たわり、「お墓の上を舞う花びらのように、散り散りになっている」と感じます。

死んだ恋人との再会、花を供えた墓、やがて来るであろう自分自身の死――ここには老女の歌っていた「万霊節」の変奏があります。セプティマスが投身自殺をした時点で、レイツィアは数時間前に街角で老女が歌を歌っていたことなど忘れていたかもしれませんが、朦朧とした中でその記憶は浮上して、彼女自身の悲しみに形を与えます。

*

最後に、どうしてウルフはレイツィアに「万霊節」を変奏させたのでしょうか。クラリッサとセプティマスを二極とする『ダロウェイ夫人』の大きな枠組みの中で、レイツィアは端役にすぎません。

しかし、そうした周縁人物にも輝きを与えていることにこそ、ウルフの多声的な小説世界の魅力があります。かつてヒリス・ミラーは、「万霊節」が作品全体のテーマの提示になっていると言い切りましたが、それは言い過ぎだったようです。むしろ「万霊節」はイギリス社会の周縁に追いやられた女たち限定のテーマであり、上流階級に与して生きているピーターには——そしておそらく主人公クラリッサにも——共有されていないようです。

ウルフは老女の歌をレイツィアというつましい移民女性に受け継がせることによって、彼女たちの情熱と美しさ、そして愚かさを同時に示そうとしました。「愚かさ」というのは、あるべき男性性へのこだわりをレイツィアが捨てていれば、もしかしたらセプティマスは生きられたのではないかと思うからです。でもそれでも、花びらのように（肉片のように？）散り散りになって愛する人の墓の上に舞い散ろうとする彼女のイメージは、この世のものとは思えないくらい、妖しい美しさをたたえています。

*『ダロウェイ夫人』からの引用は、Virginia Woolf, *Mrs. Dalloway*（1925; Penguin, 1992）をもとに訳出しました。また「万霊節」に関して川上由美先生、山田裕美子先生、木村佐千子先生にご教示いただいたことを感謝いたします。

片山亜紀（かたやま・あき）
一九六九年生まれ。獨協大学教員。大学時代にウルフの『ジェイコブの部屋』を読み、その斬新さに魅せられる。わからなさすぎて離れていた時期もあったが、その後戻ってきて現在に至る。ウルフの翻訳に、『自分ひとりの部屋』（平凡社ライブラリー、二〇一五年）、『三ギニー』（平凡社ライブラリー、二〇一七年）、『幕間』（平凡社ライブラリー、二〇二〇年）、「病気になるということ」（『ハヤカワミステリマガジン』二〇二〇年七月号所収）などがある。ピアノはまだ習い始めたばかりで、「万霊節」も本当はなんとか弾き通せる程度（汗）。

『ダロウェイ夫人』の二次創作

獨協大学でわたしが担当しているゼミでは、一年かけて英文学作品を原書で読みこむ過程で、英語で二次創作を執筆します。二〇一八年度のゼミでは一年をかけて『ダロウェイ夫人』を読んだので、『ダロウェイ夫人』を下敷きに二次創作をしました。ここではどんな傾向があったのかを紹介したいと思います。なお、執筆者のみなさんには許可を得て書いています。

次頁の表では、二四人のゼミ生がどの作中人物をメインに書いたのか、多かった順に並べてみました。複数の人物を登場させている場合も、出番の多いほうで大まかに分けています。

こうして見てみると、まず目を引くのはレイツィア人気です。これは授業中も「レイツィア可哀そうだね！」と、さんざんみんなで言っていたせいかもしれません。わたしのエッセイも、同じ空気の反映でしょう。それから他の脇キャラの健闘も気になります。原作でそれほど作りこまれていない人物のほうが、二次創作では膨らませやすいのかもしれません。付け加えると、原作の主要人物を取り上げている場合も、原作の小さなエピソード（薔薇の花や、政治事件など）を効果的に使っているのが印象的でした。

また、ほとんどの人に共通していたのは、原作の「現在」であるところの一九二三年六月一三日ないしそれ以降に場面設定していたことでした。現在と過去を行きつ戻りつする原作だからこそ、二次創作ではあえて未来を語りたくなるのかもしれません。

画像はゼミ論集。佐竹真侑さんデザインの表紙は、ペンギン版 *Mrs. Dalloway* へのオマージュです。

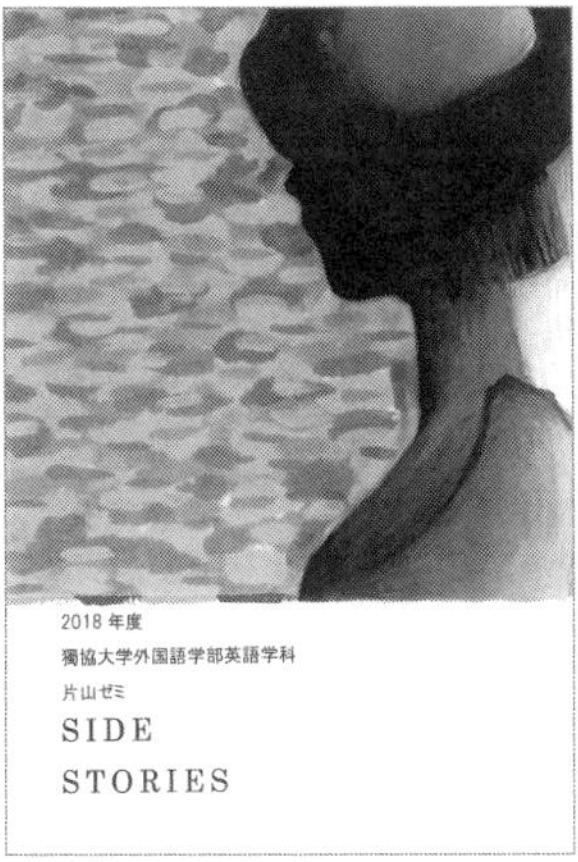

1位	レイツィア・ウォレン・スミス（7名）
2位	クラリッサ・ダロウェイ／セプティマス・ウォレン・スミス（各3名）
3位	リチャード・ダロウェイ／キルマン先生／ピーター・ウォルシュ（各2名）
4位	リチャード・ダロウェイ・ウィリアム・ブラッドショー／ デイジー（ピーターがインドで結婚しようとしている相手）／ フィルマー夫人（ウォレン・スミス夫妻の下宿屋の女主人）／ 窓辺の老婦人（クラリッサの向かいに住んでいる女性）　（各1名）

〈わがまま〉の中にある普遍性――西崎憲インタビュー

聞き手・小澤みゆき

一九九九年にちくま文庫から刊行された『ヴァージニア・ウルフ短篇集』を翻訳された西崎憲さんに、お話をうかがった。聞き手（小澤）は、本書ではじめてウルフ作品と出会った。そしてその硬質で謎めいた文章とどこかひんやりした世界観に一気に魅せられ、これ以降、他の長篇作品やエッセイも読み漁るようになった。

――本日はお時間をいただきありがとうございます。最初に西崎さんがウルフと出会われたきっかけについて、簡単にお話しいただけますか。

西崎　もともと筑摩書房で編纂した『英国短篇小説の愉しみ』という全三巻の本がありまして。その中で一篇、佐藤弓生さんに「鏡のなかの貴婦人」を訳してもらいました。それで編集者と、「やっぱりヴァージニア・ウルフっていいね、これで一冊、短篇集できたらいいね」と話したのがきっかけです。

――最初は、長篇ではなく短篇から入られたんですね。

西崎　はい、長篇が嫌いなわけではないんだけれど、どちらかと言うと短篇のほうが好きですね。ウルフはかなり多く短篇があるので、その中から選んでいきました。仲のいい編集者にまかせてもらって、短篇集の一七篇はすべて自分で選び、なるべく網羅的にして、全体像がわかるようにしました。でも今選んだら、違うものになるかもしれません。収録順というのは重要でそこにもやはり気をつかっていて、まず本の場合は一番最初のものを立ち読みすることが多いので、「ラピンとラピノヴァ」を入れました。入りやすい感じにしようと思って。

――実は短篇集が再刊されるかもしれないという情報をTwitterで見かけたのですが……（インタビューは二〇一九年二月）。

西崎　「惑星と口笛ブックス」というレーベルをやっているので、そこから出し直すかもしれません。その場合はちくま文庫版に一、二篇足して、解説も足す予定です。ちくま版では作品解説が少なかったのと、あと、新しい情報が入ってきていて。たとえば「同情」の語り手を男性と判断している批評があったりして、いろいろ検討すべきところはありそうです。見直して新版をできれば年内に出したいです。修正は自分のためにもですし、ちくま文庫版は絶版になっていますが、評判は全体としては悪くなかったので、読者のためにも、と思っています。

緊張感のある文体と、風景描写のなさ

――最初にわたしがこの本を読んだ時、全体的にとても緊張感があるのが印象的でした。たとえば漢字の使い方が面白くて、「企鵝《ペンギン》」ってこんな当て字だったのか！　と思ったり。ガラスや水など光るものの表現の豊かさも心に残りました。このような文体になった理由を教えていただけますか。

西崎　それはですね、ウルフの言葉が一語一語重すぎてそうなってしまったのだと思います。たぶん自分の力量不足もあると思うんですが、たとえば「光が眩しい」とか「輝いている」という言葉では、原文の持つ重さや質感を受けきれないなと思いまして。あとは上田敏や堀口大學といった昔の翻訳者の築いた伝統を踏襲したいということもあったかな。自分自身そういう伝統的な訳文が好きですし、やってもいいのかなと思ったんです。ただそのあとネットで、そういう企鵝みたいな当て字だとか気持ち悪

いということをけっこう言われて（笑）。まあそう言いたい気持ちもわかります。ウルフは単語にはそこまで凝ってないですから。構文にはすごく力を入れているけど。けれどいまでもやはり平仮名中心で、ウルフの文の重みあるいは深みを表現できるか、かなり難しいなと思っています。出来る人もいるのかもしれないけれど。あとウルフって、いわゆる情景描写、風景描写ってしないんですよね。いきなり内省に入っていくので、外側にどういう状況があるのかどうかは、こちらが類推するしかないときがあります。

　これもネットで言われたことなんですが、「外から見たある女子学寮」の冒頭にmoon／月の描写があるんですが、最初にmoonと出てきて、その数行くらい後にsheというのが現れて、それがその後も何度か現れる。それがかなり問題で、そのまま「彼女」と訳したのですが、いきなり彼女が出てくるとわけが分からない、これは「月」ではないか、そう訳すべきじゃないかという意見もきいて、たしかにmoonは女性名詞でsheで受けるので、そうかもしれないと思い、ちくま文庫の三刷くらいの時に、補足するような形で「月」と入れたのですが、どうもほんとうにそれでいいのかという気がしきりにしています。文学の場合いきなりわけの分からないsheが出てきてもいいような気がするし、もしsheが月だったら、もう一度くらいはっきりとmoonと書くような気もする。代名詞は翻訳で読む読者にだけ曖昧なわけではなく、ネイティヴにとっても同じですから。

——今回自分も稚拙ながら翻訳をしてみて、ウルフの文章は、途切れなく続くところが多いと感じました。これを日本語にする場合、ダッシュ記号をつかったり、一旦区切るというやり方があるのですが、その点でご苦労された点はありますか。

西崎　長い文は基本的にそのまま長く訳すというのが翻訳の基本でもあると思うのですが、長い文は割合好きなんですよ。読むのも訳すのも。でも翻訳文だと読んでいるほうの緊張はやはりそこまでは続かないかな。ウルフは内省だからずっと夢みているように続いたりしますね。しかも外側のことがやっぱりあまり書かれないです。自分の肉体的なことも。英文学は二〇世紀のはじめくらいまでは風景描写が多かった。詩なんかに顕著なんだけれど、「小鳥の声が～」みたいなことが必ず入ってきましたね。その場の植物とか。もちろんウルフにも出てくるんだけれど、何かを説明するという形では出てこない。

――確かに、ブロンテ姉妹[*1]の作品とかですと、ヒースの荒地の描写なんかが多い印象です。

西崎　それに比べて、ウルフにとって重要なのは自分の内面的な声。あくまでそちらのほうが重要で、書きたかったんだということになりますね。

幻想と狂気

――西崎さんは、もともと幻想文学や怪奇小説がお好きとうかがいました。ウルフの翻訳にもそういった文学からの影響はありますか。

西崎　自分では判断できない感じもしますが、あるでしょうね。幻想文学や怪奇小説は二〇世紀になるとたとえばヘンリー・ジェイムズ[*2]の作品を読むとわかるように、心理や内面がすごく重要になっている。幻想や怪奇は外側ではなく内側にあるっていう解釈になってきますね。それは「意識の流れ」そのものですよね。そういうものを好んで訳してきましたから。

――短篇集の中で幻想文学的というと「憑かれた家」などがありますね。けっこう、ウルフの作品って幽霊とか、二〇世紀のスピリチュアリズムの話などが出てくることが多い気がしています。

西崎　イギリスは幽霊やスピリチュアリズムの国なので自然にそうなるのかもしれないし、もしかしたら二つの世界大戦の影響が大きくて死が身近だったからかもしれない。とにかくたくさん人が死んでますから。ジーン・リース[*3]の作品には第二次世界大戦中の降霊会のことが出てきますし、エリザベス・ボウエン[*4]の作品にも穴だらけになったロンドンから別世界を思うような短篇があります。「神秘なるコア」っていう。幻想というと「ラピンとラピノヴァ」や「堅固な対象」も結局は外界よりも自分の空想、幻想に向かう話ですね。他人から見るとおかしいとしか見えないものですよね。だからそれは理解されないし、そんなことをするのは社会的なことではないよねって断ち切るという終わり方。

――「ラピンとラピノヴァ」では結局主人公夫婦は離婚してしまいますし、「堅固な対象」は主人公は政治家としてダメになった、という結論で終わるという……。その落差が印象的です。

西崎　ある種狂気とも見えますね。(「堅固な対象」の主人公は)政治家としてやってたのになんで石を拾って歩くようになったの？　という。常識的な目から見ると、それは狂ったとしか言いようがない。そこからメッセージ的なものを感じ取るとすると、ウルフはあからさまに書きませんが、やっぱり個人的なもののほうが大事だよね、って絶対言っていますね。個人的な執着で生きていこうよ、生きられたらいいなあという思いがあるんだと思います。

マイナー・ポエット

――たとえば「公爵夫人と宝石商」はちゃんとプロットがあってめずらしいお話でした。

西崎　たぶん意外に掲載媒体によって変えているんじゃないかな。「ラピンとラピノヴァ」はアメリカの雑誌掲載だったはずだし。掲載する側の意向もあっただろうし、ウルフが媒体によって書き分けるというのは思ったよりあったんじゃないかと思います。あと面白いのは詩を書かなかったことですね。いかにも書きそうなのに(笑)。

――たしかに、限りなくポエティックな散文は書いているし引用も多いけれど、詩は見受けられないですね。

西崎　詩は好きだったんじゃないかと思います。それなのにそちらには行かなかった。イギリスの作家はたいてい詩集を出していますよね。キャサリン・マンスフィールド[*5]も出しているし。一応ウルフは、文学のメインストリームっぽい感じではあるけれど、詩を書かなかったとかすこし変わった面がある。ぼくには限りなくマイナー・ポエットに近いように見える。そこが好きで訳したっていうのもあるかな。今の目から見ると、たしかに大作家なんだけれど、そういう批評的な部分を外すと、ぼくにとってウルフはあくまでマイナー・ポエットです。「青と緑」なんてマイナー・ポエットそのものにしか見えないし。「ミス・Vの不思議な一件」や「池の魅力」とかも。もし短篇しか書かなかったら、マイナー・ポエットで、でも今でも愛されて熱心なファンがいる——そんな作家になっていたでしょうね。

ウルフとマンスフィールド

——西崎さんは同じくちくま文庫からマンスフィールド短篇集も訳されています。ウルフとマンスフィールドは、お互い刺激し合う関係だったと言われていますね。

西崎　そうですね。どちらの日記や手紙にもそれぞれのことが出てきますね。そしてたがいに尊重していたように見える。ウルフは嫉妬さえするって書いているんじゃなかったかな。そのあたりの研究はたくさんあるでしょう。マンスフィールドが亡くなったときに、ウルフは、これから誰に向けて書けばいいのか、といって嘆いたようですね。作品については、マンスフィールドはチェーホフの影響がすごく大きいように見える。マンスフィールドをモダニズムの流れに入れて、「意識の流れ」から語る人も多いのだけど、僕はちょっと違和感をおぼえるところがあります。マンスフィールドのほうがちょっと古いかな。因果関係がはっきりしている。ウルフはあんまり小説の中での因果関係には興味がなかったみたいで。でもマンスフィールドは型みたいなことにこだわった気がする。質としてまったく違う。

——ちょっと不思議に思っていたのが、文体はぜんぜん違うのに、ふたりはどこに惹かれていたんでしょうか。

西崎　想像ですが、やっぱり作家として個人性を重んじたということじゃないかと思います。作品への影響はなかったんじゃないかな。両方訳しましたが、文を見ている限りは、マンスフィールドの中にウルフの影響を感じることはなかったです。逆もそうです。こっち（現代人）からすると近いですよね。同じ時代に生きているんだなあということは感じます。空気感みたいなものはちょっと通じているようなのと、あと、ふたりとも生きにくそうだなあと。社会的なところでの生きづらさを感じます。

ユーモアと愛らしさ

——今回本書のタイトルを『かわいいウルフ』としました。ウルフはすごくシリアスで内面的なところがある一方で、「面白いことを言うおばちゃん」という側面があると思っています。たとえば「同情」のオチなんかが、ちょっと落語的だと感じていたり……。そういうユーモアの部分が愛らしいなと思って、こういうタイトルにしました。西崎さんは、ウルフのユーモアについてはどういった印象をお持ちでしょうか。

西崎　最初に惹かれた部分は、やはり文章でした。ほんとうに整然とした文章なので。美しさは意図していなかったかもしれないけれど、かぎりなくそれに近いですし。でも愛らしさはありますね。「乳母ラグトンのカーテン」なんかは姪っ子のために書かれたのかな。実際に読んであげたのかもしれないですね。だから〈意識の流れ〉〈モダニズム〉〈フェミニズム〉みたいな大きなワードで彼女を捉えちゃうと、そういうユーモアとか愛らしいところに目が行かなくなってしまう。大きな語で語るのではなく……もう少し純粋に書いたものにアクセスすることがあってもいいのかなと思います。実際ウルフはそういうふうに享受されていいと思うんです。全体としては個人的な執着を語っているので、モダニズムの大作家みたいなことにすると結構もったいないかな。女性的な主張になることもあるんだけど、それよりも個人的な哲学みたいなもののような気がする。つねに女性主義を通していたわけでもないですし。いずれにせよフェミニストやモダニストということになっているけれど、そのせいで作家としての特性や、文章だけを読んで得るものから目が離れてしまうとちょっと嫌かなという感じがします。とにかくウルフの文に当たって判断してほしいなと。決して読みやすくはないんだけれど。読みにくいのは、わかりやすい結果とか結論がないからで、それがみんな耐えられないんですよね。

音楽

――ところで、西崎さんは音楽活動もなさっていますが、そういった視点から「弦楽四重奏団」はどう感じられましたか？

西崎　「弦楽四重奏団」についてはとても音楽的だと思いました。具体的に何を言っているのかわからないんだけれど、曲調の変化、リズムの変化、主旋律を弾いている楽器が交代するだとか、まったく具体的じゃないんだけれど、音楽の流れにそってかなり忠実に再現しているという印象はありました。音楽に対する入り込み方が深いかな。ここで転調して、ここでピアノが分散和音になって、みたいなことは絶対書かないんだけれど、水の流れだったり、魚の表現だったりに転換されている。明らかに比喩を使った作品としての珍しさもあるかな。ウルフはあんまり比喩らしい比喩は使わない印象があるんだけれど、この「弦楽四重奏団」についてはずいぶん比喩が多くて、その点では面白いかもしれない。ただ難しいよね、翻訳としては。すごく難しかった。誰も理解はできないんじゃないかな……。語義的な正確さを心がけて訳しているだけで精一杯です（笑）。でも明らかに音楽を表現しようと思ってますよね。本人は、これが人にどういうふうに受け止められると思っていたんだろう……。なんだろう、わがままではあるよね。恐るべきわがままさではあった。ここまでわがままだった人はそれまでいなかったかな。やっぱりジョイス[*6]とかウルフとかですね。わがままが時代を招いた。

〈わがまま〉と〈普遍性〉

――〈わがまま〉というのは文体的にやりたい放題ということですね。

西崎　そうですね。やっぱり媒体が商業的なものであれば、ここまではできなくて、だから自宅の印刷所、ホガース・プレス[*7]で出したというのはとても納得できますね。自分のために書いたという。それが文学史を動かしたというのは痛快で、いいことでもあると思う。わがままという言葉はちょっと語弊があるかもしれないけど書きたいように書いていいんだっていうことで、その後の人たちにすごい勇気を与えたのかなと思います。個人的なことを書いてもいい、わからなくてもいい、それでもいいんだっていうところ。実際それで自分を含む女性ということについて書いて、それがその後の世界を動かした。

――わたしは『オーランドー』が大好きなんですが、一方で短篇にも、ウルフの真髄があると思っています。いろんな顔のウルフがいるなと感じます。

西崎　生の形でウルフがいる感じかな。鬱屈とした雰囲気もあるんだけれども、どこかしらに明るさもある。「書かれなかった長篇小説」の終わり方はやっぱり、これは最後に置きたいなと思いました。決して暗くはない。希望というふうには書かないけれど、希望もあるよという提示があるのがいいなと思います。そして読者には個人的なものとして読んでもらえれば。私的なところ、個人的な手紙みたいな感じがするところがすごくあるので。そういう要素があるものはとても好きで、それがうまい形で伝わればいいなと思う。

――ウルフ以外にもたくさんの外国語文学を訳されていますが、それらを広めていく、興味を持ってもらうために、意気込みや、これから訳してみたいものがあれば、教えてください。

西崎　外国語文学はいろんなのがあって、日本翻訳大賞[*8]をはじめてから英語圏以外のものもすごくいっぱい読むようになったんだけれど……やっぱりそこには知らない知見、感触、雰囲気がありました。日本文学も不毛であるわけではないんだけど、海外の文学には日本文学にない要素というのがすごくあるので。で、それを知るのはやっぱりいいことかな。積極的に読んでみてくだされば、というのはあります。

訳したいものとしては、個人的かつ普遍性があるものがやりたいです。さんざんいろんなところで言っているんだけれど、時代とか、国とかを超越する要素として、死とか生とかがありますね。それはわかりやすいテーマなんだけれど、もっと人間に即した、個人的で微妙なこと。厚着をしたら暑いとか、薄着をしたら寒い。何かを忘れただとか。友だちがいなくてさみしいとか、そういうものは時代も国も問わないし、意外にそういうものは多いと思う。マイナー・ポエットはそういうものを取り上げてきたような気もするし、ウルフもそうだと思う。ウルフはそういうもののなかでも微妙なものを取り扱ったかな。とても微妙で謎みたいなもの。

異常な〈鋭敏さ〉

——この短篇集の中で、敢えてはじめてウルフを読む人へのおすすめを選ぶとするとどれでしょう？

西崎　今選ぶとすると「サーチライト」と「青と緑」かな。「サーチライト」がいいなと思うのは、遠くから望遠鏡を覗いて見るという要素があって、ウルフの文章ってちょっと引いた画面が多いというか、遠景としかいいようがないところがある。精神的なバランスを崩した人にそんなことできるのかっていうと、それも謎で。そういう傾向がある人の文章って普通はもっと対象までの距離が近い印象になる気がするんだけれど。でもウルフは違いますね。その違い……たぶん知的な能力なのかな。恐るべき能力だと思う。それがやっぱり他の人との差を生んでいるんじゃないかと。異常な鋭敏さ、恐るべき鋭敏さで捉えていたのかな。だから万人におすすめできる短篇はないかな……。ストーリーもプロットもないし、シチュエーションがあるだけ。この中の登場人物＝ヴァージニア・ウルフでいいのかっていうのもある。感情移入とか共感は求めていない。多くの現代文学は感情移入も共感も求めていないので、それもウルフあたりから始まっているのかもしれません。

――作品を訳す前と後で、ウルフに対する印象というのは変わりましたか。

西崎　よくわからないんですよ。語学的にとにかく正確な解釈を心がけて、かつ自分の考えるウルフ的小説観に沿って文章は紡ぐんだけれども、ウルフが考えていたこと、書こうとしたことにどれくらい近いのかは正直言ってわからない。ただリズム、音感とか。韻文的な修辞は使わないんだけれど、やっぱりすごく……美しいって言葉じゃないんだよね、緊密さがある。あとはやっぱり、自殺してほしくなかった。体力はなかったかもしれないけど、書くことに執着はすごくあっただろうし。どこまで行ったのかなって思う。普通の作家は三つ四つ読んでいくと作る仕組みが見えるけれど、ヴァージニア・ウルフはそれが見えなかった。『ダロウェイ夫人』や『灯台へ』も型ではない。視点はあるんだけど、でもその視点の置き方には、書き手を隠すようなところがあって、本体は不可視で、いつまでたっても見えなくて捉えきれない。

――そういうふうに捉えきれないからこそ、多くの人がウルフの作品を不思議がっていて、現在まで読みつがれているのかな、と思います。

西崎　パラフレーズできたり、結末があるものだと、読んだあとみんな忘れちゃいますね。その意味ではウルフは閉じていないから、忘れない。ずっとこだわりつづけるという。あと一種のミニマリズムなのかなっていう感じがする。とても複雑なことを書いている印象があると同時に、ものすごく簡素なことを同じペースでずっと書いているようにも見える。

――ウルフの文章の難解さ・わがままの奥にある普遍性、というキーワードが出てきて、わたしも彼女の理解が一歩深まったように思います。本日はどうもありがとうございました。

（二〇一九年二月四日　収録）

＊1　ブロンテ姉妹　シャーロット（一八一六〜一八五五）、エミリー（一八一八〜一八四八）、アン（一八二〇〜一八四九）の三姉妹で、イギリスの作家。ヴィクトリア朝時代に活躍した。

＊2　ヘンリー・ジェイムズ（一八四三〜一九一六）　アメリカ出身の小説家。主にイギリスで活躍した。心理小説の先駆と呼ばれる。

＊3　ジーン・リース（一八九〇〜一九七九）　イギリスの小説家。イギリス領ドミニカ国出身。

＊4　エリザベス・ボウエン（一八九九〜一九七三）　アイルランドの小説家。幻想的な短篇で知られる。

＊5　キャサリン・マンスフィールド（一八八八〜一九二三）　ニュージーランド出身の作家。主にイギリスで活動。チェーホフの影響を受け、小説・詩・散文を執筆したが、三四歳で病気のため亡くなった。

＊6　ジェイムズ・ジョイス（一八八二〜一九四一）　アイルランドの小説家。ウルフと同じくモダニズム文学の重要人物として知られる。

＊7　ホガース・プレス　ヴァージニア・ウルフと夫レナードが設立した出版社。ウルフの作品の多くはここから刊行された。

＊8　日本翻訳大賞　小説、詩、人文学書、児童文学などを広くカバーした翻訳賞で、西崎さんは選考委員をつとめている。

西崎憲（にしざき・けん）

翻訳家、作家。訳書に『郵便局と蛇』コッパード、『ヴァージニア・ウルフ短篇集』『ヘミングウェイ短篇集』など。著書に第一四回ファンタジーノベル大賞受賞作『世界の果ての庭』、『蕃東国年代記』『ゆみに町ガイドブック』『飛行士と東京の雨の森』『全ロック史』『未知の鳥類がやってくるまで』『ヘディングはおもに頭で』など。音楽インディーレーベルと電子書籍レーベル〈惑星と口笛ブックス〉主宰。歌集『ビットとデシベル』刊行。

ウルフと「ヒロイン」たちの声を伝える英語劇
——小川公代インタビュー

聞き手・小澤みゆき

上智大学外国語学部では毎年年末に、語劇祭が行われている。二〇一八年末、Twitterで、英語学科の小川公代教授が『オーランドー——王蘭道』（以下『王蘭道』）を上演したと知り、オンラインで鑑賞した。生の舞台を見ることはできなかったが、オーランドーの世界観を日本に移した翻案作品で、すばらしかった。翌年二〇一九年には、英文学の主要なヒロインが一堂に会するというユニークでオリジナルな作品『ヒロインたちの部屋』が上演され、こちらはキャンパスで鑑賞することができた。両作とも、ウルフをはじめとする英文学を身近なものにしつつ、ジェンダーやフェミニズムに関する問題意識も投げかける脚本で、学生の方々の熱のこもった演技が、その劇をさらに見事なものにしていた。今回、小川公代さんにインタビューを行い、その劇作に込められた思いを訊くことができた。

上智大学語劇祭とは

——上智大学外国語学部の語劇祭は、伝統行事とうかがっています。この取り組みは、どのような目的で行われている催しなのでしょうか。

小川　上智大学の語劇祭は数年前まで、外国語学部イスパニア語学科、ロシア語学科、ポルトガル語学科に所属するそれぞれの学生で構成された劇団（クラブ活動）が語劇を上演するイベントでした。所属学科の協力の下に顧問の先生が演技指導などしていました。二年前に学部長の提案で他学科も参加することになり、英語学科も加わりました。英語学科の顧問として、私が関わって発表したのは『王蘭道』と『ヒロインたちの部屋』[*1]だけです。二〇二〇年はコロナ禍で残念ながらクラブ活動はストップしています……。

——てっきり英語劇も、ずっと行われているのかと思っていました。

小川　厳密にいうと、私が専任講師になってから一五年以上は、必修科目で英語の発話を演劇の指導を通して行ってきたんです。毎年後期は、必修科目の学生と劇を作り、演技をすることで、文脈把握能力、発話能力、それからプロソディ（リズム）を指導してきました。過去、私は二つのクラスを持っていて、一つのクラスで三チーム、それぞれ劇作と演技指導をしていたんです。

——それは全部違う演目だったのですか？

小川　そうなんです。だから毎年、私は六つの劇の脚本を書いていました。学部長はそういう指導をしていることをご存知だったので、私の学生にも語劇祭に参加するよう要請してきたということです。ただし、二〇一七年度に上演した『サザエさん』のパロディはまだクラブとしてではなく、必修科目の一環として参加させてもらいました。

——『サザエさん』⁉ 意外です。それはどういう内容だったのでしょうか。

小川　ネタバレになりますが、家族にも学校の友達にもひた隠しにしていたカツオくんの性的指向がテーマです。カミングアウトの問題は日本でももっと議論されてもいいと考えた学生たちが、『サザエさん』を翻案して、その難しさを表現するということになりました。カツオくんが中島くんと相思相愛であることを磯野家のみんなにカミングアウトする、という内容です。ＬＧＢＴＱというセクシュアル・マイノリティの問題を意識しました。というのも、必修科目の前期では、ジェンダー、人種、階級をテーマとして、読んだり、議論したりします。後期で劇を作る際には、そのどれかのテーマを選んで翻案することになっているんです。

――それも拝見してみたかったです。二〇一八年度は、数ある文学作品の中からなぜウルフ、しかも『オーランドー』を選ばれたのでしょうか。

小川　この作品に決まった経緯ははっきり覚えていないのですが、英語の語劇サークルを結成したばかりだったので、部員と相談して決めたと思います。ちょうど前年度にヴァージニア・ウルフを授業で教えていたというのもありますし、その年にゼミ生がウルフと『オーランドー』で卒業論文を書いていて、その発表を聞いていた後輩が部員にいたという偶然もあります。やはりウルフ作品の魅力は学生を虜にするのでしょう。とにかく最近、学生のあいだでもウルフが大人気なんです。

日本を舞台にした『オーランドー――王蘭道』

――舞台が日本に移されていることにおどろきました。そのおかげで、『オーランドー』という物語が、より身近に感じられました。元の物語のまま舞台化する、という意見にはならなかったのでしょうか。

小川　私は元の通りにしようと言ったんです。でも、日本を舞台にしてみたいと強く希望する学生が何人かいて。じゃあやってみようという話になって、いざ書き出してみたら結構楽しかったんです。

――翻案は原作のオーランドーがウルフの生きた時代まで生き続ける、ということを受けてのプロットなのだと感じました。このような翻案の動機やインスピレーションの源泉についてお聞かせください。

小川　上智大学は、一九一三年（大正二）に設立されています。一六世紀の聖フランシスコ・ザビエルの時代から、イエズス会は日本にキリスト教の学校を造ろうとしてきました。ただ江戸時代は鎖国をしていました。そして一九〇五年（明治三八）に、ローマ教皇が日本での高等教育機関開設をイエズス会に託して、協議が重ねられ、やっと八年後の一九一三年に、上智大学の創立という形で実を結びました。つまり、西洋の文化の流入とともに作られたこの教育の場で扱うのにふさわしいテーマが「日本の文明化」、「モダニティ」だったわけです。

――作中の大切な場面で鹿鳴館が登場しますが、まさに日本のモダニティを代表する場所ですよね。

小川　現在の日本人のアイデンティティの源泉は、もちろん太古の神話の時代から続いていますが、明治以降に大きく変容しました。日本が西洋の「知」を発見し、西洋の文化が入ってきたわけですが、途中から何かがずれていった。本来受け取った大切なメッセージを忘れてきているように思うんです。我々はその原点に戻りたい、という気持ちがありました。なので、まずは西洋の様式を受け入れて建てられた鹿鳴館は舞台にしたいと思っていました。あの時代の人たちは知や教養を真剣に自分のものにしようとしていました。王蘭道《オーランドー》もそういう人たちの一人にしたかったんです。そもそも原作のオーランドーも、ジェンダーが変わっても知の追求を三〇〇年かけて成し遂げた人なので。

――その他にも、ペリー来航がスーザン（原作ではサーシャ）との恋に繋がっていたり、長崎の原爆のことが盛り込まれていたりと、約四〇分間の中に現実の日本の出来事が入っていました。どのように脚本は執筆されていったのでしょうか？

小川　脚本は私が執筆するのですが、その前に、どのテーマがよいか、学生に必ず二つ提案し、選択してもらうようにしています。前述のように『オーランドー』の場合はそのままか日本に舞台を移すかの二つですね。劇に出演する学生には、自分で選んだ、という感覚を持ってもらいたいからです。『オーランドー』の舞台を日本に移した場合、着物など衣装をどうするのかという問題はあったのですが、学生たちは「それはあとで考えたらいいじゃないですか」って（笑）。私より彼女たちの方が余裕があるんです。それに、ただ西洋文学を読みましょう、だと面白くないですよね。やはり、日本人である学生たちに、自分の問題として感じてほしいし、ジェンダーのテーマも自分たちに関係があるものとして考えてほしいという願いもあります。授業で文学作品について説明するときも、日本で、ある特定の小説や戯曲が受容されるなら、どういう見方があるだろうかというディスカッションをするようにしています。

――原作の肝である、男から女になるという部分も、事前に知らなくても楽しめました。

小川　特に封建主義や、伝統的な家父長制について考えるとき、ヴィクトリア朝のイギリスよりも江戸時代の日本のほうが厳しかった部分もあったと思います。だから翻案というよりも、もともと日本にあった話のように感じたんです。『オーランドー』も、女性がそういう厳格な性規範からどう脱却して、自由を手に入れるかという物語です。日本の女性こそ、性規範から自由になることの大切さをオーランドーから学んでほしい。「どうせ海外の話でしょ」と思われないように、「これは日本人の話なんですよ」とわかるようにしたかった。学生たちもとても乗り気でした。自分ごととして思ってくれたというか、稽古で熱がこもっていく感じがありました。

変化してゆくオーランドーの内面

――小川先生は『群像』（二〇二〇年一二月号）掲載の「ケアの倫理とエンパワメント」でも、『オーランドー』に触れ、その両性具有性について論じ、オーランドーが「女」に変身するという経験を経て、「内面が少しずつ両性具有的になっていく」と書いていらっしゃいます。王蘭道も作中で徐々に変化していっているように思います。彼女の人物造形について特に配慮されたことがありますか。

小川　王蘭道は男である間は、「Be mine（僕のものになってくれ）」とスーザンに対して言ったり、自己中心的だったのですが、やはり女性の身体になってみると内面も少しずつ変化していきます。ただ、身体が変化したことだけで人間の内面が変わるわけではないので、たとえば、王蘭道が男であるときも、彼が経験をすることによって、少しずつ認識が変わるように工夫しました。彼が出会うスーザンが進歩主義的な女性であるのも意図的です。「ケアの倫理とエンパワメント」を執筆する前に、『オーランドー』の翻案の戯曲を書いていたことで、作者としてのウルフの思考に近づけたようにも思うので、それはとても大きかったです。

——特に、男でいたときはスーザンの気持ちを理解できないでいますが、女性になって尾崎紅葉や井上馨と話すことで、その立場を理解してゆく様子が伝わってきました。「女性になってから、私にはすべてが異なって見えたの」というせりふも印象的です。

小川　尾崎紅葉が必要だった理由は、女性が差別を受けるということを舞台上でドラマ化するためです。オーランドーは女になるまで考えたこともなかったということを示したいと思いました。差別されて初めて気づくことがあると思うので。そのために、さらに尾崎紅葉の人格を脚色しました。お宮が金のために貫一を捨て、貫一がその彼女を蹴飛ばすというプロットがあるのですが、その男女の間で生じる誤解のようなものを、王蘭道と尾崎の間で再現できたらいいかなと思いました。尾崎が王蘭道に"I can only say that I have reflected the reality of what I see every day in my own fiction."と言う場面があります。「僕が小説で書いているのは、君が毎日生活で遭遇することを取り入れただけだ」と言うのですが、これはある意味で作家の尾崎自身が心掛けていたことではないかと思いました。その部分は、三島由紀夫の『金色夜叉』の解釈に影響を受けています。『金色夜叉』は、当時としては大胆な実験小説で、三島は「伝統的技法に寄せた日本文学の心象表現の微妙さ・時間性・流動性が活きている」と称えています。流動性という言葉が使われているのは、三島由紀夫も同性愛的な傾向があったので、ピンときたんでしょうね。なので今回『金色夜叉』に言及し、このようなせりふに入れているんです。毎日、日々流れている時間や出来事を、そのまま舞台や小説に反映させることが大切だと思っています。

——「ケアの倫理とエンパワメント」でも、「カイロス的時間（経験と質的な変容をともなった時間間隔）」という言葉で、流動性や時間について表現していらっしゃいますよね。

小川　そう、カイロスです。またこれは私の解釈ですが、三島由紀夫が『金色夜叉』に感動したのは、幻想的な部分や想像力を引きのばして作ったと感じたからだと思うんです。私はそこが、三島とウルフを結びつけるポイントだと思いました。だから『金色夜叉』は絶対入れようと。性規範に対するバイアスを目立たせないと舞台は成立しないので、過度に紅葉を悪者にはしましたが……批判しているわけでないということを伝えたいです。紅葉は、両性具有的な精神を持った人で、とてもカイロス的だと思うんですよ。カイロスという言葉をもっと知ってほしいです。現在は目に見える、あるいはお金のように数値化できる世界しか価値がないという社会になりつつある。それがネオリベラリズム（新自由主義）なんですが、労働時間などのように、測れるものだけが価値を生むとされている。生産性ばかりが価値基準となり、カイロスに対するクロノスということがどうしても評価されてしまう。

ほんとうの意味での生産性、クリエイティビティがどう生まれるかということを若い世代に伝えたいと思ったときに、ウルフはとっかかりになるんです。『自分ひとりの部屋』の注で、ウルフがワイルドに言及する場面があります[*2]。レズビアンの二人が実験室で仕事をしているという設定です。そこで思考実験として、この部屋が実験室ではなく、寝室だったらどうだろうかということを言っています。当時はそういった同性愛的なことを、注にしか書けなかった。ウルフはワイルドにものすごい影響を受けているんですが、そのことを公表できなかったんですね。しかも日本ではオスカー・ワイルドを受容した作家として三島由紀夫がいる。この三人の関係性について、考えてみたいです。

――流動性といえば、スーザンのほうが、王蘭道よりも男っぽいさっぱりしたキャラクターなのが印象的でした。

小川　スーザンというキャラクターや設定をつくるにあたって、普通の女性ではいけないということは考えました。両性具有的な存在にしたのですが、実際にどういう人であったかはわかりません。ペリーの娘の名前がスーザンという名前であったことはわかっていたので、このスーザンにどういう魂を与えようかと考えました。とても進歩主義的で、教養があり、自分の意見を持っているという女性にしました。相手の思い通りにならない女性。原作にもある「Be mine」というせりふにたいして、私の舞台ではもう少しわかりやすくしたかったので、「あなたのものになる」という感覚に共感できません、という役柄にしました。スーザンを演じてくれた子も、この役を通して変わっていったところがあると言っていました。

「型から入る」とよく言いますが、演技は型そのものなんです。若い世代の女性に必要なのは、そういう型になりうる演技だったり言葉ったりするのかもしれません。ジュディス・バトラーが『ジェンダー・トラブル』のなかで言っている、「いまだ！」という瞬間、prime moment はいつなのかという話にもつながります。彼女は、ジェンダーはプロセスにあると言っている。スラヴォイ・ジジェクも同じような言葉を使っています。ジジェクは、人が役割になりきるのはいつか？　という問いにたいして、常に premature だ、つまり未熟だと言っています。役割は、与えられているだけで、なろうとした日からその役になるわけではない。男女の性役割は与えられているだけで、自分の自由意志で決められる部分もある。それと同じように、人生のすべての選択肢は自分に与えられている。ジェンダーはパフォーマンスである、というのがジュディス・バトラーの解釈で、私はその理論を舞台に応用しているだけなんです。そういう意味でも、王蘭道もどこかの瞬間で女になったわけではないと思うんです。体が変わった日が、女になった日なのか、それとも何年か経って少しずつ慣れていった過程なのか、そういう感覚を脚本のなかで出していきたかったんです。それがせりふなどに表れていれば成功かなと。

――はじめとラストに現代のシーンの挿入で、女性の立場の向上、「自分ひとりの部屋」を持つこと、自分でお金を稼ぐことの重要さ、といったメッセージが、原作よりも強調されている気がしました。私自身エンパワメントされましたし、力強く感動的な内容でした。「再生 (rebirth)」という言葉も印象的で。こうした演出意図について、お聞かせください。

小川　『王蘭道』は、最初と最後にジャーナリストがオーランドーにインタビューするという内容です。現代の、特に大学生が『オーランドー』を読むという時、どうしても距離ができてしまうんです。一〇〇年近く前に生きていた人が、どんな事を考えていたのか、想像をすることの難しさ。どうしたら身近な存在に感じてもらえるかという工夫から、このようになりました。自分がインタビューするという可能性を感じてほしかったんです。たとえば、観客が感情移入しやすいように、入れ子式の方法を取りました。現代のジャーナリストが、三〇〇年以上生きてきた王蘭道にインタビューする。それも彼／彼女がそれほど長い間生きてきたということに気づかずに。ただ、王蘭道が書いた小説はまるで自伝のようにリアルだと直感で感じ取っています。

文学作品、とくに古典と呼ばれているものは、とくに若い世代の読者にとってはなかなか親しみを持てないものです。「文学」の世界と「リアル」な現実世界とをどう架橋すればいいかというのは教員としても、文学の研究者としても、長らく課題でした。劇にするというプロセスは、舞台で生の声を届けられる貴重な機会であるので、なるべく現実の世界に近い人間が語り部、あるいは聞き手的な役割を果たしてほしいと思いました。やはり、リアルなものとフィクションが融合したときにしか、我々は想像力を働かせられないんですよね。

魅力的なヒロインが集う『ヒロインたちの部屋』

——二〇一九年の『ヒロインたちの部屋』はタイトルに「パスティーシュ」とありますが、小川先生の完全オリジナル脚本です。まず主人公のケイコのもとに、英文学のヒロインたちが一堂に会する、というストーリーを、わくわくしながら拝見しました。こうしたアイデアを思いついたきっかけについて教えていただけますか。

小川　実は脚本を書き上げるのが、上演予定日の三週間ほど前だったんです。語劇祭の実行委員会にプログラム作成のためのタイトルを一ヶ月半前には提出しなくてはならないので、取りあえず「繋ぎ合わせ」という意味の「パスティーシュ」というタイトルを仮につけて提出したんです。それが、ポスターにタイトルとして出てしまったということです。ただ、『ヒロインたちの部屋』は複数の文学作品から断片を持ってきて「繋ぎ合わせた」ものになっているので、大きく外れてもいないのですが。部員たちには、このときも二つくらい案を提案しました。一つは『嵐が丘』のアダプテーションです。そしてもう一つはキャリル・チャーチルの『トップ・ガールズ』です。

――『トップ・ガールズ』、恥ずかしながら知りませんでした。

小川　私が毎年授業で教えていて、学生の受けがとてもいい作品なんです。実在した女性やフィクションの女性、つまり架空の女性がマーリーンというキャリア・ウーマンの招待を受けて一堂に会して、おしゃべりをするという枠組みのお話です。そこには日本人の二条、イギリス人の女性探検家のイザベラ・バード、女性であることを隠し法王になったヨハンナ、中世の『カンタベリー物語』に登場する貞淑な妻グリゼルダなどがいます。著作権の問題に引っかかるので、もし『トップ・ガールズ』のような劇を作るなら、ほとんど無から作り出して、『トップ・ガールズ』とは似ても似つかない作品にする必要がありました。ですので、私はみんなに『嵐が丘』を強く勧めたのですが、サークルのみんながどうしても、『トップ・ガールズ』がいいと言うんです。「女性が一堂に会するパーティ的な舞台にしたい」と。結果的に、その路線で物語を作っていくことになりました。想像以上に大変で、途中で断念しそうになりましたが。古典と言われている作品を何度も読み込んで、そこから浮かび上がるヒロイン像や、もし生きていたらどんな会話をしただろうということを考え巡らせました。

生き生きと語りだすヒロインたち

——物語の構造も、作家として作品を発表した現代日本の女性・ケイコが、その体験について語りだす、という内容で、『王蘭道』をより発展させたものになっている気がしました。

小川　実は、この物語ができるまでに二つ偶然が重なりました。一つ目は、ちょうど平野啓一郎さんの『空白を満たしなさい』（講談社、二〇一二年）を読んでいたこと。二つ目は、多重人格者についてのドキュメンタリーを見たばかりだったこと。実は完全にネタバレですが、「ケイコ」は多重人格者です。『ロミオとジュリエット』のジュリエット、ジェイン・エア、エリザベス・ベネット（『高慢と偏見』の主人公）、エリザベス・ラベンザ（『フランケンシュタイン』のヒロイン）、オーランドー、そしてバーサ。バーサは『ジェイン・エア』のもうひとりのヒロインで、隠し玉ですが、彼女たちが全員「ケイコ」の内面に複数の人格たちとして存在しています。多重人格者であると、わかった人とわからない人がいると思うのですが、わからなくても楽しめる内容にしています。多重人格者でなくとも、複数の価値観が一人の人間の内面でせめぎあうことはよくあると思います。ですので、たとえば、無鉄砲なところはあるけれども比較的保守的なジュリエットと、進歩的なオーランドーを対話させてみたら面白いだろうとか、ジェイン・エアとエリザベス・ベネットをケンカさせてみたらどうだろうか？　と思考実験を繰り返しました。それを組み立てて、劇の台本にしていきました。

——あのキャラクターたちをピックアップしたのはどういう基準なのでしょうか。

小川　リアルに会話が成立する人たちだけを選びました。同じようなキャラクターを集めても、キャラクター同士が「そうよね、そうよね」と相槌をうつだけで終わってしまう。オーランドーはあの中では一番進歩的、男性的な存在で、ジュリエットと価値観がまったく異なります。それ以外で対照をなしていたのはジェイン・エアとエリザベス・ラベンザでした。そういうペアリングを生かして対話が成立するキャラクターを選んでいきました。

――『フランケンシュタイン』では手紙だけで登場するエリザベス・ラベンザがこの作品では実際に語ります。ヒロインたちが自分のことを生き生きと「物語る」姿が印象的でした。か弱いジュリエットを守ろうとするオーランドーのやりとりも素敵でした！

小川　おそらく配役の面でも、たまたま恵まれていたのでしょう。オーランドーにキャスティングされた三浦さんが舞台に立ってみると「かっこよかった」というか、ある「男らしさ」の魅力を放っていたので、それを前面に出した演出に変えてみました。二人が手を重ねるロマンチックな演出は私が演技指導をするプロセスで出来上がっていきました。もともと考えていたのは、シンプルな対話です。でも二人が対話しているのを見たら、この二人は何か見えない糸で結ばれてるんじゃないかという感じがして。これはもっと発展させたい、特別な関係をこの二人に、と考えました。

――当て書きと言いますか、みなさんが練習されてるのをご覧になって、脚本に反映されたんですね。

小川　最初、三浦さんがとても照れていて。でも、何回かやっているうちに突破してくれました。女性同士で手を合わせて雰囲気を出すって普段は考えられないと思うんですけど、どこかで吹っ切れて男性になっていきました。他の人もびっくりしたと思います。これって本物じゃない？　というくらいの熱さがありました。

女性の心の闇と希望を描く

――なんといっても「屋根裏の狂女・バーサ」の登場が非常に印象的でした。彼女の登場を軸にして、物語は思わぬ方向に転がっていきます。バーサを登場させることは最初から決まっていたのでしょうか。

小川　はい、バーサは、この劇にとって要の存在です。なぜなら「ケイコ」ですら自分の内面に闇を持っているということに気がついていなかったからです。物語の最後でようやく、元恋人に暴力を受けていた「ケイコ」の過去のトラウマが明かされます。その記憶が知らず知らずのうちにケイコの中に「バーサ」を巣食わせたともいえます。役者経験があって、『王蘭道』でも出演してもらった実力者の部員にお願いしました。脚本を書いたときから、かなり難しい役だと感じていたので、あれだけの迫力をだせそうな彼女に無理をお願いしてやってもらいました。私のゼミ生でもあったのですが、卒業論文で大忙しの時期と重なっていたので、五・六回のリハーサルで他の役者さんと呼吸が合うよう、本番さながらの練習をしました。

――バーサの登場は短いですが、客席から登場するなど、とてもインパクトがありました。

小川　バーサは、ケイコの闇を体現してくれる人です。今の女性が抱えているある種の闇だと思うんです。もちろん女性みんなが性暴力にあった人ばかりではないけれども、痴漢など、そういう類の恐怖は誰しもが一度は経験したことがあるはずなんです。バーサというのは、そういった女性差別や、軽視され、虐げられる女性の身体の象徴ですよね。ロチェスターに監禁されるわけですから。ケイコは大学で非常勤の不安定なポストに就いていて、自立をしたいと思っている。そういう葛藤を抱えつつ、さらに付き合っていた彼に暴力を振るわれていたというトラウマがある。そのトラウマと葛藤しているとき、自分で新たな人格を生み出しているとすれば、それは誰だろうかと考えました。バーサは『ジェイン・エア』のなかでは、狂女としか言われたことがなく、声も持たない、せりふもない、原作では一言も声を発しない。そういう女性こそが声を持つべきであると考えました。だから短い登場ではありますが、彼女が言っていることがほぼすべての女性を代弁している。私は閉じ込められてこういう気持ちだった、と。だから『ヒロインたちの部屋』の「部屋」には、実はふたつ意味がある。自分が自立するための空間としての部屋が必要だけれども、そこに一生閉じ込められる人だっている。それがバーサです。

――バーサの登場でケイコは自分の中のトラウマを思い出します。またその「狂った」行動が、「もうひとりのヒロイン」であるバーサの存在と重なります。なぜ、このようなプロットになったのでしょうか？

小川　先ほども少し触れましたが、平野啓一郎さんの『空白を満たしなさい』にかなり影響を受けています。この小説は世界各地で不可解にも一度死んだ人がよみがえる「復生者」が現れるという物語で、そのうちの一人、土屋徹生は三年前に自殺していました。彼自身が自らの死の真相を探り、記憶を取り戻していきます。脚本執筆前、ハッピーエンドか悲劇的最後かを部員に選んでもらったとき、全員が後者、つまり、平野さんの小説のような展開を選びました。そういうわけで、書き始めたころは、主人公は実は死んでいたというプロットを想定していました。ＤＶを受けていた「ケイコ」は実は亡くなっていて、「復生者」かあるいは亡霊として語っていたという結末を考えていたのですが、最後の最後で、彼女を救済することにしました。「ケイコ」というのは実は私の母親の名前なので、死んでほしくなかったのと、最後に救いがある物語にしたかったというのがあります。どうすればよいか悩んでいるときに、たまたま多重人格者のドキュメンタリーを見て、これだと思いました。社会的弱者として苦しんだ女性が一〇以上もの人格を持っているという内容でした。私が生み出した「ケイコ」という女性も、ケイコが苦悩するたびに自分の中に文学作品のキャラクターという形をとって人格が増えていきます。彼女たちが人格として生まれるのは、ある意味で「ケイコ」を支えるためです。だから、最後は彼女たちのおかげで救われる物語にしました。心の闇を象徴する「バーサ」が自己を崩壊させるのではない。つまり「ケイコ」が廃人となったり、自殺したりするのではなく、「バーサ」という人格の心からの改心によって、「ケイコ」自身が希望を見出すという物語に改変しました。シャーロット・ブロンテの『ジェイン・エア』では狂女としてバーサは死んでしまいますが、この物語では、人間らしさや声を取り戻します。バーサというキャラクターがフィクションの世界だけに存在するのではなくて、女性一人一人に実は人格として存在していて、それを追い払う「お祓い」みたいなもの、エクソシズムみたいなものを舞台上でやったら、見てくれている観客とも共有できるのではないかと思ったのです。闇から出てきたバーサに、声を与えてお祓いをしてもらうという、そういう筋書きです。

――ウルフが『自分ひとりの部屋』の中で「シェイクスピアの妹」を想像(創造)したように、ケイコも自分ひとりの部屋の中でヒロインたちを想像(創造)しています。また小川先生ご自身や学生のみなさんも、ケイコとヒロインたちというキャラクターを創り出すことで劇作を成功させています。このように、女性が物語を作り、創造性を発揮することへのメッセージに、ある種の入れ子構造を感じました。劇を鑑賞された方には十分伝わっていると思いますが、本作を通して伝えたかったメッセージについて、改めてうかがえますか。

小川　やはり先ほどお伝えした「希望」でしょうか。最初は「ケイコ」の悲劇的な「死」という結末を用意していたのは、これまでの文学史、あるいはこれまでに語られてきた女性の物語にハッピーエンドが少ないからだと思います。伝統は伝統として大事な場合もありますが、ことジェンダー表象になると、女性は圧倒的に不利な立場に立たされています。彼女たちは、従順だったり、沈黙させられていたり、家父長制という男性中心主義的文化における被害者として描かれてきました。誰かが、それとは違う物語を紡がなくてはならないのなら、それはやはり弱者として生きた経験を持つものでなければならないと思っています。ただ、声を持てない人間が声を出すまでには、長い長い時間がかかると思います。また、非難や恣意的な権力の犠牲になるリスクを覚悟した上での勇気も必要だと思います。学生たちと新しい脚本で舞台を作る意味はそういうところにあるのかなと思います。私が一人で勝手に物語を紡ぐのではなく、毎回部員たちの声に耳を傾けながら練って、推敲して、完成させました。そういう意味では、部員たちも「自分たちの物語」という実感があったのではないでしょうか。

――ありがとうございます。小川先生や語劇サークルのみなさんの、劇作の秘密を覗き見ることが出来て、とても楽しい時間でした。次回作も楽しみにしています！

（二〇二〇年一一月一五日　収録）

＊1　上智大学外国語学部　語劇祭の二作は以下で見ることができます。
『オーランドー――王蘭道』（二〇一八年上演）https://ocw.cc.sophia.ac.jp/lecture/20181209highschool/
『ヒロインたちの部屋』（二〇一九年上演）https://ocw.cc.sophia.ac.jp/lecture/20191207highschool/

＊2　Virginia Woolf, *A Room of One's Own*, ed. David Bradshaw and Stuart N. Clarke, (Malden and Oxford: Wiley Blackwell, 2015), 118n.

小川公代（おがわ・きみよ）
1972年生まれ。上智大学外国語学部英語学科教授。専門は、イギリスを中心とする近代小説。著書に『文学とアダプテーション』（共編著、春風社）、『文学理論をひらく』（共著、北樹出版）、*British Romanticism in Asia*（共著、Palgrave Macmillan）、訳書にシャーロット・ジョーンズ著『エアスイミング』（幻戯書房）などがある。『群像』に「ケアの倫理とエンパワメント」を連載するほか、書評家としても活動している。

【上智大学語劇祭　英語劇を演じて】

役を通して変わっていく――サークルメンバー座談会

聞き手・小澤みゆき

上智大学外国語学部、語劇祭の英語劇を演じられている学生のみなさんと小川先生にここではお話をお聞きします。『ヒロインたちの部屋』『王蘭道』、二つの舞台では、小川公代先生の脚本を血と肉にして、生徒さんたちが自分の言葉としてせりふを発しているのだと、私は感じました。お話をお聞きしたのは、英語劇サークルメンバーである、田中真紀穂さん、岡本葵さん、三浦萌笑《もえ》さんです。

みんなで濃い時間を

――『王蘭道』と『ヒロインたちの部屋』の劇作秘話などについて、うかがっていきたいと思います。まず、語劇祭の上演は毎年一二月の初旬ですよね。稽古や制作期間はどれくらいなんでしょうか。

小川　先のインタビューでも言いましたが、『ヒロインたちの部屋』は脚本が書き上がったのが一一月の上旬で、稽古期間が三週間しかありませんでした。作品の方向性がなかなか決まらなかったのですが、ケイコは多重人格者なんだ、と定まった瞬間、すべてのピースが当てはまったので「書ける!」と思いました。そこからホテルに泊まり込んで、三日で書き上げました。それをみんなに送ったら、いいと言ってもらえました。

――すごい、短期集中ですね。『ヒロインたちの部屋』はどのような生徒さんが演じていたのですか。

三浦　オーランドー役の私と、『高慢と偏見』のエリザベス・ラベンザ（リジー）役の子が初心者でした。他のみんなは語劇以外にも、演劇サークルなどに参加したことがある人です。私は、最初、小川先生に「遠慮してるでしょ」って指摘されて、かなり緊張していた。リジー役の人はとてもうまかったので、自分が邪魔しちゃいけないって思ってました。でもオーランドーは邪魔しちゃいけないって思うような人じゃないだろうとも思ってました。

小川　最初は本当に三浦さんとして舞台に立っていましたが、それがだんだんオーランドーになっていったんですよね。演じてみないとなかなか自分というものを客観視できないのも面白いです。でも役割を与えられると、自由に役と自分を乗り換えられるようになる。

――田中さんは『王蘭道』では最初と最後に出てくるインタビュアー役ですが、『ヒロインたちの部屋』ではディレクション側だったそうですね。

田中　音響と照明の担当です。

小川　田中さんは、私のゼミ生で、しかも劇の練習をしているときに同時に卒論を書いていたんです。一番年長さんで、照明や音楽など、舞台に立つこと以外、全部やってくれました。

田中　インターネットでフリーの音源を探してきて、それを一つの場面に三つぐらい、先生に提案しました。音楽だけではなくて、緊迫したシーンの足音やドアの音などもこだわりをもって選びました。バーサが客席から登場するシーンは、照明を当てていたので、とても楽しかったです。

――岡本さんが演じたのは主人公のケイコですが、せりふも多くて大変だったと思うんです。

岡本　ケイコって唯一、観客に近いんです。年齢や世代だけでなく、立場的にも。なので、自分の経験や思いも重ね合わせながら演じました。

小川　演じる人たちも自分の人生を抱えているので、役と人生がリンクして、増幅することってあると思うんです。単にケイコさんじゃなくて、役を演じる岡本さんがそのなかに入っているんですよね。あと、岡本さんは部長も兼ねてくれていたので、小道具や衣装も全部作ってくれたんです。ジュリエットのバースデーパーティに使うケーキも手作りだったんですよ。フェルトを買ってきて全部縫って。リジーの白いスカートは、岡本さんが買ってきたスカートに縫い付けて作っています。

岡本　そういう作業も含めて、三週間、何もかもが楽しくて、夢中になってました。今思うとそんなに短かったたっけって思うくらい濃かったです。

小川　ほぼ毎日会ってましたよね。毎日八時ぐらいまで練習して。

岡本　個人でも集まって練習したり。

――そんな短期間で作ったとは思えないくらい、みなさんの演技と演出が素敵でした。

演技を通して解釈する

――『ヒロインたちの部屋』では、ケイコの想像でいろんなキャラクター同士が会話したり、掛け合いをする様子が楽しかったです。

岡本　異なるキャラクターたちが一つの場所に集まるって、実験的、チャレンジだと思いました。

小川　エリザベス・ベネットとジェイン・エアがバトルするんですね。背景を説明すると、自分たちを生みだしてくれた作家であるジェイン・オースティンとシャーロット・ブロンテのどちらが「キャノン（正典）」かということをめぐって、これまで二〇〇年以上の文学史上で戦い続けているんです。あのバトルは私個人がぜひ見てみたいと願っていたこと、願望なんです。彼女らのヒロインがもし出会ったとしたら、絶対この話になるんじゃないかと思って、こういう場面を作りました。それから、女性同士で競い合ったとしても、対話を続けていけば最後には分かりあえたらいいなというのが私の希望なんです。演者のみんなは、難しい心の機微を掬《すく》い取ってくれました。一人一人、ちゃんとした解釈をして。

岡本　演じるってそういうことですね。書いてあることの裏にどんなメッセージがあるか。演じるだけじゃなくて、深い理解をして表現するところまで、やらなきゃいけないんだなって思いました。

小川　意見交換をめちゃくちゃしました。三浦さんともたくさん話をして。一年目でこんな難しいことをやるっていうのはすごい。

三浦　本当に生まれて初めての経験で、すごく楽しかったです。リハーサルの時に、一番うまくできてないって思ったんです。でもそれをちゃんと先生に言っていただいたことで、向き合い方が変わったし、もっと「オーランドーとしてやらなきゃ！」っていう気持ちになりました。

小川　本番までのたった一〇日のうちに、三浦萌笑という人間から「オーランドー」という両性具有的なキャラクターへと華麗なる変身を遂げた。当日はオーランドーにしか見えなかったですよ。

——二〇一八年のオーランドーと、二〇一九年のオーランドーは、同じ役柄でも全然違うと思いました。岡本さんは二〇一八年のオーランドーですね。

岡本　萌笑は私にはないものを持っていて。堂々と、凛としているんです。立ち姿も綺麗で。何かを叶えられるような受け皿を持っているようなイメージでした。たぶん『ヒロインたちの部屋』の中で、一番寛大で、いろんな意見を聞くことができ、教養があって深くて、という人です。逆に、私が演じたオーランドーは、未熟な男の子から発展していく過程でした。『ヒロインたちの部屋』では成熟したオーランドーだったので。そこは雰囲気がやっぱり違うんじゃないかなと。

三浦　三〇〇年を生きてる人間の立ち姿でやらなきゃって思ってました。

小川　このオーランドーは、みんなのお母さん的な役割を担っていて、ケイコの人格の核だった。ケイコは死という危機に面したトラウマを持っていますが、だからこそ、文学作品からは死んでしまうキャラクターと、生きのびるキャラクターと、半分ずつ入れたかったんです。オーランドーはケイコのなかで「これから生きていこう！　がんばっていこう！」ってずっと叫び続けているんです。あまり深く考えたことなかったけど、この劇、すごいよくできてるね（笑）。

――ジュリエットとオーランドーの愛のシーン、すてきでした。

田中　極端なくらいにやらないと、って言っていたよね。照れがあったり、「こんな感じかな？」って収めようとすると、「それじゃ伝わらないから、もっと極端にやろう」って。

小川　現実世界ではヴァージニア・ウルフと、ヴィタ・サックヴィル＝ウェストが愛し合っていたわけだけど、作中では表現してないですよね。私が三浦さんに表現してもらいたかったのは、オーランドーは男で女だけれども、女も愛するってことでいいじゃない！　っていうことです。同性愛者への差別やヘイトスピーチがひどくなっている社会で、「女性が女性を愛することに対する偏見があるのはおかしい」という部分をロマンスに変えたかった。あり得るものを表現するために、かなり突っ切った演技をしないといけなかった。とても勇気が必要だったと思います。

――こういうオーランドーの解釈も、これからありうるんだなという、翻案していく楽しさも伝わってきました。

小川　どうしてもハリウッド映画的な発想だと、異性愛的なロマンスを求めてしまって、それ以外の可能性を排除してしまう。異性愛的ではない種類の愛がある。それをウルフは最初から内包していた。そして、それを舞台でどう表現するかっていうのを考えたとき、ジュリエットとオーランドーの愛という形になりました。あそこ、田中さんと一緒に音楽を選ぶのに苦労したんだよね。

田中　慎重に考えました。激しすぎてもいけないし、可愛らしい感じも入れたかったですしね。ジュリエットとオーランドーのバランスを考えるのが難しかったです。

小川　選曲が合った瞬間、みんなで、うわー！　てなったよね。

変化していく意識

――劇を作る、あるいは演じることによって、みなさんにある変化があったことがわかります。実生活でも何か変化はありましたか？

田中　大学に入って、特に小川先

生に学んでから、家父長的なものに対して、おかしいって思えるようになりました。たまに家族とバトルしたりしています。

岡本　語劇を通して学んだことが、教育とフェミニズムです。現状を批判的に捉えるという意味で、演技を通して知った文学作品が私の中での教養になりました。ウルフが言っていたように、教育や批判精神が、何にも変えられない力になることを学びました。卒業後は教師になるのですが、日本ではまだまだ家父長的な風潮がはびこる中で、私は生徒に何を教えられるのかを考えるきっかけになりました。

小川　そうだったんだ。岡本さんのそんな言葉を初めて聞いてうれしい。『ヒロインたちの部屋』は、最初は楽しい場面を作ってそのまま終わる予定だったんです。でも女性として、楽しいばっかりっていう舞台は嘘っぱちな感じがして、脚本の内容も変わっていきました。何か問題を抱えているとき、自分一人で追い詰められてしまう人って多いと思うんです。でもケイコみたいな人を思い出してもらえれば、そこから踏み出すきっかけになるかもしれない。そんな物語になったと思います。

岡本　舞台は、ケイコの心の闇を解きほぐしていくプロセスだったので、いろんな解釈ができると思います。ぜひ男性の方々にも感想を聞きたいですね。

三浦　この劇は、ジェンダー的な構造批判を演劇を通してやったものです。男の友だちも見に来てくれて、シンプルな感想を言ってもらいました。彼は、個人攻撃として捉えるのではなくて、社会の中にある、構造の批判だっていうことを分かってくれました。

小川　芸術作品としてみんな演じて、それに対する感想、という方法だと、プラットフォームとして共有できるよね。

岡本　男性性からの解放っていうのも目指したいって思いました。今回は女性の抑圧の話でしたけど、これを男性の方が見て男性自身のマスキュリニティの方に目を向けてくれたらいいなって思う。『王蘭道』も、すごく不思議な体験でした。私の中にも男性性はありますし、女性性もあります。そういうのを内省するきっかけになりました。人格が増えているというか。

小川　リアル・ケイコになってるよね！

一生ものの経験

――今お話があったように、劇を経験されて変わったところ、意識が変化したところがたくさんあるのかなと思います。

三浦　私はオーランドーを演じたことで、自分の中のジェンダーの流動性にもっとオープンになれた気がします。もともと女の子らしいものは好きじゃない、男の子っぽいものの方が好きっていう気持ちで生きてきました。オーランドーがそういった流動性を言語化してくれました。「私は男でも女でもなくて両方だ」って言うシーンがあって、とても共感しています。ジェンダーって、毎日変わるようなものだなと思ったし、自分に対しても周りの人に対してもオープンになれたと思います。

田中　私も萌笑（三浦さん）の話に通じるんですけど、「自分らしさ」ってあんまりいらないなと思いました。『王蘭道』では現代のインタビュアーの役だったこともあって、自分らしさから抜け出せなかったところがあったと思います。だけど『ヒロインたちの部屋』では裏方だったので、みんなが普段の性格と全然違う役をやっているのを見て、「自分らしくやらなきゃいけない」とか思わなくていいんだと思った。それに自分の中にあるものを逸脱するのは、結構楽しそう。生活の中で「私はこういうことはしない」とか、あまり考えない方がいいんだなって。これは先生の受け売りなんですけど、「昨日の自分と今日の自分が全然違ってもいいじゃん」っていう。私いつも、先生の語録で本が出せると思っているんです（笑）。あとこれも先生に言われたんですが、「過去の自分を引きずってるから、重い」って。

小川　恋話もいっぱいしてるからね（笑）。その文脈で出てきた言葉だと思う。女は重すぎると良くない！　とか。

田中　また語録に追加しておかな

いと（笑）。重すぎる自分から解放されなきゃっていうのはすごく思いました。

岡本　私も本当にいろいろあるんですが……やはりフェミニズムについて話ができる仲間ができたことが大きいです。あと、文学に触れることができたのも得がたい経験です。疑問を持つこと、考えたことを主張していくことがいいんだよっていうことを実感できて、すごくエンパワメントされました。本当に作品に助けられていて、一生ものだと思うんです。これからも作品でキャラクターが言っていたことが、背中を押しつづけてくれるんだろうなって。次は、私がいろんな人の背中を押してあげられたらいいなって思います。

小川　私は大学の先生になってこんな活動ができるとは思っていなかったんです。一方的に学生に講義をしたり、一人で地道に研究をする、孤独な職業というイメージでした。でも実際、こういう活動を始めたら学生との距離がとんでもなく近いんです。終電を逃しそうになるくらい、熱中してずっと話したり。演劇活動を媒介にしなかったら、学生たちの人生に近づくことはなかったと思います。

――すてきですね。私もサークルに入って、次の舞台に参加したいです（笑）。お話、ありがとうございました！

（二〇二〇年一一月一五日　収録）

英語劇の出演者たち

『王蘭道』

オーランドー：岡本葵

アーチデューク・ハリー：三邊哲也

近衛弘子：高木佳歩

『ヒロインたちの部屋』

ケイコ：岡本葵

オーランドー：三浦萌笑

エリザベス・ベネット：大野杏奈

ジェイン・エア：高木佳歩

バーサ：水野有春

エリザベス・ラベンザ：横井春奈

ジュリエット：鈴井 華乃

『自分ひとりの部屋』が愛される理由

イ・ミンギョン　すんみ訳

こんにちは。今日は女性に対する暴力撤廃の国際デーで、韓国でも「女性に対する暴力を撤廃するウィーク」が始まりました。[*1] わたしは地方での講演会を終えてソウルに帰る列車に乗り、日本のみなさんへこの文章を書いています。これが書き終わっても、みなさんのところに届くにはもう少し時間がかかるでしょう。そのことを思うと、瓶入りの手紙を海に浮かべているような気持ちになります。

わたしが初めて出会ったヴァージニア・ウルフの作品は『自分ひとりの部屋』[*2] です。女子大生のために行われた講演の原稿でもあるこの本は、女性が小説を書こうと思うなら、年収五〇〇ポンドと自分ひとりの部屋が必要だという話で有名です。わたしを含めた韓国のフェミニストたちは、この本をこよなく愛しています。日本でもそうでしょうか。

この本を初めて読んだのは、一九歳だった二〇一二年でした。まだ韓国においてフェミニズムがひとつのムーブメントになる前です。当時わたしは大学を休学し、より良い社会を求め、より広い視点を得るためにヴィーガニズム、フェミニズム、人権、難民など、さまざまなトピックに触れ、学ぼうとしていました。一方、自分の部屋を持たず、金欠で苦しんでいた時期でもあります。そんな時期に読んだウルフはむずかしくはあったけれど、わたしに大きな感動を与えました。一年に一度はかならず『自分ひとりの部屋』を読もうと決心したほどです。その自分との約束を、わたしはいまも守りつづけています。他にも『オーランドー』[*3]をはじめとしたウルフの著書をいろいろと読みました。「ロンドン散策——ある冒険」[*4]、「過去のスケッチ」[*5]、あとウルフについて書かれたアレクサンドラ・ハリスの本、ヴィタ・サックヴィル＝ウェストとウルフとの関係について書かれているサラ・グリストウッドの本も好きです。ですが、やっぱりいちばん好きなのは『自分ひとりの部屋』です。ウルフやウルフの文章が好きな作家たちの文章を読んでいると、双極性障害だったと知られるヴァージニア・ウルフが文章を書くことで切り拓こうとした新しい道への熱望が、似たような症状を持っているわたしには少しばかり理解できるような気がするのです。

　わたしは二〇一二年以降フェミニストになり、二〇一六年江南駅殺人事件[*6]をきっかけに作家になりました。ウルフとの縁はまだまだ続きます。韓国の出版社である民音社から『自分ひとりの部屋』の推薦文を書いてほしいと原稿の依頼があったのです。初めての著書が刊行直後にベストセラー入りしたにもかかわらず、自分で作家と名乗ることには迷いがありました。あとで知ったことですが、並はずれた才能がある女性作家トニ・モリスンも、みずからを作家であると紹介することをためらっていたそうです。書くことを天職だと思うことと、自分を作家として認めることには大きな壁があるようです。

『自分ひとりの部屋』の推薦文を書くことは、わたし自身を作家として認めるのに大きな影響を与えました。文章を書きつづけながらも自分を作家だと思ってはいけないという変な呪縛がありました。その呪縛からだんだん解き放たれてはいたけれど、それでもやはりみずから立ち上げた独立系出版社から本を出すことと既存の出版社から仕事を依頼されることは、違う意味を帯びていたわけです。

自分でもそのとき書いた推薦文が、いままで書いた一〇〇個以上の推薦文のなかでいちばん好きです。読者からの反応もフェミニズム小説集『ヒョンナムオッパへ』に寄せた推薦文とともにもっともよかった。そういえば日本語版の『ヒョンナムオッパへ』（斎藤真理子訳、白水社、二〇一九年）には、わたしの推薦文が載らなかったので少しばかり残念に思いました。

読者の心に響く推薦文を書くことができたのは、わたしがウルフに特別な愛情を抱いているからかもしれませんし、初心者ならではの運がはたらいた結果かもしれません。ですが、いちばんの理由はわたしが自分の部屋を持つことができたからでしょう。わたしはそのころ初めて、だれも勝手に入ってくることのできない自分ひとりの空間を持つことができました。保証金五〇〇万ウォン（約五〇万円）に、管理費込みの家賃が三七万ウォン（約三万七〇〇〇円）しかない小さな部屋。一つの事件が起こるにはさまざまな要因がはたらくわけですが、はっきりと言えることは、当時大学院への進学を口実に小さな部屋を借りていなければ、絶対作家にはなれなかったということです。いつかなりたいと思っているだけか、まったく別の人生を歩んでいたでしょう。物理的な空間を手にすれば心の余裕を持つことができます。多くの女性作家が自分の空間を持つことができず、キッチンで家事の合間に文章を書いていることを知っていますか。この話を聞いて「弘法筆を選ばず」と言う人もいるかもしれません。でもわたしは、女性作家たちが書けるはずだった文章が読みたくてしかたないのです。

ヴァージニア・ウルフは『自分ひとりの部屋』で会ったことのないだれかへの思いについても書きつづっています。シェイクスピアに妹がいたら、というふうに仮定をしながら。わたしはウルフが正規の教育を受けなかったこと、そしておそらくそのことと関連があるはずの、自由な連想や仮定によって論旨を進めていく書き方がとても好きです。ウルフの書き方は男女の賃金格差をテーマにした『失われた賃金を求めて』（小山内園子・すんみ訳、タバブックス、二〇二一年）の執筆に直接的な影響を与えました。タイトルを見て堅苦しい経済の話、と思うかもしれませんが、じつは『自分ひとりの部屋』に非常に似ているエッセイです。逆にいえば『自分ひとりの部屋』でとても政治的、経済的な議論が行われていると言うこともできるでしょう。男性作家がこの顕著な政治性を読み取ることができず、「政治的でない」という理由でこの本をあなどっていたことにはいつも驚くばかりです。女性に独立した部屋と金が必要だと主張するこの本ほど政治的なものがほかにあるのでしょうか。

　ウルフの著作で『自分ひとりの部屋』が韓国のフェミニストたちにもっとも愛されている理由もここにあります。韓国にいる女性の多くはまだ経済的に独立を果たすことができず、自発性を育むための物理的な空間を確保することがむずかしい状況にいるのです。女性は男性よりあまりにも少ない賃金しか支払われていません。一方で男性は結婚の有無にかかわらず、実際の、あるいは将来の家長だとして、いるかいないかもわからない妻の賃金までを上乗せされます。[*7] ＩＭＦ危機に見舞われた一九九七年、韓国では多くの女性がリストラの対象になりました。そして近年のコロナウイルスによる国際的危機においても、女性たちはふたたびたくさんの仕事を失っています。一家の生計を立てる人として認められない女性は、あっさりと仕事を脅かされてしまうのです。一方、コロナ禍で結婚が延期になり、キャリアが断絶する女性が減ったというニュースも聞こえてきます。こんな理由から「結婚は女性の墓場」と唱えるラディカルフェミニストの主張が、韓国女性のあいだで無理なく普通に共有されているのです。

韓国では結婚制度に反発し、強要される「女性らしさ」にあらがう女性が増えつつあります。彼女たちは、まだ結婚していないという意味の「未婚」という言葉のかわりに「非婚」という言葉を使うことによって、みずからの政治的立場をあきらかにしています。結婚は家父長制によって男性が男性に資産を渡すシステム、女性を交換可能な財としてみなす儀礼だというのです。結婚した女性を男性の所有物とみなし、男性を一家の主とする戸主制。この制度が廃止されたのは一九九五年でした。しかし、いまだに男性がいない家族は、まともな家族として受け入れてもらえません。女性は――すでに結婚した女性も、結婚する男性を見つけていない女性も――いち早く結婚しなければいけない、生まれ育った元の家から離れて、結婚して男性の家族になるべきだと、そのような存在として考えられるのです。

非婚の女性たちは、こんな考えに反対します。家族から財産を譲り受けた男性配偶者と経済共同体をつくって（韓国では結婚する際に、男性は家から不動産を相続され、女性は新居に必要な家具や家電などを用意します。初めてこのことを知った子どもの頃、結婚するときに高額な資金を用意しなければならない性別でなくてよかったとホッとした記憶があります。日本はどうですか？）生き延びるのではなく、別のやり方で自分ひとりの部屋を持ちたいと、そんな願望を抱いて声を上げているのです。

どの国でもそうだろうと思いますが、韓国ではウルフの書き方はいろんな寄り道をしているようでいて本質を明確に描いているとされています。当たり前なことですが、自分自身に固有の思考によって自由に本質を捉えようとすると、既存の秩序とは折り合いがつきません。書きかけのものを自分の思い通りに仕上げようとして、家にまっすぐ帰らず、タクシーから降り、真夜中の歩道ブロックに座りこんでこの文章を書きつづけている今のわたしのように。結婚や出産を拒み、自分の部屋を持つ。そう声を上げている女性たちが思い思いに描く曲線は、既存の社会秩序という直線から見るとふぞろいに思えるけれど、同時に何にもとらわれない自由なリズムを生み出しています。

わたしは一人暮らしを始めた部屋から出て、なんどか引っ越しをしました。この手紙を書き終われば、女性三人で暮らしているシェアハウスに帰ります。この場所には、自分の部屋がないか、自分の部屋のドアを勝手に開けられてしまうことから逃げたい孤独な女性、つらい女性たちが訪ねてきます。わたしはもうすぐ家に帰り、今日訪ねてきている女性とアイスクリームを食べる予定です。

日本にいるみなさんにもまたお会いしたいです。その日までどうか素晴らしい日々をお過ごしください。

*1　一一月二五日から一二月一日まで。二〇一九年一二月から施行された女性暴力防止基本法にもとづいて実施される。第一回目だった二〇二〇年には、「なくなる性暴力、生まれる人権尊重」をテーマにシンポジウム、キャンペーンなどが行われた。

*2　『自分ひとりの部屋』（片山亜紀訳、平凡社ライブラリー、二〇一五年）

*3 『オーランドー』（杉山洋子訳、ちくま文庫、一九九八年）

*4 「ロンドン散策——ある冒険」ヴァージニア・ウルフによるこのエッセイは片山亜紀訳により『早稲田文学増刊女性号』（二〇一七年）で読むことができる。

*5 「過去のスケッチ」 自伝的なものを集めたエッセイ集『存在の瞬間——回想記』（出淵敬子他訳、みすず書房、一九八三年）に収録されている。

*6 江南駅殺人事件 二〇一六年年五月、ソウルの地下鉄江南駅一〇番出口に近い雑居ビルのトイレで起きた、女性を狙った無差別殺人事件のこと。女性であれば誰でも被害にあったかもしれないと多くの女性が感じた。それだけではなく、社会の中にさまざまに存在する女性への差別や抑圧にも気づき、女性たちが共に声を上げるきっかけとなった。「#生き残った」というハッシュタグから、多くの体験が語られ、議論が交わされるようになった。

*7 朴正熙《パクチョンヒ》政権時代には、男性労働者が妻子あるいは家族を扶養することを前提とし、男性により多くの賃金を支払う「家族賃金」という賃金体系があった。こうした「男性生計扶養者モデル」は効力を失いつつあるが、いまでも男性の高賃金とスピード昇進を正当化する口実となっている。詳しくは『失われた賃金を求めて』をご覧いただきたい。

イ・ミンギョン 作家。延世大学校仏語仏文学科、社会学科を卒業後、韓国外国語大学校通訳翻訳大学院韓仏科で国際会議通訳専攻修士、延世大学校大学院文化人類学科修士課程で文化人類学修士を取得。二〇一六年に起きた江南駅殺人事件をきっかけに『私たちにはことばが必要だ——フェミニストは黙らない』（すんみ・小山内園子訳、タバブックス、二〇一八年）を発表。女性が女性であるという理由で人生をあきらめなくてもすむ瞬間のため、ことばを書き訳している。最近はテキストを媒介にして女性たちが出会える場を作ることに力を注ぎながら、女性の人生で手にすることのできる別の可能性を模索中である。その他の著作に『失われた賃金を求めて』『脱コルセット——到来した想像』、共著に『笛を吹く女たち』『ヨーロッパ堕胎旅行』などがある。

すんみ　翻訳家。早稲田大学大学院文学研究科修了。訳書に『あまりにも真昼の恋愛』（キム・グミ、晶文社）、『屋上で会いましょう』（チョン・セラン、亜紀書房）、共訳書に『私たちにはことばが必要だ——フェミニストは黙らない』（イ・ミンギョン、タバブックス）、『彼女の名前は』（チョ・ナムジュ、筑摩書房）などがある

3

ウルフのティーパーティーへ、ようこそ

さて、本日はヴァージニア・ウルフについて語らうべく、すばらしい方々をティーパーティーにお招きしています。ダージリン、アッサム、アールグレイ……ゆっくりとおいしいお紅茶をいただきながら、みなさまのご感想をうかがってまいりましょう。

ミセス・ウルフの短篇小説には数ページで読み終えられるものもあります。しかし、そのぶん、長篇小説では表現されないユーモアや、チャーミングさが印象的です。

お気に召した作品について、どうぞ、ご自由にお話くださいませ。

＊対象となる短篇作品は、①『ヴァージニア・ウルフ短篇集』（西崎憲編訳）②『壁のしみ――短編集』（川本静子訳）③『レズビアン短編小説集――女たちの時間』（利根川真紀編訳）を拠り所とした。

【「乳母ラグトンのカーテン」を読んで】

夢のような話

にゃんこ

二〇代最後の夏に、赤いワンピースを買った。いわゆるサークラ御用達と言われているブランドの、かわいい女の子が着ていそうなワンピース。買った時に「またいらしてくださいね」とかわいい店員さんに言われたけど、多分もう来ないです。と思った。何故急に買ったのか。

　昨年の夏、初めてアフタヌーンティーをしに長楽館へ行く予定を立てたからだ。長楽館というのは、煙草王と呼ばれた実業家の村井吉兵衛が迎賓館として建てたもので、現在京都市指定有形文化財に登録されている。八坂神社から少し歩いたところに建っているのだが、周りは神社、料亭など人々がイメージする通りの「京都」があり、そんな場所にある洋館はそこにあるだけでとてもメルヘンである。

　そんなメルヘンな場所に行くのに、雑な服装で行けないな、と思ったからかわいい服が欲しくなったのだ。普段の夏といえばTシャツばかり着ている。なおこの文章を書いている二〇一九年の二月現在、私は金髪である。

　京都の夏は灼熱で、その日も例外なく暑かった。購入した赤いワンピースを着て周辺を歩いていたが、到着するまでに汗でびっしょりになった。

　中へ入るとそこは完全にロマンチック、乙女、ゴージャス、かわいい、素敵、メルヘン。

　うーん。どんな言葉が適切なのか全くわからない。とにかくそこに広がる空間は、先ほどの灼熱地獄から、急に夢の世界に入ったようだった。
そうか、ここは夢の中なのか。

運ばれてくるスコーンやサンドイッチ、その全てが丁寧でかわいらしく、夢だった。よくよく考えたらお腹いっぱいにならない量しか出てこないのに、何故かめちゃくちゃお腹いっぱいになってしまう。デザートと一緒に、普段なら選ばない紅茶を飲んだ。ポットやカップ、その全てが歌い出すような気がした。なんだっけ。不思議の国のアリスか。

夢はいつか覚めてしまう。この夢空間にいられるのも数時間。ここは現代の日本だ。お金を支払うときに少しずつ現実を思い出して、またあの灼熱の、夢の外へ出ていった。そして現実になった。

*

この冬、ヴァージニア・ウルフの本を読んでいるとき、このときと同じ気持ちになった。読んでいる間、ロマンチック、乙女、ゴージャス、かわいい、素敵、メルヘン——そう、夢の中にいるようだった。

読み終わって、カフェを出たら、極寒の京都だった。

にゃんこ　京都に住んでたふつうのOL。趣味はインターネット

【「新しいドレス」を読んで】

ありがとうはてなダイアリー

西村駿人

　友人から「ヴァージニア・ウルフの短篇小説を読んで、その感想を書いてほしい」という依頼が来てから三ヶ月が経った。依頼されてすぐに近くの公立図書館で『壁のしみ――短編集』(川本静子訳、みすず書房、一九九九年)を借りたが、何篇か読んだところで雲行きが怪しくなった。文中に登場する「外套」や「姿見」といった言葉の選び方や、生活様式の違いや登場人物などに面食らってしまう。なによりなぜか話が頭に入ってこない。その結果「すんなりと読める気がしないぞ」と思い、Amazonから中古本を購入し、じっくり読むことにしようと決意した。そしてまだ一行も感想は進んでいない。

　訳者あとがきによると、ウルフは実験的な小説手法(モダニズムの手法)と伝統的手法を用いたとのこと。それぞれの手法の説明は書籍に譲るとして、私は、プロットよりも周囲の描写や登場人物の意識に重点が置かれた「実験的な手法」にしっくりこなかったのではないかと考えた。話の筋はあれど、主人公の思考の流れがそのまま書かれ、現代には馴染みのないものや風景が登場する。難しい単語は少ないが、今の私にはピンとこない。だから読みづらいのでは、と。そういえば、最近妻から「最近のブログエントリーは、以前よりも読みやすい」と指摘されたことを思い出す。以前の私はほぼ毎日のようにはてなダイアリー[*1]にブログを書き、その日に起きたことや出会った人のことをまとめ、インターネットに公開していた。当時のブログは、その日の出来事が冗長に書かれていることを理由に、当事者ではない読者からは「読みづらい」という指摘をされていた。だが私は、日記のように、自分が読み返して意味があればよいという考えを持っていた。

しかし最近は仕事で技術文章を書くこともあり、アウトラインを定めてから文章を書くやり方が身についてきた。背景知識のない読者に対して、ほんの少しだけ意識を向ける記述を心がけるようになった。それが読みやすさに繋がっているのではないだろうかと、妻に返答した。

私のウルフチャレンジは、普段意識しないオブジェクトが出てくることによって読みづらく感じ、著者のよさであろう表現描写を楽しむことができなかった。しかし当時の様子を知るためだけに、一〇〇年前の異なる国の文化を学ぶのは酷というもの。この本を持ち続ける限り、いつでもこの世界に帰ってくることができるのだから、気長にやりたい。ウルフのファンブックに、「よくわからない」とただ書くのは気が引けるので、再度読み返してみたところ「三枚の絵」はなかなか面白い。他に比べて「実験的手法」と「伝統的手法」のバランスが取れているように思えるが、どうだろうか。

＊1　はてなダイアリー　株式会社はてなが運営していたブログサービス。二〇一九年春にサービスを終了した。

西村駿人（にしむら・はやと）　電機メーカーの研究所に所属しソフトウェア工学分野の研究開発に従事。インターネットユーザー

うさぎの消えた後に

赤口樒

ふたりで大切にしていた想い出はひとりに忘れられて
どんどん忘れられて大切だったことも忘れられて
心の中からすっかり姿を消してしまうの
ひとりにとってそれは本当に本当に大切だったから思い出してもらおうと必死になるんだけど
結局形がなくなってしまったものはもとには戻らないの
繋ぎ止めていた糸は切れてしまったの
そして……

その人は死んでしまうの
へえ……
それは悲しいね
そうなの……
そう……

さようなら

赤口樒（しゃっこう・しきみ）　ジャンルレス不定期Web合同誌『eksperimentoj』主催、イラスト・漫画等を制作

【「堅固な対象」を読んで】

ハード・ファン

勝本雄一朗

生ゴミを蒐集していた時期がある。中学生の頃だ。貝殻や、蟹の爪、豚の骨といった夕食の亡骸をプラスチックの箱にいれ、家の机の引き出しにしまっていた。そして宿題の合間に、箱の外から眺めたり、取り出して触ったりしていた。

ある日、良かれと思って、その箱を学校に持っていった。同級生からの反応は、思いがけず、散々であった。声の大きな同級生に「そんなゴミを持ってくるなよ」と言われ、若い自分は大きく落ち込んだ。

その時まで自分は、自分のコレクションがゴミだと考えていなかった。自然標本や歴史遺物と同じだと考えていた。だからこそ、友人にゴミ扱いされた時は悔しかったし、情けない気持ちになった。結局、そこで生ゴミの蒐集はやめてしまった。

あれから四半世紀ほどたって、自分は今、ガジェットを作っている。ガジェットとは、電気じかけの玩具だ。あいにく自分が作るガジェットは、さほど人気がない。ＳＮＳに作品をアップしても、ほとんど拡散しないし、あまり「いいね！」もつかない。展示に出て行けば、赤の他人から口さがないことを言われたりもする。

それでもガジェットを作り続けているのは、ひとえに創作過程が困難だからだ。極大な情報を咀嚼して、極小の結果を出力する。そのための苦労が楽しい。生ゴミの蒐集には、それが足らなかった。

勝本雄一朗（かつもと・ゆういちろう）ガジェット作家

【『自分ひとりの部屋』を読んで】

遠い記憶の、ヴァージニア・ウルフ

今沢裕

『自分ひとりの部屋』（片山亜紀訳、平凡社ライブラリー、二〇一五年）は一九二八年秋、著者（ウルフ）が大学で行った二度の講演を下敷きに、加筆、訂正したもの。演題は「女性と小説」から始まり、一貫してこの時期の女性を取り巻く社会状況に対して、女性はどのようにしたか、どうすべきかを論じている。

時は近代の幕明けで、都会が多数の人々を集めていた。都会は馬車や自動車が走り鉄道が敷かれ、それに附随する燃料基地、停車場が設備され、そこに従事する人員も集まった。

あるいは集まった人々の子どもたちのための教育施設、交通施設の他、彼らのための遊興施設（公園のすべり台、鉄棒……）と、消防、消火施設など、この時期以降に備えられた都市生活のための施設機構が出現する。

印象派の絵画に描かれる自然や人々の文化活動、レジャーなどを思い浮かべれば、彼らが移りゆく自然、社会を記録しておこうとした意志を理解できるはずだ。

本書は冒頭で小説について語り始めるが、当時、未だ体系化されていなかった「社会学」を俎上にあげ、社会を科学して摑みたいという願望を、彼女が既に持っていたことがうかがえる。

その後、社会学は社会の発展と共に歩み、細分化し、現在は「都市社会学」や「家族社会学」といった研究もされている。彼女が、そうした関心事を研究・蓄積するには「小説」の技法が最適であったのだろう。

本書もエッセーではあるが、小説的な展開がなされていて、その気になって読めば、あるフィクションとしても読めるようになっている。

今沢裕（いまざわ・ゆたか）　喫茶店主

【「存在の瞬間――『スレイターの店のピンは先が尖ってないのよ』」を読んで】

かわいいジュリア

鈴木うどん

文学の類、曲りなりに学校教育を受けてきたから、触れたことがないというわけではない。けれども、積極的に関わってきたことはこれまで無かった。一方で、文章を読むこと自体はすこぶる好きなもんだから、いつかきっとは関係することになるのだろうと思っていた。すると機会があって、この度ウルフを読んで感想を……というお誘いを受けた。大変ありがたい話だ。

ヴァージニア・ウルフ、名前は聞いたことがある。しかしながら、英国文学の作家、自分に果たして読解できるだろうか――実際に文章が頭に入ってくるまでには大変難儀したのであった。

まず、あまりの情報過多に直面して面食らってしまった。次々に繰り出される婉曲表現、こちらのペースなどお構いなく変わりゆく展開、故に翻弄されっぱなしだった。そして、話の枠組みとは決して関係することのない花々・蝸牛・ツグミ・蝶といった空間描写、これらが一種の印象派絵画のように描かれる。正直なところ、話を読み解く上では気が散って仕方なかった。一見、相手に何を伝えようか放棄しているとさえ受け取れた。

本を一通り読み終えると、兎にも角にも疲れてしまった。そして、もうしばらくは文学とお付き合いするのは懲り懲りだという気分になっていた。だから、まずはその読みにくいハードカバーを丁寧に鞄にしまったのだった。そうして、数日ばかり読書すら無縁の暮らしを過ごした。しばらくすると、どういうわけか、どうしても気になって仕方がない短篇の存在に気づく。「存在の瞬間――『スレイターの店のピンは先が尖ってないのよ』」である。

話のプロットとしてはこうだ。ジュリア・クレイエがファニイ・ウィルモットとあだこうだ話しながら、組んず解れつマリみて[*1]ストパニ[*2]も真っ青のめくるめく思考展開の果てに、実際に百合が発展して、最終的にはジュリアがファニイを抱きしめてキスして終わる……という話である。こうして要約してしまえば身も蓋もないのだけれども、前述の通り表現があまりに凝っているものだから、そもそもそういうプロットであることに気づくのに時間がかかった。実際問題、ただ「気になって仕方がない」という段階ではそのプロットにさえも気づけていなかったのだ。

時代背景を鑑みるに、このような同性愛的表現は禁断であったのだろう。思いを巡らせることすら、いけないものだったかもしれない。口にすることなど叶わないことだったかもしれない。これを表現するには、こうするよりほかなかったかもしれないし、大変な勇気が必要だったようにも思える。

音楽室の夕暮れの紫が、絨毯の上のピンが、握りつぶされたようなカーネーションが、これらの描写が物語を理解しようとする読者を翻弄する。しかし、次第にそれらが逆の働きをする、ファニイの秘めたる感情を想起させる。そして、赤々と燃え上がるような、あるいは夜の暗闇から浮かびでた鈍い白色の星のようなジュリアの思いを明らかにするのであった。

ウルフに登場する婦人たちは、ある意味奇妙な程に独特な命を吹き込まれているように感じられる。一見他愛もない、空間表現すべてに意図があるようにすら思え、それぞれの意味付けを考えていると、様々な解釈を生むことになる。だから、ここでの自分の解釈も決して正しいかはわからないが、この多様さが楽しみのひとつではあるのかもしれない。これは、まだまだ研究の余地がありそうだ。

*1 『マリア様がみてる（マリみて）』 今野緒雪による少女小説（ライトノベル）。女学園を舞台に少女同士の関係を描いたいわゆる「百合小説」で、二〇〇四年にアニメ化された。

*2 『Strawberry Panic!（ストパニ）』『電撃G's magazine』に連載された読者参加型の企画。『マリみて』と同じく女子校を舞台に百合をテーマにした作品。小説、まんが、アニメ、ゲームとメディアミックス展開がなされた。

鈴木うどん（すずき・うどん） 三度の飯と酒と音楽が好きだけれども、文学のことはよくわからないおっさん

イラスト・赤口樒

【『灯台へ』を読んで】

灯台と踊ろう、そしてあなたは灯台で踊る

戸田恵一

　ヴァージニア・ウルフ『灯台へ』は、ごく簡単に言ってしまえば、ラムジー夫人を中心とした登場人物たちのやりとりや心情の動きを描いた作品である。物語自体は複雑ではないのだが、その描き方に大きな特徴がある。とにかく、登場人物たちの会話や心情が、移り変わり次から次へと描かれていくのだ。いわゆる「神の視点」とも言われる三人称視点とはまた違う。複数の人物の視点から物語を描くという意味では群像劇に少し近いかもと思ったが、視点の移動を通して物語が大きく動くという感じでもない。ウルフは、情景や時間の流れとともに、ひたすらに登場人物たちの動作や心情を描き続ける。さらに言えば（現実のわたしたちと同じように）登場人物たちの心情はときには回想となって現在から過去へと遡り、そしてまた現在へと戻って眼前の人物とのやりとりを再開する。

　物語は、灯台に行こう、いや行かない、明日は晴れる、晴れない、というやりとりから始まる。だがしばらく読み進めてみても、話がどこに向かっていくのかさっぱりわからない。まるでウルフがわたしたちをはぐらかしているかのように、あるいはまるでからかうかのように、話の筋が見えてこない。あるいは、意識と時間の運動そのものを描こうとしているかのようにも思える。

　わたしたちはウルフに導かれながら、あちこちに飛び回る想いを辿り、意識と時間の旅を踊ってゆく。

意識と時間を自由にあちこちに飛び回ることで、対照的であるはずの現実と空想、あるいは日常と非日常、またあるいは生と死が重なり合う。あるはずのない〈ここではないどこか〉が、〈いま・ここ〉のなかに入り混じり、亡霊のように見え隠れしている。

時としてわたしたちは、途切れることなく流れつづける現実を目の前にしながらも、意識の奥深くへと静かに潜っていくことがある。そしてそんなとき、自分の意識が、この世のすべてのものにぼんやりと繋がっていくような感覚に陥ることがある。あるよね？　わたしの心情はすべてのものへと共有され、すべての意識はわたしの心情とゆったりと接続する。こうして、わたしはあなたになり、あなたは別の誰かになる。

＊

『灯台へ』は三部構成となっており、第一部ではラムジー夫人を中心にある一日のようすが描かれている。とりわけ晩餐のシーンは、登場人物たちのやりとりにしても、視点や心情の移り変わりにしても、動きがたくさんあって面白い。さまざまな人物の意識が次から次へと流れていくわけだが、終盤のラムジー氏と夫人が部屋で過ごすシーンが非常に美しい。

> しかし夫人は、夫が自分の方を見ていることが次第に気になり始めた。彼は何かいぶかるように微笑んでいて、まるでまだ床に就く時間でもないのにうたた寝かい、（中略）今の君は淋しそうじゃないか、と無言のうちに語りかけてもいた。それにしても何を読んでいるんだろう。氏は夫人がそれほど頭がよいわけでも、本を読むのが得意なわけでもないと思っていて、彼女の無知や単純さを誇張して考える癖があった。果たして読んでいるものが理解できているのかな？　いや、おそらくできてはいまい。だが、それにしてもあの美しさはどうだろう。そうい

うことがありうるとすればだが、彼女は年を経るごとにさらに美しくなる気がする。
（『灯台へ』御輿哲也訳、岩波文庫、二〇〇四年）

視点は夫人の意識からラムジー氏の心情へと移り変わり、そのまま自然な形で、彼の夫人に対する深い想いが描かれている。

夫人は夫がまだこちらを見つめているのを感じたが、その眼差しの様子は変化していた。この人は何かを求めている、いつもわたしがとても与えにくいと感じている言葉を――つまり「あなたを愛してますわ」と言ってほしがっている。でも、だめ、どうしてもそれは言えない。（中略）彼女の動きを目で追うようにして、夫が今も自分を見つめているのが、夫人にははっきり感じられた。今まで以上に美しく見える、と思っているのがわかった。（中略）夫がまだこちらを見つめているのはわかっていたので、夫人は口を開く代わりに、編物を手に持ったまま向きを変えて、彼の方を見た。そしてじっと見つめながら、ゆっくり微笑み始めた。ただそれだけで何も言わなくても、彼には、そう、もちろんあの人には、わたしが愛しているということが伝わった。それは否定しようのないことだった。
（前掲書）

ラムジー氏と夫人の視点を交互に描きながら、二人の関係が表わされている。冒頭から晩餐のシーンにかけてラムジー一家のようすは緊張感をもって描かれていたが、その水底には深い愛があることをウルフは明らかにする。まるで、プレゼントの箱をちらちらと見せておきながら、散々もったいぶって中身を見せるのを待たせ続けていたかのように。終盤、ついに箱を開けたわたしたちは、まんまと喜ぶことになる。そして、わたしたちはウルフからの贈り物を、微笑みをもって受け取るのだ。

＊

第三部では夫人自身は登場せず、ラムジー氏および画家のリリーの視点を主として描かれる。作品冒頭からリリーは夫人の絵を描こうとする。だが、ラムジー氏やバンクス氏について、ひとりの人物の印象について自身のなかにさまざまな思いがあるということに戸惑いをもっていた。

> まったくどう考えればよいのか。人を評価し判断するとはどういうことなのか？　あれこれ考え合わせて、好き嫌いを決めるためには、どうすればよいのだろう。それに「好きだ」「嫌いだ」っていうのは、結局どういう意味なのか？
> （前掲書）

第一部ではこのように思うリリーであったが、第三部では夫人の死をきっかけとして、（物理的な距離がありながら）ラムジー氏の夫人への想いを知る。上記の疑問に対して自分なりの解答を見出し、そこからさらに芸術への向き合い方を獲得する。

> こんなふうにいろんな場面を思い描くことこそが、誰かを「知る」こと、その人のことを「思いやる」こと、ひいては「好きになる」ことでさえあるはずだ。もちろん今の場面は現実ではなく、単に想像したものにすぎない。でもわたしにとって、人を理解するというのはこんな個人的な連想によるしかないように思う。
> （前掲書）

単なる邪推に過ぎないが、この一節はウルフ自身の心情を表わしているのではないかと思う。誰かを思い描くこと、知ること、思いやること、好きになること、そしてその人に「なる」こと。もしかしたら自分勝手かもしれない、けれどもそんな他者への愛に満ちた想像が、自分と、他人と、わたしと、そしてあなたによって紡がれ続けることで、わたしたちは生きていけるのかもしれない。彼女がこの作品を通してさまざまな人たちの心情を、踊るように移ろいながら、描き続けたように。そんなふうに、わたしたちも紡ぎ続けることができたなら。

*

こんなふうに身近なあなたと踊るような日々を過ごせていけたら、幸せなのではないかとわたしは思う。

ウルフの『灯台へ』と
トーベ・ヤンソン『ムーミンパパ海へいく』

童話「ムーミン」シリーズで知られるフィンランドの作家トーベ・ヤンソン。彼女は「ムーミン」シリーズの第八作として『ムーミンパパ海へいく』（一九六五年）という作品を発表している。これはムーミン一家が灯台のある孤島に移住するというあらすじで、一家の苦悩が描かれている作品である。筆者(戸田)は学生時代にトーベ・ヤンソンについて研究していた時期があるのだが、今回ウルフの『灯台へ』を読む上で参考になればとヤンソンについて調べた折りに、興味深い論文を見つけた。この『ムーミンパパ海へいく』が、『灯台へ』の影響を受けて書かれたものだという指摘である。[*1] 詳しい比較分析は既存研究に譲るとして、本コラムでは『ムーミンパパ海へいく』の概要について紹介したい。

本論文の著者・中丸禎子は、両作の類似点として二点を挙げている。一点目は、「『灯台』『島』『ピクニック』『パーティ』というモチーフ、両親と男女二人の子どもという家族構成、女性と芸術というテーマの重なり」があるということ。そして二点目は、「自分ひとりの部屋」すなわち女性の自己実現というテーマである。

『ムーミンパパ海へいく』におけるムーミンママの役割は、『灯台へ』のラムジー夫人のそれと重なる。子どもたちを大切にする優しい母であり、哲学好きな夫を持つという点でふたりはよく似ている(ラムジー氏は哲学者だ)。

また、この二作には物語としても類似点が見られる。『灯台へ』では中盤に家の中でのパーティが、終盤では灯台へ向かう様子が描かれるが、『ムーミンパパ海へいく』ではムーミンママがピクニックを強行するほか、元灯台守の漁師の誕生日パーティが展開される。

さらに中丸によれば、灯台に移住したママが家事や家族の世話を放棄し、灯台に閉じこもり「自分ひとりの部屋」を築き始めるという。確かに部屋の壁に画を描き始めるムーミンママの姿は、『灯台へ』の画家リリー・ブリスコウと重なる。しかし彼女は「最終的には、絵を描くことも、『自分ひとりの部屋』も放棄し『ムーミンパパの妻』として家族のもとに戻ることを選択する」のだ。『灯台へ』において最終的にラムジー夫人という〈ヴィジョン〉を摑み、力強くキャンバスに向かうリリーとは対照的な結末だ。

近年の研究では、「童話『ムーミン』の作者」としての姿を超えてヤンソンのさまざまな顔が注目され始めている。たとえば、童話ムーミンの誕生の背景には第二次世界大戦がある。また、ヤンソンは（ウルフと同じく）女性をパートナーとして生活していた。そんなヤンソンが、「ムーミン一家」という非常にわかりやすい近代家族の物語を描いていたこと自体がとても興味深い。そしてさらに、ヤンソンは自分のアトリエを持っていたものの、そこにたびたび友人たちを呼び込んで共に作品を生み出していた。『ムーミンパパ海へいく』で描かれたムーミンママと同じく、彼女自身が「自分ひとりの部屋」を出て活動していたのである。

*1 中丸禎子「絵を描くムーミンママ――トーベ・ヤンソン『パパと海』における女性の芸術と自己実現」『詩・言語』81号松浦純教授定年退職記念号（東京大学大学院人文社会系研究科ドイツ語ドイツ文学研究会、二〇一五年九月）

戸田恵一（とだ・けいいち）一九九〇年、東京生まれ。小説家希望だったはずが気づけばITエンジニアになっていた。小説を書かずにコードを書く日々

池と水仙

白井結城

「池の魅力」を読んでまず私が感じた違和感は、そこで描かれる情景が「沼」ではなく「池」だったことにある。念のため原題を確認すると、“*The Fascination of the Pool*”とあった。つまりここで「池」というのは“marsh”でも“swamp”でも、ひいては“pond”でもなく“pool”なのである。第一段落で描写される「深い」とか「厚く茂った藺草《いぐさ》」といった描写にもかかわらず、言葉として選択されているのが――少なくとも我々日本語話者にとっては清くて澄んだイメージのある――“pool”「池」であることには、その言葉をあえて選択したウルフにとって何か特別な意味があったはずだ。

まず、その「池」は「かなり深い」ものでなければならなかった。沼という和語、あるいは“marsh”や“swamp”といった英単語は、池や湖といった水でいっぱいの空間というよりも、むしろ水をまじえた湿地という意味合いが強い。したがってその水深は――やはり我々が「泥沼」のような慣用句を通じて抱く直感に反して――それほど深いものではない。しかし彼女にとってそれの「底が見えない」のは単に透明度の問題ではなく、深さという奥行きのある次元における問題なのだ。でなければその「池」は、彼女の心を惹き込むような魅力を持ちえまい。

それでいてその「池」は、水面に「影」を映しうるものでなければならない。もしそれが「沼」であれば、一面を覆うように群生する水生植物によって、影はその像の反映を干渉されてしまうだろう。しかし「池」の中央は、岸辺の群生にもかかわらず――いやだからこそ、その澄んだ鏡面を保ったものでなければならない。此岸にいる我々がそこに至ろうとすれば、池に身を投げた娘と同じ彼岸が待っていることだろう。

深さ（depth）と反映（reflection）――これら二つの池の要素はすぐれて近代人的な概念だ。深層心理（deep psyche）の発見と再帰性（reflexivity）の認知的発達は、ウルフが執筆活動をしていた二〇世紀初頭に前後する。すなわち初めてフロイトが深層心理の語を、またラカンが鏡像段階の概念を用いたのが、それぞれ一九一四年と一九三六年のことである。ちなみにフロイトは同性愛という〝性倒錯〟を、成熟しきれなかった自己愛が理想的な自己としての他者を経由して自らへと向けられたものであると説明した。

ところで先のフロイトによる一九一四年の書は『ナルシシズム入門（*Zur Einführung des Narzißmus*）』であるが、ここで自己愛（narzißmus）の語はギリシア神話の男神ナルキッソス（Narcissus）に由来する。ナルキッソスは水面に映る美少年の姿に、自らの影とは知らず口づけしようとして水死した。彼もまた「池の魅力」に取り憑かれた者の一人と言えよう、水の底へと身を投げたウルフ自身と同様に。

白井結城（しろい・ゆき）　一九九三年生まれ、神戸市出身。京都大学で化学を、ついで社会学を専攻し、二〇一九年四月より東京でＷｅｂアプリケーションエンジニア

【スティーブン・ダルドリー監督『めぐりあう時間たち』を観て】

それぞれの自由を求めて

小川彩子

　この映画『めぐりあう時間たち』[*1]は、自由と生と幸福を巡る物語だ。観終えてすぐ、そう思った。それぞれ異なる時代と場所に属する三人の主人公たちは、それぞれ違うかたちで「愛」にとらわれている。戦間期英国の作家ヴァージニア・ウルフは、夫レナードに愛されつつ、その庇護にいらだっている。第二次世界大戦後ロサンゼルスの専業主婦ローラ・ブラウンは、一見幸福そのものに見える夫の愛情と「幸せな」家庭に耐えきれない。現代ニューヨークの編集者クラリッサ・ヴォーンは過去の「愛」と「幸福」の記憶にすがり、かつて愛し今はエイズで死を待つ詩人リチャードの面倒をみることに依存して生きている。三者三様のその「愛」からの逃走、精神的な自由の獲得がこの映画のテーマなのだ。それぞれのとる道は、まったく異なる。生と戦い続け死によって最終的な自由を得るヴァージニア、自殺を思いとどまり孤独な生を選ぶローラ、リチャードの「死」によって過去からの訣別を強要されて「いま」に生きることを思い出すクラリッサ。他人から見たら幸福には見えないかもしれないけれど、こころの自由こそが彼女たちにとっての幸福だった。

　この映画は、ヴァージニア・ウルフ『ダロウェイ夫人』をモチーフにしていて、そこからの引用にあふれている。それぞれの主人公が動き出す最初のシーンは「花は私が買ってくるわ、とダロウェイ夫人が言った」という『ダロウェイ夫人』の書き出しをもじっている。主人公のひとりクラリッサは、ダロウェイ夫人と同じ名前だし、クラリッサのパートに登場する詩人リチャードと、パートナーのサリーは、それぞれダロウェイ夫人の夫、娘時代の親友と同じ名前だ。買い物に出たりパーティーを準備したりするクラリッサの行動は、ダロウェイ夫人の行動によく似ている。それでも、映画のクラリッサは、そのままダロウェイ夫人の現代版なわけではない。ダロウェイ夫人はサリーに「俗物」と言われているように、自分が深く思考するよりも台風の目のように周囲に嵐を巻き起こすタイプの人間で、クラリッサのような悩みとは無縁だ。また、詩人リチャードは映画に登場しないダロウェイ夫人の昔の恋人ピーターと同じ名前であった方がよかったような気もする。いやしかし、クラリッサこそがピーターなのかもしれない。いろいろ考えるのが楽しくなってきた。『めぐりあう時間たち』は、ヴァージニア・ウルフについて、『ダロウェイ夫人』について、そして自分自身の幸福のかたちについて、より深く思いを巡らせる契機となる作品だった。余談だが、フィリップ・グラスによる音楽もすばらしい。さて、次は『自分ひとりの部屋』を読もうかな。

＊1　映画『めぐりあう時間たち』（二〇〇二年、アメリカ）
本作は『ダロウェイ夫人』をモチーフとしたマイケル・カニンガム著の同名小説が原作の、スティーブン・ダルドリー監督の映画作品である。繊細な演技と特殊メイクでウルフになりきったニコール・キッドマンは、本作で見事アカデミー主演女優賞を受賞した。ほかにも、メリル・ストリープ、ジュリアン・ムーアといったオスカー女優たちの演技が共鳴しあう。ゴールデングローブ賞作品賞受賞作。

小川彩子（おがわ・あやこ）　生業は翻訳・編集。プライベートはウィスキーと日本酒どっちも大好きな三味線弾きです

【「外から見た女子学寮」を読んで】

宝石で飾られた夜を、もっと

竹中万季

大学生の頃、夏休みにケンブリッジ大学に短期留学したことがある。女子四人で一つの寮に泊まり、それぞれ個室があったけれど、深夜に誰かの部屋に集まっておしゃべりしたことや、お互いに髪をセットしあったりしておめかしして小さなパーティを開いたりしたことはいまでも眩しい思い出だ。「どうかこの日々が永遠に続きますように」と祈ったほど。

わたしは小中高一二年間女子校に通っていて、女性だけの環境に居心地のよさを感じると同時に物足りなさを感じ、その反動から「大学は共学がいい」と強く思って進学した。反動が大きすぎたのか、「異性にこういうふうに見られたい」といった欲望が渦巻いたり、不自然なコミュニケーションを繰り返して自分を見失っていたなかで、あの女子学寮の日々を通じ、女性だけの小さな共同体に懐かしさと自分を取り戻す感覚がしていたのを覚えている。

あの頃、わたしはまだヴァージニア・ウルフの著作を読んだことがなかった。けれど、いま「外から見た女子学寮」を読んで、あのケンブリッジの女子学寮の風景を頭に浮かべることができるのはラッキーなのかもしれない。一晩じゅう緑に白く映えた栗の木の花、シャクの花がぼんやりと浮かび上がる美しい庭はあったかどうかわからないけれど、静かな夜の時間に灯りがともった部屋から笑い声がこぼれる様子だけはたしかだ。

＊

ウルフの代表作の一つでもある『自分ひとりの部屋』（片山亜紀訳、平凡社ライブラリー、二〇一五年）は、一九二八年にケンブリッジ大学の二つの女子学寮で行われた講演をもとにした作品だが、彼女のたった八ページの短篇「外から見た女子学寮」は、その学寮の一つであるニューナムが舞台だ。深夜二時の女子学寮の一部屋、ベッドの上でトランプで遊ぶ少女たち。その一夜、主人公のアンジェラがアリスという少女と恋に落ちる。わたしが特に好きなのは、まるで魔法のような夜を印象づける風景描写の美しさだ。

> 笑いが（中略）霧のように流れ出していき、柔らかくかたちを変えながら漂って草花や低木の茂みに巻きつき、庭全体がおぼろげに霞んで、雲で覆われたようになっていくようだった。それから一陣の風とともに、茂みが頭を垂れると、白い霞は世界じゅうへ飛ばされていくのだ。
> （「外から見た女子学寮」『レズビアン短編小説集』
> 利根川真紀編訳、平凡社ライブラリー、一九九八年）

> 心と体から発せられるこの笑いは、規則や遅い時刻や躾といったものを吹き飛ばし、途方もなく豊饒で、それでいてかたちもなく混沌とし、漂う霞となってたなびいてはさまよいながら、バラの茂みを飾るのだった。（前掲書）

ちっぽけなおしゃべりが、どこか遠くまで広がっていくような希望がある。それは、慣習やこれまでの決まりごとなど悠々と飛び越え、どこまでも遠くまで、考えもつかないところまで届いていきそうなほど。そんな、なにもかもが眩しく見えるような夜はわたしにも覚えがある。中学生の頃、だれもわかってくれないと思っていた好きな作品について夜通し語り合った夜や、大学生の頃、自分がこれまで感じてきただれにも話したことのなかった違和感についてはじめて吐露した夜のこと。けれど、年齢を重ねるにつれて、そういう瞬間が少しずつ減っていったことを寂しく感じていた。

*

> 無数の年月が暗く渦巻いたあとには、トンネルの出口が、灯りが、人生が、世界がある、ということがわかったのだ。（前掲書）

二〇一七年、「自分らしく生きる女性を祝福する」というコンセプトで『She is』というコミュニティメディアをはじめた。この場所では当初から「無敵かもしれない夜」という言葉を掲げている。同僚と二人で立ち上げたこの場所は、まさに真夜中のおしゃべりから生まれた。

ウルフは『自分ひとりの部屋』で、「女性が小説を書こうと思うなら、お金と自分ひとりの部屋を持たねばならない」と語る。ウルフが書いていた頃と比べると状況はだいぶ変わったけれど、社会人になり、折り合いをつけるのが難しいと感じる瞬間がたくさんだ。仕事をしてお金を稼ぐこと、生活をすること、夢を見ること。身体と心が健やかなまま、それらのバランスを保っていくことはとても困難だ。様々な慣習や決まりごとが邪魔をしてくることもある。そんななかで、どこかで縛られていた「女性はこうでなくてはいけない」や「この年齢になったらこうしなくてはいけない」などの言葉から放たれ、わたしという個人が自分なりの生き方を辿れるようになるために考え続けるこの場所のことを考えていると、あの夜が蘇ってくるような感じがする。

> 人は夜を宝石で飾らなければならない。（前掲書）

「わたしたちならなんだってできるかもしれないね」と無責任に笑い合う夜、小さな夢がいつか叶うようにと世界に祈る孤独な夜。そんな夜は、少女特有のものなのだろうか。そんなことはないと願いたいし、これからいくらでもつくっていきたい。ウルフの世界を切り取る眼差しが、いつだって宝石で飾られた夜へと導いてくれる。そのために、わたしはこの八ページを何度でも開こうと思う。

竹中万季（たけなか・まき）　一九八八年東京生まれ。『She is』プロデューサー、編集者。https://sheishere.jp/　https://twitter.com/l_u_l_u/

百合は何が為に咲く

【「外から見た女子学寮」を読んで】

佐藤泰介

編者の小澤が私に原稿依頼をしてきた時、彼女はヴァージニア・ウルフの短篇「外から見た女子学寮」が載っている本のページを開き、こう言った。「百合（≒レズビアン）小説を読んで感想を書いてもらえませんか」

「百合」という言葉が女性、あるいは女性の同性愛を表すようになったのはいつからなのだろうか。アニメを筆頭とするオタク文化の中で生まれた言葉という認識が一般的かもしれない。実際に、百合と呼ばれる作品は、オタク文化とかなりオーバーラップする。しかし、百合は古くから美しい女性の象徴として使われていた。レズビアンの意味が派生したのは、一九七〇年代頃に隠語として使われ始めたことが発端で、一九九〇年代頃にそれをオタクたちがポジティブな文脈で取り入れたようだ。同性愛の意味合いは、ウルフの時代に比してしまうと、ごく最近の用法である。この語意の変化は少し心に留めておいて頂きたい。

では、「女子学寮」の前に、まず意味が変化した後のオタク文化としての「百合」を考えてみたい。私はオタクではあるが百合には疎いため、あくまで簡素な理解だが、この「属性」・「ジャンル」を次のように認識している。百合は、同性愛者の――あるいは恋愛感情まで至っていないキャラクターも大雑把に含んで女性同士の――関係性のお話である。例えば、「ツンデレ優等生と、天然問題児のカップルの葛藤」、「完成された同性愛パートナー同士のセクシュアルな蜜月」、「仲良し女の子グループの日常」など。雑なレッテル貼りであり各作品を貶めている感もあるが、私はそのように俯瞰している（各作品をご存じの方は、ピンとくるかもしれない）。

　即ち、オタク文化の「百合」において、読者は複数の登場人物の関係性に感情移入しているといえる。百合の花を添える描写をするのであれば、カップルのキスシーンといった登場人物同士の感情の極限や、ある登場人物が他の登場人物に恋し――片思いという一方向なものであったとしても――友情が愛情へ変化する瞬間など、ある登場人物と他の登場人物の間の線が大きく揺れる瞬間であろう。

　ここで、小澤のいう「百合小説」、ヴァージニア・ウルフの短篇「外から見た女子学寮」に移りたい。この作品にも、確かに百合のシンボルは登場する。アンジェラ・ウィリアムズを示すものとしてだ。しかし、この物語における百合の花はあくまで美しい女性を意味するものとして、元来の使われ方をしていることに注意してほしい。物語の前半部分は彼女についての描写に終始するが、その中で二度ほど百合の比喩を用いて、彼女が特異な存在であることが示されている。正確には鏡に映ったアンジェラを表す表現であるが、次のように。

　このユリのような姿は、時というプールに恐れげもなく完全無比のかたちで浮かび、あたかもそれは――鏡に映ったこの似姿は、自分ひとりで満ち足りているかのようだった。

（「外から見た女子学寮」『レズビアン短編小説集』利根川真紀編訳、平凡社ライブラリー、一九九八年）

ユリ（百合）の語のあるこの一文は、この物語におけるアンジェラという存在を端的に定義している。つまり、「女子学寮」において表現されているものはアンジェラという「自分ひとりで満ち足りうる」人物であり、アンジェラという美そのものがこの物語の主題ではないだろうか。

確かに、終盤のアンジェラとアリスのキスを示唆するシーンを読むと、二人の関係性が気にはなる。アンジェラがアリスに心を動かされるというストーリーが成立していると解釈するのも誤りではない。しかし、私にはこの物語におけるアリスの存在意義でさえ、アンジェラの特異性を際立たせるための陰にすぎないと思える。アンジェラが愛という崇高さを持つ存在であることを示す為に必要な対象がアリスだっただけではないか。

　さらにいえば、ウルフがこの女子学寮の様子という一読すると「内側」を書いた短篇を、「外から見た」と題した理由は、私はこのアンジェラの登場人物としての特異性にあると考える。オタク文化の「百合」の読者は、先に述べたとおり複数の登場人物の関係性という見えない花に心動かされている。登場人物たちの心理という「内側」を見て、登場人物たちの「内側」から物語に加わっている。一方、「女子学寮」において、読者はアンジェラを「外から見る」、あるいは見上げることしかできない。仮にこの女子学寮の一部屋に身を置くことができたとしても「アンジェラ以外」にしかなれないのである。この短い物語の中においては、彼女は神に等しい存在であり、不可侵であり、唯一無二の主人公である。百合の花は彼女の象徴であり、ほかの誰かとの間に咲くものではない。

　私は読み始めてからしばらく、この短篇を非常に難解なものと感じていた。この難しさはもしかすると、アンジェラという単独の存在と、その周りの女学生たちという仕組みのお話に慣れておらず、そこに関係性を見いだそうとしてしまっていることにあるのかもしれない。正直に言えば、未だ難しさを感じてはいるが、この構造を理解し始めたとき、この物語を読み解く鍵を得たように感じた。

　なお、ここから先はトンデモな話になるので、深掘りすることはしないが、先の「神に等しい存在」という私のアンジェラについての言葉は、あながち大げさではないと思っている。「完全無比のかたち」を持ち、一方で「他の学生と同じように」名前を持つ、即ち神聖なるも俗世に身を置く彼女は、百合の花をまとった天使……いや、ウルフは宗教的なものにはとらわれてはいなかっただろう。この考えはやはり止そう。

アンジェラは「かわいいヒロイン」。それでいい。

佐藤泰介（さとう・たいすけ）「まちのネットワークやさん」を目指す、ネットワークエンジニア・無線技術者。ネット上のハンドルネームは「paina」。https://paina.jp/　https://twitter.com/paina

【「同情」を読んで】

恍惚と陶酔の「Sympathy」

吉岡泉美

ヴァージニア・ウルフによる短篇「Sympathy」では、語り手がハンフリー・ハモンドという人物の訃報をタイムズ紙で目にするところから物語が始まる。[*1] ハンフリー・ハモンドといえば、友人シーリアの夫だ。語り手は、ハンフリーについて、シーリアについて、あんなことがあった、こんなことがあった、と具体的な過去の出来事に思いめぐらす。記述されるその思いめぐらしの軌跡は、やがて彼女たちをとりまく風景の描写へと押し広げられてゆき、生や死についてのより抽象的な概念が仮託されたかのようなイメージが重ねられてゆく。ハンフリーやシーリアとともに過ごした、そして同時に過ごすことのできなかった時間について、浮かんでは消える気持ち、派生して浮かびまた消える景色が、ときにうつろいゆく視点をもって、たおやかに描かれてゆく。

> ハンフリー・ハモンド、四月二九日没、ハイ・ウィッカム領、バッキンガムシャー。シーリアの夫だわ！　シーリアの夫に違いない！　死んだの！　なんてこと！　ハンフリー・ハモンドが死んだ！　二人には聞こうと思っていたことがあったのに――忘れた。なんでわたしは出向かなかったのでしょう、二人に、来てほしいと言われていた日に。彼女たちがモーツァルトを演るコンサートがあったのに。やめておいたの

だった。うちでご飯を食べた夜には、彼はほとんど喋らなかった。わたしの向かいで、黄色いアームチェアに座りながら。「家具」が好きだと言っていた。どういう意味だったのかしら。なんでわたしはなんにも言わなかったのかしら、説明を求めるようなことを。なんで彼は長いこと静かに座っていたのかしら。それで去ってしまって、玄関先では乗合自動車のことを話しながら。

読者はウルフによって指揮された、うつろいゆく視線を追いかける運動に身を委ねる。その運動は、細部の描写を重ねるウルフの筆致、そのすさまじい寄りの迫力に支えられ、見ることの機能に向けて導かれる。見ることとは、同時に見ないものを選びとること、追いやることでもあるだろう。

シーリア。そう、わたしは彼女を見る、そして同時に見てはいない。わたしには、どうしても想像できない瞬間がある。他人の生のなかで、必ず置いていかれてしまう瞬間のこと。すべてが結果としてしか知ることのできない瞬間のこと。わたしは彼女を追う、彼（ハンフリー）の部屋のまえまで。彼女がドアノブを回すのを見る。そして真っ暗なあの瞬間が訪れる。それから、わたしの想像がふたたび目を見開いたとき、彼女が世界に据えつけられたところを確認する――寡婦として。あるいはそうではない？ 朝はやくに、彼女は頭からつま先まで真白く、まるで光がばらばらとその額で砕け散るようでは、ない？

世界がさざめくさまに耳を傾けて、波間のきらめきひと粒ひと粒を手にとるように描写する、彼女のそのたしかな手つきに、よく見ること、よく書くこと、よく読むことが翻ってわれわれを生きのびさせる、その顕現を目の当たりにする。その稀有な、奇跡とも呼ぶべき達成から、はぐれてしまわないように、わたしたちは何度でも反芻する。[*2]そうして折り重ねられた時間はやがて永遠にも達する――この実践こそが恍惚と陶酔の方法として「Sympathy」を読むことであるだろう。反芻の運動に取り入れられること、その過程で、ままならない時間が引き伸ばされること。

この社会で生きるからこその、あらゆるものと折り合いをつけざるをえない、あるいは折り合いなんてつくわけがないでしょうというなかでそれでも生きてゆくんだということの、祈るような必死さのうえにあるわたしたちに、差し伸べられたウルフの作品――これが希望ではなかったとしたら、なにが希望といえるだろうか。共犯関係は取り結ばれたのだ。ままならなさを押しわけて、その運動に身をゆだねてゆく。

> わたしはロンドンにいる、この窓際で、タイムズ紙を手にして。なんと死はすべてを変えてしまったのだろうか！　日蝕の最中のように明るさは失われ、影が通り過ぎるあいだ、木々は紙きれのように細く鉛色をしている。なけなしの冷たい風が感じられ、行き交うひとびとの音が反響している。そしてその一瞬のち、懸隔には橋がかけられ、音が溶け合わされる。

われわれがウルフのテキストにある〈意識の流れ〉に着目するとき、その背後には、神経症的な現実の隘路に押し込まれてしまった書き手ウルフの影が、陰画としてつきまとう（ことだってあるだろう）。けれどもそのことは決してわれわれに、この社会での生への絶望を宿命づけるわけではない。ウルフ自身は入水により自らの命を絶ったという史実を知ってなお、彼女のテキストは読む者を生きながらえさせる。自らが病んでしまうのでなく「いや社会が病んでいるんですよね？」と押しもどすそのぎりぎりのはったりが、いつしかほんとうに真実となる、その道すじから、なんとかはぐれてしまわないように、手をとって、すすむ――そのような転回が

「Sympathy」には感じられ、そのことがただ眩しく、ずっとずっと、なぞっていたいのだった。「日蝕の最中のように明るさは失われ、影が通り過ぎるあいだ、木々は紙きれのように細く鉛色をしている」……。ここではないどこかへ誘われる、ということは、フィクションの効能のひとつでもある。読んでいるあいだは、訳しているあいだは、書いているあいだは、ままならない現実を括弧に入れて、生きのびることができる。それはこの世界が、すでに記述されえた無数の描写を内在していると言えることと、決して矛盾するわけではない。軽やかな着地を見せる結末もまた憎いのだった。たった数ページの作品のなかに、宇宙のような広がりが、包み込まれている。きらめきが、祝福として結実している。

*1　既刊の日本語訳としては「同情」と題された西崎憲による翻訳が、ちくま文庫から出ている『ヴァージニア・ウルフ短篇集』に収録されている。「Sympathy」には「同情」のほか「お悔やみ」という意味もあり、作品の主題との連関を考えるうえで、後者の訳語も捨て去ることは惜しいように思える。本稿の引用部では、西崎訳もおおいに参考にしながら、米Harcourt社より刊行されているTHE COMPLETE SHORTER FICTION OF VIRGINIA WOOLF, 2nd edition所収のテキストを底本に、筆者があらためて訳出した。

*2　そしてときに翻訳にまで手をだすこととなる。反芻の快楽に導かれて。

吉岡泉美（よしおか・いずみ）一九九〇年生まれ、会社員

Clean：すべてのデータが事実に基づいて入力されていて、すべてのクエリが解決していること

Lost to follow Up：もう二度と追跡できなくなること (e.g.The subject in health status follow up period without health status must be recorded Lost to Follow Up in the subject health status follow up period - the end of follow up page)

Seize：誰かが誰かを抱きしめること

Sketch：一部の作家はエッセイと呼ぶ

Tracking：進捗を確認すること

【「サーチライト」を読んで】

ゆれうごく語りによる空間のブリコラージュ

熱海凌

「でも、どこから始めたらいいかしら？」彼女は思案した。

およそ四六六二字の三六の段落からなる本作の冒頭五六四字のなかで、ヴァージニア・ウルフは六回の契機を「いま・ここ」を別の空間に重ねることに費やしている。本作については一〇の異形があることが知られており、そのなかから無作為に選ばれたひとつの英訳と、Kindle版の『ヴァージニア・ウルフ短篇集』所収の西崎憲訳と『壁のしみ——短編集』所収の川本静子訳をもとにこの文章は書かれている。一〇の原典をもつ文章の原典ひとつおよび翻訳ふたつをもとに考えているため、冒頭の数字が厳

格なものにはなりえないことを記しておく。また、Kindle版については、内容が予告なく変更される可能性がある。その場合は、数字のもととなったデータそのものが揺らぐ。しかし、冒頭の五六四字を別の操作に費やしているバージョンがあれば、それはそれで読んでみたいと思う。

十八世紀に、とある伯爵のものだったその邸は、二十世紀になってクラブとしての務めを求められることになった。

という冒頭は、二十世紀のクラブを十八世紀の伯爵の邸宅にかさねあわせ、アイヴィミー夫人一行のいる場処に別の空間をよびこむ準備として効果的に作用している。「貴族の休日」のイメージと、二十世紀的なchillのイメージの親和性を思い起こさせる。毎日が休日ならば、「はたらくこと」を前提とした世界ではないのかもしれない。「はたらくこと」はときに安全な語りを阻害するから。

花形帽章、不可思議な昆虫の触角、盛大に花をつけた橡《とちのき》などのことばが効果的に配置されることで浮かび上がるのは、蒸暑い夏を表現しながらにして、夏のクオリアを誘起する爽やかな色使いでありながら、うじゃうじゃとした庭園の光景である。

円柱が連なり、シャンデリアが皎々と照る広間で食事をした後、バルコニーに出るのはじつに爽快だった。

という一節に辿り着く頃には、硬質な英国建築と有機的な夏の手ざわりがイメージのなかに共存していることだろう。

語りを通じて「いま・ここ」を別の空間に重ねる行いは、手ざわりを豊かにするためだけの試みではない。むしろ、この「夏の導入」こそが本作の複雑な試みの足場として機能していると言える。簡単のために、本作の語りと空間の構造をスケッチにて示す（次ページ）。

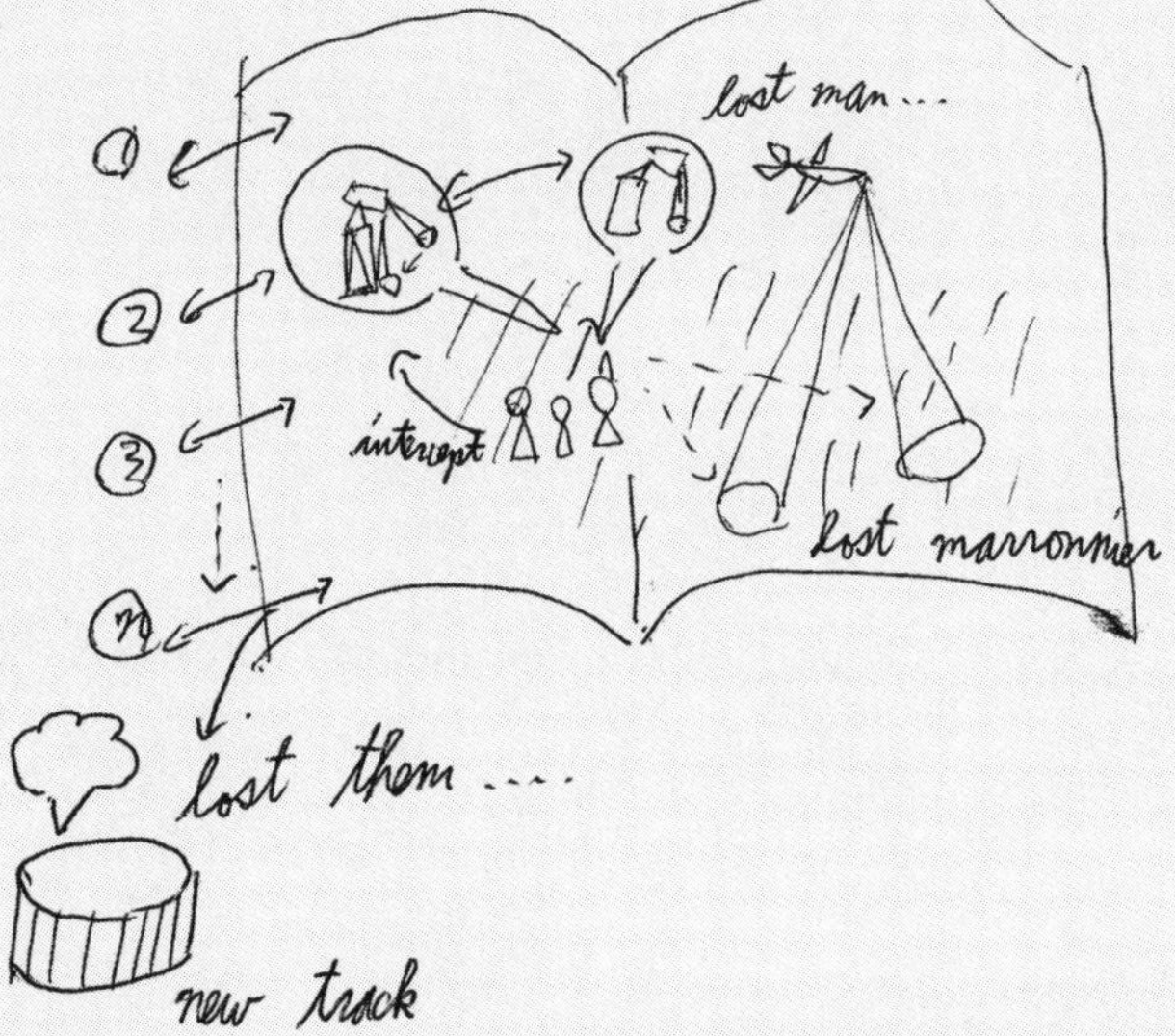

戦闘機のサーチライト：くらやみを照らす。光によってあたえられた像だけが見える。

読みすすめていくと、夜の設計をもとに役割を果たしていることがわかる。

もし月が出ていたならば、橡の枝のあいまのピンク色とクリーム色の花形帽章めいた花が見えただろう。

語られない部分を暗闇になぞらえる効果もある。あるいは、語りのモデルをcleanにするため、「ピンボケしているが見える」部分をできるだけ排除している。

橡を一瞬浮かびあがらせ、突然、当のバルコニーをまともに照らしだした。（中略）

「あのお蔭で何が見えたか、あなた方の誰も言いあ

てることができないでしょうね」夫人がそう言ったので、しぜん、みな口々にそれを言いあてようとした。

「いいえ、いいえ、違います」彼女はいずれの答えも退けた。誰も当たらなかった。

焦点においては色覚が強く、焦点の周辺では色覚が弱まって濃淡に対する感覚が強くなる。暗闇をつくらないと、たえずふたつの特性を持つ語りに基づいてモデルを作り、それをもとに小説を書かなくてはならなくなる。

アイヴィミー夫人：望遠鏡をあやつる曾祖父について語る。アイヴィミー夫人が語りにおいて焦点化したところだけが像をむすぶ。実像かもしれないし、虚像かもしれない。余白は聞き手の想像のストックに依存する。

アイヴィミー夫人の友人たち：興味の赴くままにアイヴィミー夫人の話をせがむ。あるいは焦点を動かそうとする。タイミングを間違えるとそのまま対象をLostしてしまう。アイヴィミー夫人も、私たちも。

アイヴィミー夫人の祖父：望遠鏡を通じて鳥に餌をやる娘とキスをする男を見ている。階段を駆け下りて、荒れ野を走り、細い道を走り、娘においつく。

「それが……その娘が私――」彼女はそこで口籠った。「その娘が私です」と言いかけたかのように。しかし気がついた。そして訂正した。「その娘が私の曾祖母なのよ」

アイヴィミー夫人は語りのうちに、娘（曾祖母）と自分を重ね合わせていた。語りは焦点と像を規定し、イメージを作り出すだけではない。主体が、あるいは〈私〉そのものを異なる人格に重ね合わせることを容易にする。さまざまな空間が「いま・ここ」に重なることで、死んでしまったはずの曾祖母の体験を語り手として追体験することもできる。ひとたびの〈私〉→〈私の曾祖母〉という語り手の自己認識の揺れ動きが、「小説」や「語り」それ自体の人間の生死を問わない共存のメディウムとしての希望を仄めかす。

「でも、それからどうなったんですか――もうひとりの男の人は、家の角を曲がってきた男の人は?」一同は尋ねた。「もうひとりの男の人?　もうひとり?」アイヴィミー夫人は小声で言った。屈んで袖無し外套を手探りしていた（サーチライトの光はバルコニーを外れてどこかへ行っていた）「その人は、たぶんどこかへ消えてしまったんでしょう」

アイヴィミー夫人が自分を見失ったとき、あるいは死んでしまったはずの曾祖母を重ね合わせることで新しい〈生〉を見出したとき、一同は娘（曾祖母）とキスしていた男を見失う。

「光は」彼女は付けくわえた。袖無し外套やら何やらを拾いあげながら。「ただあちらこちら照らすだけ」

上空の戦闘機のサーチライトをコントロールし、見たいものが見えるようにすることはできない。アイヴィミー夫人を除いて、誰も椽を見出すことができない。曾祖父の望遠鏡を通じた語りは、彼がフォーカスしていたものだけを映し出す。だから、自分と出会う前の曾祖母とキスをしていた男は、Lost されたあと二度と登場しない。この曾祖父のエピソードをもとに語るアイヴィミー夫人は、さらに自分自身の語り手という立ち位置を見失う。アイヴィミー夫人の友人たちがいくらせがんでも、話の続きを聞くことはできない。光はただあちらこちらを照らすだけであり、語りも、ただ対象に手ざわりを重ねていくだけなのだから。概念的には理解されても本当にできているのか不安になる側面が、各々の語りと、その対象について在る。トラッキングができるようになればなるほど、追えていないものがある無情／無常さに苛まれる。

サーチライトの光は通りすぎていった。それはいまバッキンガム宮殿の広大な地所を照らしていた。劇場に出かける時間だった。

そしてアイヴィミー夫人たちの一行も、ヴァージニア・ウルフの語り——意識の流れ——から消退していく。私たちがいくら望んでも、この続きを読むことはできない。そして閉鎖的な劇場に場所をうつして、私たちの知らないところで新たな語りが立ち上がってゆく。語りが終わっても、どこか美しい「生活」は続いていく。劇場に行かなければならない。また新しい空間が重なる場所、その器と新しい物語／遁走路追跡路を求めて。

一瞬、円形の輝きがそこからあがった——おそらく、レースのポーチのなかにあった手鏡が光ったのだろう。

この小説の興味深いところは、語りや視野の焦点がたえず揺り動かされることである。事前にデザインされていた道筋がたえずインターセプトされ、揺れながら、未来のなかに新しい語りの楔を見つけてブリコラージュ的にすすんでいく。たえず転換する語り手と、その積み重ねの中でメタな語りを綱渡りのように構築していくヴァージニア・ウルフと、読者の私たちの絆は、たえず揺れ動きながら進んでいくことにある。私たち読み手も、テキストの印字されたページをめくることで——あるいは、フリックすることで、スクロールすることで、ロールすることで——語りを追うための足がかり——夫人にとっての望遠鏡や記憶、友人にとっての夫人の語り——をたえず揺らがせながらイメージの構築をすすめていく。

『自分ひとりの部屋』（片山亜紀訳、平凡社ライブラリー、二〇一五年）の冒頭で、講演のアイデアを川辺で摑みあげたあと、足早に芝生を歩いていたとき、典礼係の男が行く手を遮り、砂利道に誘導したことで、アイデアがどこかに行ってしまったというエピソードが語られる。このウルフの体験と同様に、「サーチライト」を読みながら着想したイメージが私たちのなかにのこるかどうかは、安定した周囲の環境の有無に依存する。語りをいくつも重ねて高解像度な操作をすることは、作品が読まれるプロセスまで視野をひろげたとき、すべての人間が誰にも邪魔されない思索の場を必要とするという、当然でありながら達成の難しいことさえも指し示すだろう。

アイヴィミー夫妻とその友人たちはバルコニーでコーヒーを飲み、煙草を燻らせていた。

この穏やかですこしchillな描写さえ、このような状況がとうぜん与えられるべきだというアイデンティティの問題を提起するかもしれない。文化的でゆったりした、思索による高揚感が登場人物たちをつつむ作品として、ベルナルド・ベルトルッチ監督の『ドリーマーズ』（二〇〇三年）を思い出す。このなかに「街が窓から部屋に入ってきた」という印象的な台詞がある。自分たちだけの部屋のなかで語りと焦点の限定された視野をもとに情緒や世界を積みあげている状況下で外に起こる革命や暴動を認知したとき、「街が窓から部屋に入ってきた」という感覚を抱くのは当然のことだ。内的な語りを積み上げてこそ、外の世界で起こっている出来事を〈そのまま〉受け入れて自分たちの世界と貼り合わせることができる。

語りを媒介にして体験や空間を重ね合わせること、そしてそれが未来に向かうことを可能にする小説、揺動のかさなり、文学というメディウムに根源的な操作可能性が、この作品にはとてもあからさまに描かれている。語りによって発見されるいくつもの対象は、その内部にさらに別の位相をともなった対象をかたちづくる。このようにして階層化された対象が無限に対象を生成し続ける。そしてその対象は、語りという場を器用につかって、空間の貼り合わせとして私たちの前にあらわれてくる。それを統合する語り手たち——夫人とその仲間たち、ウルフ、私たち——の描く世界は、目の前に現前した世界とも、モデルとしての文学ともズレてくる。そしてこのズレは他ならぬ、語り手として事実をもとにあたらしい経験や習慣をつくりだしてきたものたちの「手ざわり」である。

「全体」を統合する語り手の抱くイメージが、空間を貼り合わせたものとしてあらわれるテキストのイメージとパラドックスを形成しているともいえる。この矛盾に直行する軸を成してぎりぎりの成立を維持するために重要な役割を果たしているのが〈硬直〉と〈揺れ動き〉の対立関係である。〈硬直〉とは、揺るぎないこと、一つに決まって動かないこと、所属するカテゴリがひとつに決まって、それを代表さえすることであり、一つに決まる法則を探究すること、決めた法則から動かないことである。〈揺れ動き〉とは、まさに揺れ動かされること、決断においてどちらかに決められないこと、存在としてカテゴリのどちらともつかず分類できないこと、物理では「ゆらぎ」のことである。本作においては、語りが語り手の思い通り、あるいは聞き手の思い通りに進まないことによって「ゆらぎ」を作り出し、この小説を「語り」のモデルとして頑強なものとすることに成功させている。光は——表象を意味から切り離して操作し、即興を通じて逸脱するジャグリングと、本作の射程が重要な部分を共有していることに気が付き、ボールを拾いあつめる——ただこちらを照らすだけ。「サーチライト」の示した理路を、次の制作に活かすべき頃合いだろう。スタジオに出かける時間だ。

熱海凌（あたみ・りょう）　文芸批評とパフォーマンスが生きがいの医薬品開発者。今回はジャグリングパフォーマー兼くすりやさんを前面に出してみました。Twitter:@vampirechan9
Mail:atami97531@gmail.com

【「青と緑」を読んで】

ウルフの物質的想像力

シャンピン

「青と緑」は「マントルピースのうえ」を舞台に、昼から夜、緑から青、静から動、堅固なガラスから流れる水へと時間・色彩・質感・運動のモードが切り替わる一瞬をスケッチした小品である。陽光の中でキラキラと輝く緑色の**ガラス**の静寂と暗闇のなか海中で水柱をあげる得体の知れない**青**く巨大な**生き物**の蠢きの対比が印象深い作品だ。

ある時期のヴァージニア・ウルフにとって「マントルピースのうえ、だいたい六インチから七インチうえ」は、短篇の構想を練る際にはお気に入りの空間だったようであり、いくつかの短篇にマントルピースのモチーフが顔を出している。

例えば「壁の染み」はまさに「マントルピースのうえ、だいたい六インチから七インチうえ」に見つけた壁の染みにフォーカスした作品だし、「堅固な対象」でも「マントルピースのうえ」に置かれた**青い**ヒトデ型の磁器の欠片が、砂浜で掘り出された**緑色のガラス**と対照的に配置されたことをきっかけに「別の世界からやってきた**生き物**」が幻視されるシーンが描かれる。

では一体、彼女にとって「マントルピースのうえ」とは何だったのか？　この点についてはむしろ「堅固な対象」の方が「青と緑」よりも数多くの手がかりを与えてくれるように思う。

考えごとの途中で何度も何度も**視線の対象と**

なったものはそれが何であれ、思索の織物と深く関係を持ち、本来の形を失い、少し違ったふうに、空想的な形に自らを作りなおし、まったく思いがけない時に意識の表面に浮かびでたりするものだ。

（西崎憲編訳「堅固な対象」『ヴァージニア・ウルフ短篇集』ちくま文庫、一九九九年、太字は引用者）

「視線の対象となったもの」——それは例えば、磁器・ガラス・琥珀・岩・大理石のようにそれが「何らかの物質であって、多かれ少なかれ丸みを帯びている」モノがそうだ。そうしたものは何であれ「マントルピースのうえに居場所を見つけた。それらはまた**有用**でもあった」と言う。

確かに「マントルピースのうえに居場所を見つけた」それらのモノは、普通の人々にとっては「投げ棄てられたもの、使う人間がいなくなったもの、あるべき形を失ったもの、用をなさなくなったもの」がほとんどである。ところが、ヴァージニア・ウルフはそれらの磁器やガラスにカバーストーリーを与えて充実させ、作品によっては《瞬間の全体を描き出す》ための〝主題〟（ロラン・バルト流に言えば「ロマン主義的な幻視の操作子、駆動子」）として用いてさえいる。

おそらく彼女にとって、「マントルピースのうえに居場所を見つけた」モノたちは創作する上で必要にして不可欠な「無意味なもの」だったのであり、その意味でまた「有用」なものでもあったのだろう。そして、そのことは彼女が『波』の執筆時に日記に書き留めていた《あらゆる原子を飽和させること》にも多分どこかで繋がっていて、詩とも散文とも言い難い「青と緑」のあの語りの奇妙さを紐解く鍵となるように思うのだ。

私が今やりたいのは、**あらゆる原子を生きいきさせること**だ。つまり**すべての廃物、生気の**

ない物、よけいな物をとり除くこと。一つの瞬間の中に何が入っていようとも、その瞬間の全体を描き出すこと。例えばその瞬間が、**考え、感覚、海の音の組み合わせ**だとする。廃物や生気のないものは、この瞬間に属さないものごとを包含させてしまうことから生じるのだ。写実主義者のあのおそるべき記述のしかた。たとえば、ランチから夕食までを描くこと。あれはまちがいで、非現実的で、単なる慣習的なことにすぎない。詩でないものをなぜ文学に入れるか**——詩というのはつまり、いきいきとしたもので満たされ切っているものだ。小説家たち**に対する私の不満はまさにこれではないか。**詩人たちはものを単純化することによって成功する。実質的に言ってあらゆるものが削除される。ところが私は実質的にあらゆるものをとり入れて、しかもこれを充実させたいのだ。**それを「蛾」[*1]の中でやりたいと思う。**その中にナンセンスも、事実も、きたないものも入っていなくてはならない。しかもなお、透明なものにしなくてはならない。**

（神谷美恵子訳『ある作家の日記』みすず書房、一九九九年、太字は引用者）

*1 『波』のこと。

シャンピン　会社員。二〇一三年から本や音楽についてのブログ「学者たちを論駁して（http://rodori.hatenablog.com/）」を不定期で更新しています

【「書かれなかった長篇小説」を読んで】

コンシャスネス・オブ・ストリーム
——Google+のＵＩに寄せて

太田知也

他人の眼は私たちの牢獄。他人の考えは私たちの檻。上方の大気、下方の大気。月と不死……ああ、けれども私は草のうえに墜落する。あなたもまた墜落する。その席に。

（西崎憲編訳「書かれなかった長篇小説」『ヴァージニア・ウルフ短篇集』ちくま文庫、一九九九年）

＊

「意識の流れ」を書き込むに足る表現媒体は、いま、どこにあるのか。

例えば誰かと日記を交換してみよ。ことの起こりからして、言葉の交換と精神の交歓を約したダイアローグたらんとする交換日記では、決してなく——私秘なる関係を許した誰かに宛てる日常の報告や心情の吐露では、決してなく。ただ己の内面に寄り添って口述筆記されたかのごとく反省と内言が綴られたモノローグの束を、思い切って交換してみよ。その愉しさは、わたしが請け負おう。

わたしは身近な友人たちと、七年半ほどそれをしている。日記と呼ぶゆえ、経年劣化で角折れした罫線ノートの類いであるとか、なにかしらの物理的なテキストを想起された向きには興を削ぐかたちとなるが、なんのことはない、わたしたちはただ数人しかいないSNS上のクローズドな空間に、恐ろしい量の内省をポストし合っているだけである。いざ対面で話すときにも「例の、書いてたやつね」と通じるくらいの物量で。

わたしたちの投稿内容は例えば、表立って公表すべきと思えない内輪の肥やし。例えば、何かに対する直截な感想あるいは罵詈雑言。例えば、各自の読書録。例えば、虚実含めて報告される日々の記録。そのうちいずれかの熱量が高まりアクチュアル化した結果、表立って書かれる原稿へ結びつくことも、ままある。

思えば、SNSの種類に応じて、UIを巡るターミノロジーは異なる。Twitterにおける〝タイムライン〟やFacebookの〝ニュース・フィード〟など、似た画面について別々の呼び名が与えられる。

わけてもわたしたちが日記帳として好んで用いるSNSのGoogle+(グーグル・プラス)について言えば、その投稿の閲覧画面は〝ストリーム〟と呼ばれる。PCブラウザから見るGoogle+のストリームは、昨今SNSに支配的な単一のスクロール画面を持たない点が特徴的なUIである。横長の長方形大になった投稿群を二列以上のレイアウトへ可変的に敷き詰めるような、仮に「テトリス方式」と表現できそうな画面を有する。(ウェブデザインに明るい向きにはMasonry方式と呼べば伝わろうか)。

そして重要なのは、Google+のストリームが、異なる時間の並び立つアナクロニックな場であることだ。〝ana-chronos〟すなわち時間《クロノス》の錯乱——どういうことか。凸凹に敷き詰められたストリームの画面のなかでは、誰かの一〇時間前のポストとわたしの五分前のポストが横並びに並列となる。もしくは、五分前のポストよりも一〇時間前のそれのほうが先に読み込まれる。こうした時間の錯乱は、投稿の分量およびブラウザのウィンドウ・サイズに合わせてレイアウトが決められることの可変性に由来して生じる事態である。

そこから比較のうえで考えるなら、Twitterのタイムラインとは時系列により整序された呟きの場である。幾多の情報通信プロトコルを経た果てに計算機が銘記したタイムスタンプに従って、古いものから新しいものへとツイートは積み上げられる（なお、厳密に言えばこのことは、他人が「いいね！」した誰かの投稿が時系列を無視して割り込むような仕様へ変更されるまでのTwitterに当てはまる。のだが、一本のスクロール画面に新たなツイートが積み上がっていく感覚はいまだに根強いはずである）。次いでニュース・フィードとは、新聞屋めいたコロケーションの範疇にあって、他人へ知らしめるべきヘッドラインが飛び交う宣伝の場である。速報――「転職しました！」「入籍！」「イベントがあります！」――にリワードを与え、存分に親指を立て合うのがその場の流儀である（願わくば、中指を立てられぬよう注意しながら……）。いずれにせよ、新規性により支配される点で、Facebookの画面はTwitterよりも深く、クロノロジカルな時間の整序に憑かれている。

ここで唐突ながら、イタリア文学者のイタロ・カルヴィーノが米ハーヴァード大学の講義に際して準備した草稿を、引用してみたいと思う。わたしたちが住まう未分化な世界から「ことばの世界」に入り込むための文学的な入り口、すなわち「書き出し」を検討するうえで、古今東西の文学作品の冒頭部を紹介していく前段にあたる部位である。

> 書きはじめるその瞬間まで、世界――わたしたち一人ひとりの世界を構成するもの、つまり情報、経験、価値の総体です――はわたしたちの意のままです。このとき世界は、まるごとあたえられた世界であり、時間の前後のない世界、個人の記憶や、暗黙の潜在性としての世界のこ

とです。わたしたちはこの世界から、なにか役に立つ話や、物語、人間の感情を抽出しようとします。いえ、より正確にいえば、この世界のなかに自分自身を位置づけられるような、おそらくそんな作業を遂行したいと願っているのでしょう。

（米川良夫・和田忠彦訳『アメリカ講義』
岩波書店、二〇一一年、強調引用者）

いかがだろう。日記帳としてのGoogle+が、カルヴィーノの言う「世界」の相貌に近づいては来まいか。わたしたちに現前するアナクロニックなストリームとはまさに、誰か身近な友人の記憶が想起される場、半ば幻覚症めいて〝嘘松〟が見え隠れする場、そのじつ起こらなかった事象までをも含めて潜在的に回想される場、それらいずれもの総体たる共同主観的な日記帳のこと、である。

これに直面したのち、わたしたちはストリームの混沌に一時の別れを告げて、自分自身を位置づけるための作業を開始する。見ているストリームから顔をあげて、自分が投稿する側に回るのだ。〝キーを打て、そして日記を入力しろ〟――そんなGoogle+の呼び声に応えるかのように。果たしてこの呼び声こそ――ヴァージニア・ウルフの文学的手法である「意識の流れ」に準えるなら――流れの意識《コンシャスネス・オブ・ストリーム》と表現すべき、Google+のＵＩが湛えている意識の様態であったと気づくのは、己の投稿がストリームのなかに位置づけられてから、少し経った後のこと。

附記：この原稿を書いている二〇一九年三月七日の今日、Google+の通知機能が無効となった。じつはGoogle+は、四月にサービスを終了するのである。――Google検索のたびにブラウザの右上隅に表示され、使いもしない〝+1〟に煩わされたであろう人々の陰には、わたしたちのようなハードコア・ユーザーも、居た。そのことを記録する機会をいただけたことに最大限の感謝を記して、附記としたい。

太田知也（おおた・ともや）　一九九二年生まれのエディトリアル・デザイナー。批評とメディアのプロジェクト〈Rhetorica〉にて活動中。http://www.rhetorica.jp/

イラスト・小澤みゆき

【「同情」を読んで】

ウルフという亡霊、あるいは『ヴァージニア・ウルフ短篇集』を語り損なう事

佐々木未来也

20190526：ウルフは私を困惑させる

ウルフの短篇は面白い――面白いのだが、何が語られているのか、よくわからない。湧き上がる情念はクリアに感じられる。しかし、それが何であったかを指し示すことができない。困惑は複数の短篇を渡り歩くごとに深まっていく。彼女のテクストは、文を追うごとに描写が流れるように変化する。眼前を通り過ぎていく抒情的な読み心地の文字列。幾度ページをめくっても、そこには感情の奔流がある。たとえそれが情景描写であったとしても変わらない。人物のいる場面がどのようなものであるかと説明するものですら、アナログに変化していく何かの感情として、痕跡として呈示される。

短篇集の中盤まで差し掛かった頃、ふと気づく。この情念は。読み進めるたび、万華鏡のようにきらきらと揺れ動くこの感情の流れは、作品世界と遊離しているのではないかと。語られている主体の、感情の機微を示すはずの描写であるにもかかわらず、匂い立つ感情が主体と紐づいていない……そのように感じられる。主体不在の感情。帰属すべき対象から離れて、わたしとテクストの間で宙吊りになる情念。

いったい、この困惑は何故生じているのだろうか。

20190527：ペルソナ、あるいはインタフェースの事

テクストは「わたしは」という。あるいは「Ａは」という。テクストには主体の指示――書かれている内容に対して、起点となる対象が存在する必要がある。その対象はテクスト自身に示されていなければならない。

物語を読むという体験は、「わたし」「Ａ」――読み手自身と異なる主体（その主体をペルソナと呼ぶことにする）をモデリングすることで成立している。テクストに書かれた「わたし」「わたしは〇〇をした」を読む。読み手は仮想の「わたし」をつくりだす。「わたし」というペルソナは〇〇をする。「わたし」がおこなった行為、発話、思考、交流などに触発される形で、読み手の感情、あるいは思考が惹起される……この流れを繰り返すことで、われわれはテクストから物語を読み出していく。

つまり、ペルソナは読み手とテクストを媒介するインタフェースである。このインタフェースによって、読み手は混乱することなく別様の物語を体験することができる。他者の物語へアクセスするためのインタフェース。読み手――ペルソナ――テクスト、この三項が相互作用《インタラクト》する一連のプロセスが、物語を読むという体験である。

〈補足〉

仮に「わたし」「Ａ」――ペルソナをモデリングしないまま、テクストを読むことは可能だろうか。考えうるパターンがひとつあり、それは「わたし」「Ａ」＝読み手自身と措定する場合であるが、結局のところうまくいかない。書かれている「わたしは〇〇をした」の「わたし」はわたしではないし、そこで述べられている物語はあなたの物語ではない。もしそれができるのだとすれば、その読み手は自他の区別がつかないことになる。他者の物語を、もともと自分の物語であると認識するに等しいのだから。この議論はラカンの鏡像段階説を連想させるが、そんな大層な代物ではなく、単純に自分と他との境

界はこの皮膚であると認識するといった常識の類に属する。

20190528：亡霊

やはりウルフの短篇を読むと、描写の帰属先が安定していないように感じてしまう。わたしはテクストを読むのが下手なのだろうか。モデリングしたペルソナが語っているのか、彼女が語っているのか、判別できなくなる。彼女の文章は行為遂行的《パフォーマティブ》に、すべて感情表現として読めてしまう。「意識の流れ」と呼ばれる手法の影響なのだろうか。感情表現として読めてしまうのに、帰属の主体が安定しない――ペルソナの影から、彼女がこちらを見ている。困惑の謎はここにあるのだろうか。

描写によって喚起される感情の機微が、ペルソナと、それ以外の別の――無論ウルフと混線している。物語を読むという体験は、読み手――ペルソナ――テクストの三項による相互作用であった。しかし彼女のテクストではうまくいかないようだ。どうやら別の仕方で、わたしと関係を持ってしまっている。ペルソナには彼女の影が憑きまとう。それは亡霊のように構造の外側からふいに顔を覗かせ、描写の帰属を掠め取る。読み出される物語が亡霊の物語へと転位する。読み手――ペルソナ――テクストの回路を失調させ、物語る主体を流動的にする。

20190604：ブルトンのように

ウルフのテクストを物語として「読む」ことは、これからもできないだろう。彼女のテクストを読むたび、批評的距離は失われる。亡霊に憑きまとわれてある。故にテクストは一文々々、瞬きのうちの感情を指し示す断片となる。物語ではなく、ウルフ＝亡霊の意識の涯、情念の暗がりへと誘惑する。

彼女の短篇を読むとはすなわち、物語を読み損ない、亡霊と共にあること――亡霊の囁く情念のセリーとしてテクストと戯れることに他ならない。終にわたしは、現にこのようにして、ウルフを語り損なう。ただ――彼女のテクストから湧き上がる清冽なる情念を、愚かなまでの性急さで愛すること だけは、許されてもいいはずだ。

佐々木未来也（ささき・みきや）UX / UI /Graphic / Editorial デザイン。ハードコアデザイン結社ＮＣ帝國所属。Twitter= @KinugawaNZ

【「月曜日あるいは火曜日」を読んで】

月曜日あるいは火曜日――三回言ってみようか[*1]

斉藤賢爾

捜査官[*2]VW9-3.7[*3]の心理的外傷後ベースラインテスト。二〇四九年一月二五日。[*4]

白い部屋で、ひとりきりで椅子に腰掛ける。監視されていることを私は知っている。正面の壁に備え付けられた機械が私に話しかける。

「はじめようか。準備はできているかな?」乾いた男の声で。

「はい」私は答える。

「君のベースラインを暗唱したまえ」

「集められ、撒きちらされ、さまざまな尺度で浪費され、吹きとばされ、吹きよせられ、引き裂かれ、地を這い、集められ――真実[*5]?」

何度となく読み上げてきた一節。一九二一年の短篇。私の造られた心の基準線。機械も同じ小説から引用して、重ねて私に問いかける。乾いた男の声で。

「どなる声。叫ぶ声。喚く声、『鉄売ります』――真実?」

「真実」

「インドの海洋《うみ》。気圏が蒼を追いたてる。星が燿《かがや》く――真実?」

「真実」

「拡散し、収斂し、移動し、停滞する。湖?」

「湖」

「砂糖?」

「いや結構です」

私の小脳[*6]、あるいは小脳に似せて造られた器官に刻み込まれた自動的な回答。私の目の前の意思なき機械による問いも自動。問いと答え、その双方が自動[*7]。

「その岸辺を覆い隠せ！　山？」

「山」

「合い言葉は。山？」

「山」

「事件を表す隠語は。山？」

「山[*8]」

「投じられた本。炎のなかに」

「投じられた本。炎のなかに」

「三回言ってみようか。投じられた本。炎のなかに」

「投じられた本。炎のなかに。投じられた本。炎のなかに。投じられた本。炎のなかに」

「君は電気羊の夢を見るか[*9]？」

「……山？」

「ああ、完璧だ。賞与を受け取りたまえ」

「ありがとうございます」

　同族——といっても私から見て旧式——を始末した心の傷を受けた後、意識の流れ[*10]が滞らないことのテスト。淀みなく意識が流れるように、想い出すための引き出しならたくさんある。私の心として造られた、たくさんの引き出しの中の、造られた記憶。造られて、埋め込まれた過去。小さな木彫りの馬。記憶。本物の記憶？　造られたのではなく、産まれた人造人間がいるという。それは人造人間？　それは私？　私は産まれたのか、それとも造られたのか。
　私は逮捕される。

＊

　捜査官VW9-3.7の心理的外傷後ベースラインテスト。二〇四九年三月二八日[*11]。

　白い部屋で、ひとりきりで椅子に腰掛ける。正面の壁に備え付けられた機械が私に問いかける。乾いた男の声で。

「どなる声。叫ぶ声。喚く声、『鉄売ります』——

真実?」

「真実」

「インドの海洋《うみ》。気圏が蒼を追いたてる。星が燿《かがや》く
——真実?」

「真実」

「咲きほこり、染みとおる。投じられた本」

「投じられた本」

「炎のなかに。煙のなかに。一瞬の閃火のなかに」

私の脳裏に浮かぶ、炎の中の、煙の中の、一瞬の閃火の中の、小さな木彫りの馬。それは埋め込まれた、偽りの記憶? それとも偽りでない、本物の記憶?

「一瞬の……閃火のなかに」

「砂糖?」

「砂糖」

「砂糖?」

「砂糖」

「砂糖?」

「……」

「……ベースラインからほど遠いぞ」

憤る、あるいはそのポーズをする人工知能。この意思なき人工の尋問者の心にも意識の流れはあるのだろうか。それがシミュレートされたものであったとしても。

私は嘘をつき、部屋を出る。

探索し、争い、失い、告げられる、本物は娘。産まれたのは女。私は男。本物は女。番号ではなく名前で呼ばれる女。例えばその名前はナターシャ……。ナターシャ? なんか聞いたことあるな。あれ俺、俺ナターシャじゃねえのか?[12]——真実? 否。私ではない。私は私ではなかった。私は私の影武者。私は誰。では、あなたは誰か。救出し、溺れかけ、傷つけられ、倒し、引き合わせて、そして雪が舞う。頬をつたう。雨の中の涙のように。[13] 傷が痛む。それからヤケ酒を飲んで裸になる。

＊1　三回言ってみようか　本作品は、もしも、映画『ブレードランナー２０４９』に登場する「心理的外傷後ベースラインテスト」に使用される「ベースライン」（心理的な基準線を構成する書物で、その内容の朗読と内容に沿った尋問により、検査されるレプリカント〈人造人間〉の心理状態を判定する）がヴァージニア・ウルフの「月曜日あるいは火曜日」だったら、という趣向のパロディ作品である。『ブレードランナー２０４９』では、"Within cells interlinked" というフレーズが試験官（AIと思われる）の指示により三回繰り返される。本作品からは、ヴァージニア・ウルフよりも『ブレードランナー』に愛があるように見えるかも知れないが、そこはご愛敬ということで。

＊2　VW9-3.7　『ブレードランナー２０４９』の登場人物である捜査官はKD6-3.7という名称をもつ。この「KD」は『ブレードランナー』の原作者であるフィリップ・K・ディックの頭文字（P.K.D.）から採られたと考えられる。したがってここではヴァージニア・ウルフの頭文字であるVWとした。

＊3　9-3.7　KD6-3.7の数字部分の由来について、映画『エイリアン』における「特殊命令９３７」のもじりではないかとの推察がある。「特殊命令９３７」は、宇宙船ノストロモ号の乗員であるアンドロイドに下された指令であり、エイリアンを生きた標本として持ち帰ることを最上の優先順位に置き、他の乗員は消耗品として扱え、というもの。

＊4　二〇四九年一月二五日　ヴァージニア・ウルフの一六七回目の誕生日。

＊5　集められ——　本作品における「月曜日あるいは火曜日」の引用は、西崎憲編訳『ヴァージニア・ウルフ短篇集』（ちくま文庫、一九九九年、Japanese Edition、Kindle版）による。ただし一部は原文に対してより忠実（直訳）になるように改変している。

＊6　小脳　美術評論家の布施英利は、椎名林檎による歌詞の中の「衝動」を「小脳」と聞き間違い、「あたしの小脳を突き動かしてよ」と思っていたことで知られる。

＊7　問いと答えの両方が自動　筆者が代表を務める一般社団法人アカデミーキャンプと慶應義塾大学SFC研究所パブリックテクノロジーデザインコンソーシアムが二〇一八年八月に主催した『アカデミーキャンプ２０１８夏「オッケーグーグル、宿題やっといて！」』では、こどもたちの手によって、計算ドリルの出題と解答の両方を自動化するデモンストレー

ションが行われた。

＊8　山　本作品ではこのように「山」が反復される。「山」「反復」といえば故三遊亭圓歌（三代目）師匠による新作落語『授業中』、いわゆる「山のあな」であろう。これを『ブレードランナー2049』における重要な登場人物、アナ・ステリン博士にかけている。

＊9　電気羊の夢を見るか？　映画『ブレードランナー』の原作はフィリップ・K・ディックよる小説『アンドロイドは電気羊の夢を見るか?』。

＊10　意識の流れ　「人間の精神の中に絶え間なく移ろっていく主観的な思考や感覚を、特に注釈を付けることなく記述していく文学上の手法」（Wikipedia）とされ、ヴァージニア・ウルフも『灯台へ』をはじめとしてこの手法を用いて評価された。

＊11　二〇四九年三月二八日　ヴァージニア・ウルフの一〇八回目の命日。

＊12　俺ナターシャじゃねえのか？　YMOの散開アルバム『SERVICE』に収録されている、劇団スーパー・エキセントリック・シアター（S.E.T）によるコントの中の台詞。このコントでは、劇場で初舞台を踏むはずの主人公が自分の台詞を忘れ、あまつさえ自分が何の役であったかも忘れてしまう。本作品の一人称の主人公もベースラインの台詞を忘れ、自分が何役であるかも忘れてしまったかのようである。

＊13　雨の中の涙のように　映画『ブレードランナー』で、死期を悟ったレプリカント、ロイ・バティが語る最後から二番目の言葉。自分が過ごしてきた四年間（プログラムされた寿命）の多彩な経験や思い出が間もなく消え去ることを表した。

斉藤賢爾（さいとう・けんじ）早稲田大学大学院経営管理研究科教授。みかんとSFが大好物。https://twitter.com/ks91020

イラスト・英千春

【「池の魅力」を読んで】

ウルフと一緒に少女の頃

木花なおこ

緑の中を分け入ると
日の当たる小さなその場所に出た
大人になり切らない
硬さを残す少女の頃に

落ち葉の匂いと
葉の生育の気が満ちたその場所には
おあつらえむきに　岸辺に切り株がひとつ
少女は切り株に腰を下ろし
確かに深淵そうな　池の水面　と対峙する

いつだったか
少女は　大通りのガードレールに腰かけて
朝まで月を見ていた
真夜中に向かって
秩序を乱しながら加速する　その通りが
夜更けに　ほんの一瞬静止すると
少女はやっと安堵した
夜更けの街の信号が　青に変わっても
通りを渡る者は　誰もいない
かすかに白んできた空の下で
遠くに弧を描く　グレイのビルディング

朝の湿り気の中
地平線の向こうから
小さな影が現れて

白い襟から
校章入りの赤いリボンをしゅるしゅる抜いた
私は誰だ？　人生は骨のように空虚だ
と　その娘はウルフの一節を叫ぶ
自分でも　何に腹を立てているのか分らずに

それから
その娘は遠い島に旅立ち
大きな岩の上を跳びはねながら
波間に消えていった　という

あれから年月だけは過ぎたのだ
声を荒げてカッカとしていた人たちが
もう　何を言う気力もなく
背中を丸めてぼんやりとしている

あの娘に会いに　あれほど遠くへ行ったのだ
あの娘に会いたくて　夜通し街を歩いたのだ
ありとあらゆることは　わたしたちのために
存在していたというのに
つかの間　現れてはたたずんで
立ち去ってゆく者が　後を絶たない　池のほとり
おあつらえむきに　やはり岸辺には切り株がひとつ
何度か転機が訪れて
その面影はない　わたしは

切り株に腰を下ろし
池の水面　と対峙する
池は濃い緑色の水を貯め
あいかわらず　深淵そうで暗かった

木花なおこ（きはな・なおこ）　薬屋

【「書かれなかった長篇小説」を読んで】

井戸、三葉虫、妹、

水原涼

もちろん原題は*An Unwritten Novel*で、そこにそんなニュアンスがないことは承知しているのだけれど、「書かれなかった長篇小説」という邦題を見た私が連想したのは、パソコンのハードディスクや机の傍らの使用済み原稿用紙を放り込んでいる段ボール箱のなかに詰まっている、頓挫してしまった作品のことだった。「南島の犬」「母、あるいは従姉の死」「砂を殴る」「ぼくたちの暴力、夏の鶏」。破綻した断片たち。

ぼくが妹に三葉虫の化石を買い与えられたのはまだ小学生になる前のことだ。妹は当然ぼくより幼く、それなのに彼女が三葉虫の化石を買う金を持っていた理由はわからないし、その金をぼくのために使おうとした理由も憶えていない。いずれにせよ、まだ三十年に満たない人生のかなりの期間、三葉虫の化石はぼくとともにあった。全長三センチにも満たないごくちいさな虫は全身こげ茶色に染まり、黄土色の粉っぽい石にその全身を埋めている。車のバンパーみたいな湾曲した頭部、その中心から身体のちいささのわりに太い背骨がまっすぐに伸び両脇に無数の肢が生えている。そして下端に尾ひれのような平たい構造物、記憶を頼りにここまで描写してきてぼくは、魚のようだとおもう。三葉虫は海底を這っていた。ときどきは海底から浮遊してあの櫛みたいな肢を揺らめかせて泳いだ。その三葉虫が魚に進化したのだったか、どうか。いまは化石だ。死んで地中に埋まり大地の圧を受けてちいさくちぢまった。

買ったときは乾いた土の匂いがしていたがそれもすぐ消えた。ただ石はひんやりとして、冷房がなくいつだって蒸し暑かった部屋の空気に慣れた鼻先はその冷気を匂いのようなものとして感じていた。身体はこのうえなく硬化して、目を閉じて触れればどこまでが三葉虫でどこからがその身体を埋めた石なのか、わからない。化石の見た目ではなくその感触をぼくは繰り返し楽しんだ。でもいつの間にか飽いて、知らぬ間に失くしてしまった。

　私は書かれなかった長篇小説を書こうとしている。途絶した断片を作ろうとしている。私的な設定、頓挫させるためのモチーフ、長篇のための語彙と密度と言葉の運び。かつて三葉虫は、五歳の私の掌いっぱいに収まった。いま私は片手にペンを握り片手に化石を乗せて描写している。二十九歳の手に化石は小さい。描写を終えて私は化石を置く。化石が収められていたちいさな袋には白いシールが貼られている。——シルル紀、米・バーモント州、Dalmanites……。

　ぼくたちが幼かったころには水道網こそ国中に整備されていたが地方の山村には水道管が届いていない土地もあり、そこでは水道水に毒が入っているという迷信がまだ真実だった。現役の井戸は全国各地にあり、父はその修繕を生業としていた。彼は一家四人が寝転べるくらい巨大な日本地図にいまも利用されている井戸の位置をマッピングしていた。大都市周辺はまばらで国を貫く山地には多く、しかし山頂ちかくには集落などない。掘り抜き、打ち抜き、ボーリングといった工法、自噴、つるべ、手動・電動のポンプといった汲み上げ方式、ごくまれに崖のような切り立った場所で横向きに穴を掘り込んだ井戸もあり父は種類別に異なったシールを使っていた。北海道には少なく、青森を起点に山地や山脈の尾根をふちどるようにぼんやりと南に伸び北関東でその列が崩れる。もやもやと広がったシールの群れはやがて集結して日本アルプスのみっつの稜線をかたちづくる。大阪平野をはさんでふたつに割れて、北は中国地方へ、南は海を渡って四国へ。北の流れは本州と九州の境目で福岡という大都市に阻まれるように途切れる。いっぽう南の流れはふたたび海峡を越えて九州に上陸し、鹿児島の南端まで続いていた。無数のシールは何かをかたどっているようにも見え、その上に横たわるとぼくたちは星座の上に寝そべっているような気分になった。父はぼくが六歳になる数日前、その星のひとつに真っ逆さまに落ちて死に、あとを追うようにぼくの誕生日に妹が死に、母はたまたまそのとき滞在していた山陰の街に居を定めた。そして、ぼくが父について日本中を回った短い期間のいつ、どの街だったのかはまるで思い出せず、ただ県立か市立か町立か、とにかく公営の博物館の売店で、ぼくは妹から三葉虫の化石を与えられたのだった。

そこは父が最後に仕事をしていた――のちに小説家としてデビューする私の出身地としてクレジットされ、いくつかの作品の舞台になる土地だ。県庁所在地ではあったが県立の美術館はなく、県立博物館が、美術展と博物展を交互に開催することで両方の機能を担っていた。

ぼくの耳には長く長く尾を引きながら井戸に吸い込まれていく父の断末魔がこびりついている。その父の身体にしがみついて落ちていく妹の姿を見た記憶もある。いっぽうで、保育園みたいに村の未就学児童が集まっていた、まみとば（マミト婆という意味だろうけれどぼくたちはその名を「鮭とば」みたいな発音で呼んでいた）の家に駆け込んできた母から父の死を聞いた記憶もある。父が井戸に転げ落ちるその瞬間を見ていた、その瞬間はまみとばの家で何かの遊びに興じていた、ふたつの記憶はあきらかに矛盾している。墓誌に刻まれた二人の忌日は違う。でもぼくの認識では、二人が絡み合うように井戸に落ちる姿を見た記憶と、それと同時にまみとばの家でＮＨＫのアニメを見ていた記憶は矛盾なく両立している。とにかく妹について思い出すのは、いっしょに地図に寝そべってシールの星を数えたこと、それから落下していく父を守るようにその身体に寄り添っていたこと、そして、どこか知らない街の博物館でぼくに三葉虫の化石を買ってくれたこと。それだけだ。

子供の成長は早いからと与えられていた袖の余った服、私が飽き妹が関心を持たなかったカクレンジャーの玩具、立ち枯れたプチトマトのプランター。途絶した妹の人生。

よく冷えた博物館のロビーに人はほとんどいなかった。企画展と企画展の間、埃も払われない常設展だけの博物館に来る者はいない。併設された喫茶店からピアノ曲のBGMが聞こえてきていた。チケットカウンターの女性は退屈そうにしており、手を繋いで入ってきたぼくと妹に取り繕った笑顔を向けた。こんにちは。ぼくたちは声を揃えて挨拶した。おれらはどこど行ってもよそもんじゃに、挨拶と金んことはきちりきちりとせんならん。父はあちこちの訛りがでたらめに混ざった言葉でよく言っていた。はいこんにちわ。女性はこたえ、おやごさんは、と訊いてきた。井戸です、とぼくは答える。ふうん、と彼女はぼくが質問からずれた答えを返したようにつまらなさそうに言う。ぼくたちの父さん、井戸、直してるんです、ミゾバタの家で。ああ、あのへんんね。女性は得心がいったように頷いた。ミゾバタはその街のなかでも山に入ったところにある農村だった。じゃあ母さんは。母さんは、と答えようとしてぼくは言葉に詰まった。行く先々の土地で母が何をしているのかぼくは知らなかった。ぼくが黙りこくっているのを見かねたように妹が口を出す。化石、買えますか。化石。女性は虚を突かれたように妹の言葉を繰り返す。化石って、化石？　化石です。化石は……あるけど。シダとかアンモナイトとか三葉虫とか……。女性はカウンターの引き出しを開けて数え上げる。でもお金かかるよ。いちばん安いのでも――。三葉虫いくらですか。女性は言葉を遮られたことに不快な様子を見せるでもなく金額を答える。じゃあそれで。妹は上着の胸元から、首に提げた巾着袋を引っ張り出す。おい、とぼくは妹に呼びかけた。すでに妹はぼくを無視して袋の中を漁っており、女性は引き出しから拾い上げた石をチャック付きの小袋に入れようとしている。妹は小銭と小袋を交換した。そして中身も見ずに、ちょっと手を自由にしたいから、というくらいの軽々しさでぼくに渡し、ぼくが何度返そうとしても、けっして受け取ろうとはしなかった。五歳で死んだ妹についての、これがぼくの記憶のすべてだ。

五歳で死んだ妹についての、これが私の記憶のすべてだ。四百字詰原稿用紙で七枚弱、五分で読める分量で、妹の記憶は語れてしまう。それ以外のすべてを私は忘れた。妹の誕生の瞬間を、膝をすりむいたときの泣き声を、いっしょにさがしたウォーリーの顔を。書こうとすればそれは想像で補填したものだ。そうやって書き続ければ、妹は私の作品のなかで生き続ける。六年かけて古びてゆくランドセル、注ぎ口にこびりついて黒ずんだ醤油、曲がった腰を叩く染みの浮いた手。私が行ったことのない街で働いて百まで生きて死んでいく妹。五年で終わった短い生ではなく、その周辺に可能性のまま広がっている空間を書く。都合のよい展開であれ、ありそうにない話の運びであれ、扱いづらいモチーフであれ、途絶した断片ではなく、ここからはじまる長い長い私小説への序章として——。

ここまで書いたところで、実家の母から電話がかかってきた。あんたあれあったけどどうする、と母は挨拶もなしに言う。あれじゃわからんよ。あれほら、失くしとったやつ、あの子の形見の石。母は何かを読み上げるような遠い声で言う。シルル紀、バーモント州、ダルマナイト——。三葉虫。七枚弱にちいさくちぢまる前の妹の記憶が、いま、遠い山陰の実家で受話器を握る母の手のなかにある。取りに行くよ、とぼくは答えた。

水原涼（みずはら・りょう）一九八九年生まれ。著書『蹴爪』（講談社）、『震える虹彩』（安田和弘との共著、私家版）

4　オーランドー・アラカルト

つづきまして、ウルフの『オーランドー』を取り上げてお話をいたしましょう。

読む人の想像をかきたててやまない魅力的な物語。ジェンダーを超え、美しい姿のまま、数百年の時を生き続けるオーランドーは、翻案をはじめ、映画、演劇、オペラなど、多くの表現者たちにインスピレーションを与え続けています。

万華鏡のように姿を変える『オーランドー』の世界を、存分にお楽しみくださいませ。

【『KAAT×パルコプロデュース公演　オーランドーを観て】

「彼は女だった」で、すべてを変える演劇のちから

樹。

白井晃がヴァージニア・ウルフ原作、サラ・ルール脚本の『オーランドー』[*1]を演出。キャストは多部未華子、小日向文世、池田鉄洋、野間口徹、戸次重幸、小芝風花。この一報を目にした時、万障繰り合わせても観に行かねばなるまい、と思った。

　役者でありながら演出家としても活動中の白井晃氏は、近現代戯曲の演出から既存文学作品の劇化・オペラ化なども幅広く手掛ける。原典への理解度の高さと再構築の巧さに定評があり、一般の観客のみならず役者の間でも白井演出への信頼は厚い。オーランドー役の多部未華子嬢も、白井演出経験済みの山本耕史氏に「白井さんの演出は受けておいた方がよい」と太鼓判を押されたそう。

　わたし自身も、泉鏡花やシェイクスピアなどの所謂文学界に燦然と輝く《名作》が、白井氏の解釈により色彩豊かに且つ整然と目の前に再提出された感動の観劇経験を持つ。その彼が、映像でも舞台でも活躍する兎に角《巧い》役者たちを使って何を仕掛けるのか……！

　企画の発端は白井氏と小日向氏の意気投合から。予てより着目していたとゆう『オーランドー』を白井氏から提案された小日向氏の「久し振りに白塗りが出来（て面白）そうだったから」とゆう返答が、何よりも如実に芝居バカっぷりを顕していて、それでいて実に彼らしい。

　芝居バカっぷりは白井氏も負けてはいない。稽古

時間がとんでもなく長いと一部で有名な氏だが（かつて主演を務めた役者が、氏の稽古風景を部活――しかもスパルタの――に例えていた）、今回もご多分に漏れずテクストと原典と台本はボロボロだったとゆう。稽古時間に加え、原典への研究・リスペクトを失わない姿勢が白井演出作品の完成度の高さの裏付けとも言えるのではないか。

どちらかとゆうとコメディ要素の強い男性キャストに対して、瑞々しい女性キャストとゆう対比。とはいえ今回に関しては男性性、女性性に余り大きな意味はないのかもしれない。性別も経験も年齢もごちゃまぜにして、入れ代わり立ち代わり様々な役をこなす必要の有る演出。役者たちは役を生きるだけでなく、舞台セットも組む。語りもする。まるで動く装置だ。

作品によってはプロジェクションマッピングを巧みに使い、視覚的にも小気味良く観客を騙す白井演出だが、今回ばかりは役者たちの身体とユーモアで魅せる方向に押し切ったように感じた。特に、子供の様な無邪気さで舞台の上を駆け回る小日向文世氏。この少し前に大河ドラマで太閤秀吉を演じ恐ろしい迄の怪演をみせたそのひとが、顔面白塗りのおちょぼ口で金切り声を張り上げて出て来るのだ。想像してみて欲しい。もうそれだけで笑いが込み上げて来ないだろうか（笑）。本人は勿論、カンパニーのメンバーがそれぞれの芝居を間近にして、笑わずに自分の芝居を貫き通す心の強さに感動すら覚えた。普段の精緻な白井演出とは若干趣きの異なる、素手で殴り合う様な……いや、両手で思いっ切りくすぐられる様な肌触りの芝居だった。

この作品、原典を読んだ白井氏は当初、流石に演劇化は難しいと考えたようだが、果たしてそうだろうか……？　舞台には、観客の持つ想像力とゆう最大の武器がある。役者には、その武器を導く言葉がある。

しばしば荒唐無稽と言い表される本作品の特徴の一つに主人公の性別が変わるとゆう描写が有るが、演劇はそれすらも言葉一つで解決出来る。彼等は我々に一言、投げ掛ければ良いのだ。
「彼は女だった」と。

＊

シェイクスピア時代の劇場には屋根が無かった。夜のシーンも青空の中で演じなければならない為、これからはじまるシーンが夜であることを滔々と語る台詞が差し挟まれる。その言葉のあとは観客の想像力と、役者の演技に任される。私はこの『オーランドー』とゆう演目から、そういった芝居の持つ実に芝居らしい気概を感じた。同時に私は、この戯曲で最初に描かれる一六世紀の風を、その時確かに感じたのだ。

（この素晴らしい芝居がパッケージ化されていないのは実に残念である。だが、白井氏は公演中の全てのテイクを反芻用に録画しているそうなので、いつか陽《ひ》の目を見る機会が有れば……と願う）

＊1　演劇『KAAT×パルコプロデュース公演　オーランドー』（二〇一七年、日本）　英国の演出家サラ・ルールが翻案した演劇 *Orlando* の日本初演版。俳優で演出家の白井晃が演出を手がけ、オーランドー役を多部未華子が演じた。ほか小日向文世や TEAM NACS の戸次重幸といった個性的な俳優陣が脇を固め、わずか六名の俳優で *Orlando* の奇想天外な世界を表現した。二〇一九年現在、ソフト化はされていない。

樹。（いつき。）　多趣味は無趣味の権化。ミステリィと観劇に過敏に反応する体質。白井演出については『ピッチフォーク・ディズニー』からのファン

【映画『フリーク・オルランド』を観て】

オーランドーとカルト映画にまつわるおしゃべり会

赤口榼×小澤みゆき

二〇一九年三月某日、カルト映画がお好きな赤口榼さんをお招きし、二人の『フリーク・オルランド[*1]』の鑑賞会を行った。鑑賞後、赤口さんに自由に感想を語っていただいた。

作品について

小澤　お疲れ様でした。……いかがでしたか?

赤口　最高でした（笑）。個人的にはエモポイントが高かったです。完全に、八〇年代のドイツな感じが……。

小澤　よかった!　イギリスのサリー・ポッター監督の『オルランド』は一九九二年で、一方『フリーク・オルランド』は一九八一年で、一〇年も前にこんなものを作っていたのがすごいな、と感じます。私は二回目なんですが、二回観てやっと何がやりたかったのかわかりました。特に前半がわからなくて。

赤口　前半は、神話とか聖書のモチーフが多いので、ある程度知っていないとわからないですね。あと時系列が、いつごろの話なのかがわかりづらい。後半になるとカメラが出てきたり、オリンピックのマークが出てきたりで、現代に近づいてきたなってわかりますけど。

小澤　ここで一回オルランドが死んでいるなとか、二回目でやっとわかって。最初、物語に途切れがないように見えたので。映画チラシを見て、「あーこういうことだったのか」ってやっとわかる（笑）。

赤口　あれがインターネットに落ちてるっていうのがすごいですよね（笑）。よく作品からこれだけ読み取れたな、という（笑）。日本の公開が一三年遅れたとありますね。

小澤　リアルタイムじゃないみたいですね。日本では「東京レズビアン・アンド・ゲイ・フィルム・フェスティバルで一九九四年に公開」[*2]とあります。そもそも原作とは全然違っていて。主人公が性転換しながら生きるという以外何も共通点がない（笑）。

赤口　（笑）

小澤　原作は一六世紀、エリザベス一世の時代のイギリスから始まって……。

赤口　最近なんですね。

小澤　そうなんです。オルランドは三〇〇年生きて、途中でオスマン帝国に行ったり、女性になって子どもを産んだりします。この原作から、あそこまで話を広げられてすごいな、という。

赤口　主人公がメインの話というよりは、それを取り巻くフリークスの過去から今までの歴史観、移り変わりというものを映していく、という感じだったのかな。

小澤　チラシにもオルランドは狂言回しとありますね。

赤口　全体的に、映画としてはかなり見やすかったです。前半ほとんどしゃべらないので、画から情報を抜き取らないといけないので大変ですけど、後半はせりふもありますし。全体的に衣装がよかったですね。ファッション、美術がめちゃくちゃ気合入っていましたね。鎖がついた服とかゴム製のドレスとか。ドイツの美術館に監督の作品の衣装が展示されているみたいです。[*3]あと中盤、磔《はりつけ》になって歌っている女性のシーンがめっちゃ好きでした（笑）。ニーナ・ハーゲン[*4]っていう、ドイツのパンクの母と言われている人がいて。その人の感じにかなり近いので、別の人で似たようなことをやっているのか、そういう文化自体がドイツにあるのかわからなくて。

小澤　（Googleで検索して）本当だ、パンクの母ってある。

赤口　ソプラノっぽい声も出すし、すごいゴリゴリのデスボイスみたいなのも出すし、という。界隈では有名な人で。戸川純の話とか追っているとこの人にたどり着く、というような感じです。

小澤　たしかに戸川純っぽさ、ちょっとありますね！

赤口　あの方は声楽をやってらっしゃったので。それから、古代の話なのに、現代のビルとか工場とか出てきて混乱しますね（笑）。それをどういう気持ちで受け取るべきかわからなかったり。昔の神話みたいなものをベースでやっていると、現代でそういうものを見る滑稽さみたいなものも出てくるなあというのは思いました。

小澤　思いっきりビニールとかプラスティックとか出てくるし（笑）。

赤口　そもそも冒頭のシーンでデパートが出てくるのからしてよくわからない（笑）。

小澤　やっぱり急に現代の建物とかが出てきちゃうと、どうしても引っ張られちゃいますね。

赤口　知識として存在しないとわかりえない部分と、普通に生きてたら知ってる部分とあると、後者の方に寄ってしまいますね。

小澤　デパートは何のメタファーなんでしょう……消費社会批判ということなのかな。

赤口　でもその割にはかなり照明とかも暗いし、盛り上がってる感がなかったですね。神話フェアと言ってましたが、神的なものを切り売りして消費されるということなのかなあと思ったんですけど。

小澤　キリスト教のことを詳しく知っていて観たら「なるほど」となるんでしょうね。

赤口　あと第三部でいろんな人が連行されて殺されるシーンで、歴史の偉人が裸にされて名前を読み上げられるところがあったじゃないですか。ナチによる知識人の抑圧とか追放の雰囲気もありましたね。

小澤　最後は銃殺されてしまいますね。なんでオリンピック競技場なんだろう。

赤口　検索してみると……一九三八年にベルリン・オリンピックの記録映画でレニ・リーフェンシュタールの『オリンピア』という作

品があるみたいですね。当時の開会宣言はアドルフ・ヒトラーだったとあります。

小澤　確かに。そう考えるとファシズム批判という目線もあるんですね。

カルト映画について

小澤　普段私はわかりやすいハリウッド映画ばっかり見ているんで、最初ちょっとわからなかったです。赤口さんは、あの年代のカルト映画って他に見られてますか？

赤口　七〇年代ですが……ホドロフスキー[*5]の『ホーリー・マウンテン』（一九七三年）がありますね。

小澤　ホドロフスキーは最近やってたのを一作だけ見ました（『エンドレス・ポエトリー』）。でもあれも雰囲気近いかもしれない、人が集まってワーってやってる（笑）。

赤口　私も『ホーリー・マウンテン』しかちゃんと見ていないんですが、あれもかなりしっちゃかめっちゃかで、よくわからないことがいっぱい起きるんだけれども、いろんな所から引用してきたりしていて。ネタバレですが、あれは最終的に映画そのものをメタ的に破壊するってことをやっています。最後にずっと撮っていた映像が引きになって、それは全部映画の撮影としてやっていました、という感じで終わります。あと『シルバー・グローブ／銀の惑星』[*6]というポーランドのヤバい映画があるんですが、これも一九八七年ですね。とにかく今まで見た中で一番ヤバかったです。社会的なメッセージが込められていて。ポーランド共産主義政権に映画の撮影を途中で中止させられたか何かで、途中のフィルムが五分の一ほどなくなっちゃったらしくて。そこを「こういう風景でした」というのを喋って（笑）。現代のポーランドの風景を映して補完するっていう（笑）。

小澤　すごい（笑）。

赤口　それで一番最後に、「この映画はこれこれこういうことがあって補完するはめになって辛い。絶対許さん」みたいなことを言ってる（笑）。これめちゃくちゃ好きなんですが誰にもおすすめできないですね（笑）。TSUTAYAにあるんですけど。

小澤　レビューサイト見ていると評価が二分してますね。

赤口　完全に最高って言ってる人と、まったく意味不明で最悪って人といますね。それからアレクセイ・ゲルマン[*7]ていうロシアの監督がいて。この人も、ずっと画面の中でわちゃわちゃしてるシーンがひたすら続くっていうのですごい有名です。

小澤　（検索しながら）『神々のたそがれ』って聞いたことあります。

赤口　あ、それは結構最近ですね。二〇一三年です。途中でアレクセイ・ゲルマンが亡くなってしまったので、残りの部分を配偶者と子どもさんで撮っています。『フルスタリョフ、車を！』とか有名ですね。

小澤　他に、赤口さんおすすめのカルト映画ってありますか？

赤口　割と観やすいのでいうと、『不思議惑星キン・ザ・ザ』[*8]という一九八六年の映画があります。これはB級SFとしてすごいよくできてて。めっちゃゆるい世界観で、シュールなギャグを連発してくれて、めちゃくちゃおもしろいんですけど（笑）。一緒に観に行った人は全然入り込めなかったらしいです（笑）。好きな人はめちゃくちゃ好き。ロシアカルト・ムービー祭りとかだと毎回呼ばれているし、向こうの人もみんな大好き、みたいな。当時は共産圏だったので、国の金でこんな意味不明なもの撮って何してくれてんだって、すごい批判されたみたいで。そのへんの歴史とか踏まえて観ると、もうたまらない気持ちになります（笑）。

小澤　抑圧されながら撮ってるな、みたいな。

赤口　よくこれ撮ったな、と思いつつ。あれも異文化との遭遇がテーマのうちの一つで、まったく違う価値観の中で翻弄される、みたいな視点でも興味深い。

小澤　レビューで「最高！」って言っている人、たくさんいますね〜。

赤口　『キン・ザ・ザ』もたぶんレンタルできるのと、Мосфильм（モスフィルム）公式YouTubeチャンネルに、英語字幕のものがアップロードされています[*9]ので、ぜひ。

小澤　昨年『イカリエ―XB1』というSF映画を観たんです。チェコスロバキアの共産主義時代の映画で、地球以外の星に移住しようとする宇宙船がテーマで。『二〇〇一年宇宙の旅』より早いらしいです。キューブリックも観てたんじゃないか、という作品で。結構明るい映画でした。「やった〜移住できる星があるぞバンザ〜イ」みたいな（笑）。

赤口　あ、原作レム（スタニスワフ・レム）[10]じゃん！『惑星ソラリス』の。この間ドキュメンタリーを観ました。

小澤　『惑星ソラリス』まだ観てないですね。タルコフスキー[11]は、『ノスタルジア』を観ました。一回目わけがわからなくて、二回観ました（笑）。

赤口　そうだ、八二年に『コヤニスカッツィ』[12]っていうのが出ていますね。文明批判をめちゃめちゃするドキュメンタリーなんですが、とにかくトリップ系で。フィリップ・グラス[13]という有名なミニマル・ミュージックの人が音楽担当で、曲に合わせてひたすら風景映像が流れるという作品です。かなり文明とか現代を批判しているので、世界的にもそういうのが流行っていたのかな、というのは思いました。ストーリー性とかが一ミリもないので。お酒とか飲みながらぼーっと観るのに本当にいいです（笑）。

ウルリケ・オッティンガー監督

小澤　監督の名前で検索したら、日本で映画を撮ったという情報が出てきますね。これ日本で公開されていないですよね。

赤口　たぶん……。一三年後に公開されたりして（笑）。日本語の情報まったく出てこないですね、この監督。

小澤　新潟の古民家で撮影してる様子のブログが[14]。

赤口　（検索しながら）この映画かな、『Under Snow』（二〇一一年）。トレイラー[15]上がってますね。ドキュメンタリーのジャンルになっている。

小澤　本当にいっぱい撮ってますね、この監督。

赤口　英語版のWikipediaの監督のページに「アートシネマの習慣

を拒絶したりパロディ化してきた」とありますね。そういえば、『フリーク・オルランド』VHSのパッケージの煽りで「全世界を震撼させた本物の衝撃映像ついに解禁！」とありますけど、そこまで映像としての圧がすごいというわけではないと思いました。たとえば『神々のたそがれ』とかだと、人糞が大量に飛び交ったりとか（笑）、血まみれの人間が出てきたりとかしますが（笑）、そういう意味での過激さはまったくない。とにかくシュール。やってる内容は批判的だったり、昔の時代の悲惨さを視覚化したりしてるとは思うんですが。直接的じゃない表現なので……。

小澤　確かにパッケージのおどろおどろしさ、エログロな雰囲気とはちょっと違いますね。局部を隠すモザイクはありましたが。

赤口　エログロや痛さについてだと、ラース・フォン・トリアー[*16]という監督がいます。「アメリカ合衆国――機会の土地」三部作の二作目である、『マンダレイ』という作品が特に好きなんです。あと今のコロナ禍の中で、デマに惑わされてしまったり、ひどく混乱している人々をみると、『メランコリア』という映画を思い出します。でも今回はそういう方向性じゃなかったので（笑）。のほほんと観れました。前半をもうちょっと理解したいですね。それにしても『フリーク・オルランド』よかったなあ。ずっとああいうの観てるんですよ（笑）。この間も『ミュージアム・ヴィジター』（一九八九年）というソ連の映画を観に行って。めっちゃ一人喜んで「うわあ〜」ってなっていたんですが、まわりのおじさんたちが「全然わかんない、ダメだよこれは」とか言ってて（笑）。

「わからないからダメってなんなんだ！　わからないならわからないで終われればいいのにダメって言わないでよ！」って思って（笑）。こういう映画、一緒に観てくれる人がまずいないし、だからといって自分でVHSとか集めるかって言われるとそれも難しくって。それこそどっかの企画とかだと、既にいろいろ知り尽くした人が選りすぐってくれてるからわかりやすいんですけど。

小澤　私も今回こういう企画をやらなければ絶対観ないような映画だったので、楽しかったです！　一緒に観てくださって、ありがとうございました。

＊1　映画『フリーク・オルランド』（一九八一年、ドイツ）ドイツの女性監督ウルリケ・オッティンガーが、Orlandoを独自解釈で映画化した作品。かなりキッチュでカルトな世界観の映画である。日本では一九九四年に公開された。二〇二一年現在、日本版ソフトはVHSのみ存在する。以下は、日本公開時の映画チラシからの引用である。
――神話の世界から現在にいたる人類の歴史を、象徴的な五つのエピソードによって描いた「小さな世界劇場」ともいうべきこの映画は、それぞれの時代に性と姿形を変えて現われる〝オルランド〟を狂言回しにしながら、〝フリークス〟と呼ばれ、時代の中で排除されてきた人々の歴史を描きだしてゆきます。ドキュメンタリーとファンタジーの混在、強烈に脈打つ〝ドイツロマン主義〟の伝統、ブレヒト、アルトーなどの近代演劇の影響、様々な隠喩と象徴に満ちた華麗な映像世界は、ブニュエルの「銀河」を思わせる巡礼の物語の中に、権力の持つ醜さを告発し、〝本当のフリークスとは何か？〟という根本的な問題を投げ掛けてきます。
また、時間を越え、形を変えて永遠に出会い続けるオルランドとヘレナ・ミュラーの物語の中から、レズビアンとしてのオッティンガーの女同志《ママ》の永遠の関係に対するファンタジーも読みとることが出来るでしょう（『映画チラシサイト』に、『フリーク・オルランド』日本公開当時のチラシが掲載されている。http://eiga-chirashi.jp/view_item.php?titleid=3537）。

＊2　東京レズビアン・アンド・ゲイ・フィルムフェスティバル　東京で開催されるセクシュアル・マイノリティに関する国際映画祭。現在の名称は「レインボー・リール東京」。http://rainbowreeltokyo.com

＊3　https://www.nfaj.go.jp/wp-content/uploads/sites/5/2019/01/NFC41_p13_15.pdf

＊4　ニーナ・ハーゲン　ドイツの歌手。一九七〇年代後半～一九八〇年代初頭のパンク、ニューウェーブムーブメントの歌手として知られる。

＊5　アレハンドロ・ホドロフスキー

チリ出身の映画監督。『ホーリー・マウンテン』以外には、『エル・トポ』や、フランク・パヴィッチ監督によるドキュメンタリー作品『ホドロフスキーのDUNE』などで知られる。

＊6 『シルバー・グローブ／銀の惑星』 ポーランド出身の映画監督アンジェイ・ズラウスキーによる作品。

＊7 アレクセイ・ゲルマン 旧ソビエト連邦出身の映画監督。『フルスタリョフ、車を！』は第五一回カンヌ国際映画祭のコンペティション部門に出品された。

＊8 『不思議惑星キン・ザ・ザ』 一九八六年に発表された、旧ソビエト連邦のSF映画。ソ連全土で一五七〇万人の驚異的な観客を動員（Wikipediaより）。

＊9 https://www.youtube.com/watch?v=EYHv8eJrW2Y

＊10 スタニスワフ・レム ポーランド出身のSF作家。ポーランドSFの第一人者であるとともに、二〇世紀SF最高の作家の一人とされる（Wikipediaより）。

＊11 アンドレイ・タルコフスキー 旧ソビエト連邦出身の映画監督。

＊12 『コヤニスカッツィ／平衡を失った世界』 一九八二年製作のドキュメンタリー映画。

＊13 フィリップ・グラス アメリカ合衆国の音楽家。現代音楽の巨匠と呼ばれる。映画『めぐりあう時間たち』の音楽も担当している。

＊14 http://d.hatena.ne.jp/tiitaka+new/20110127/1296152956

＊15 https://www.youtube.com/watch?v=X7uDK4i3H4

＊16 ラース・フォン・トリアー デンマーク出身の映画監督。ミュージカル作品『ダンサー・イン・ザ・ダーク』などで知られる。

【ウィーン国立歌劇場オペラ『オーランドー』を観て】

一瞬を生きる服

田村俊明

小説『オーランドー』（杉山洋子訳、ちくま文庫、一九九八年）とオペラ『オーランドー』[*1]は全く異なる価値がある。オペラという総合芸術の形を取った時、『オーランドー』は常に新しい世界観を提示することを求められる。それは主人公のオーランドーが現代まで生きる人として描かれるからだ。一方で、オーランドーは風俗劇の主人公でもある。時代の最先端という意味での前衛を描く風俗劇がオペラ『オーランドー』への認識である。

ウィーンで上演され、インターネットで配信された『オーランドー』は風俗劇というよりは前衛劇であった。皆がカリカチュアされた衣装を纏い、オーランドーは様々な時代を生き最後にはある種普通の人間賛歌へと至るのが大まかな話の流れである。その観劇中に、なぜ衣装がコム・デ・ギャルソンによって過度にカリカチュアされた演出をされなければならなかったのを考えていた。

ファッションにおいて、大きな美的感性の変化は起こりにくい。それは欧州中心のファッションの歴史や文脈が続く中で、人種や顔の造形の好みといったバリエーションは増えたとしても、人間の形が大きく変わらない以上は、服の形や装飾のディテールは大きく変わらない。それは手足と首を通す五つの穴があるからだ。ある程度身体に沿うという服の「かたち」はこれからも続くだろう。

コム・デ・ギャルソンはそういった服や装飾の「かたち」に対して「穴あきニット」や「こぶドレス」によって、あるいは本来隠されるはずの断ち切り部分やポケットの構造といった意図的に内部にあるはずのディテールを露わにすることによって、普遍的な「かたち」やファッションの歴史を挑発してきたとされている。

しかし、このようなありきたりな評にはとりこぼした印象がある。コム・デ・ギャルソンはあるべきとされた服の造形を捻じ曲げ、反転させ穿ち、露出させることで、例えば臨月を迎えた女性の「かたち」と同様の畏れを抱かせる。

オペラ『オーランドー』が、時代に翻弄される女性性を（あるいは失われた男性性を）描く風俗劇であるとするならば、コム・デ・ギャルソンがカリカチュアした衣装群によって明らかにしたのはなんだったのか？　各時代に象徴される服装を、ファッションの歴史を、前衛の旗手だったコム・デ・ギャルソンが再現すること、それ自体が冗談のような事態ではないのか？　もちろん既存のスタイルを脱構築するには、その文脈に対しての理解がなくてはならない。

その上で、このコム・デ・ギャルソン＝前衛という考えが使い古されたクリシェであり、前衛という概念そのものが、古典的な扱いになってしまっているのではないか？　人々がコム・デ・ギャルソンを「前衛的だね」と評する時、それは一つのスタイルと成り果て真に前衛的な理念は徹底されていないのではないか？　もはや、前衛の時代はここで終わりということだろうか……。

などと考えているうちにオペラは終わってしまった。時間芸術とは留めることが出来ず儚いものであるが、たしかにこの時代まで生きるオーランドーと、その足跡は目にすることができた。二〇二〇年は世界的にも、人類の歴史においても重要なポイントとなった。感染症によって、人間はマスクに進化を外注し、それをファッションないし文化の一形態として取り込んだ。もはや映像でしか人々の表情というものをみることはない。オーランドーは今何を考えているのだろうか。

あるいは、いまこの一瞬を生きるためにどのような服を着ているのだろうか？　例えばマタニティウェアは臨月の女性にとって、その瞬間、その身体と生活にとって必要な衣服であるが、出産後には必要とはされなくなる。舞台上のオーランドーにとって、あの瞬間にコム・デ・ギャルソンが必要だったのだろう。一方で、人は全く必要でない服を着て生きており、本当に必要な服というのは誰しもに開かれていなければならない。余談だが、このシーズンのあとコム・デ・ギャルソンは長らく女性のアクセサリーとされていたパールのネックレスをメンズウェアで発表し、より自由なファッションを提示している。次の時代のオーランドーが全く違った服を必要としているのは疑う余地はない。

マスクのような恒久的な変化ではなく、いまを生きるための変化の繰り返しは前衛的でファッションの運動そのものにほかならない。

*1　オペラ『オーランドー』（二〇一九年、ウィーン）ウィーン国立歌劇場によって英語でオペラ化された『オーランドー』は、「コム・デ・ギャルソン」の川久保玲が衣装を手掛けた。川久保は二〇一九年六月のメンズコレクション、九月のウィメンズコレクションのテーマを「オーランドー」とし、コレクションを通して衣装を発表。一二月のオペラ上演時にはさらに追加され、全部で一四二体の衣装が披露された。また作曲はオルガ・ノイウィルトが手掛け、ウィーン国立歌劇場が一五〇年の歴史で初めて女性作曲家を起用したオペラとなった。脚本はノイウィルトとカトリーヌ・フィユー。女性クリエイターたちのコラボレーションも話題を呼んだ。上演はインターネットで中継配信されたほか、録画映像が後日公開された。

田村俊明（たむら・としあき）美容師免許取得後、美術大学でファッションを中心に研究。在学中に『fashionista』で批評家としてデビュー。卒業後『ユリイカ』や『SFマガジン』に寄稿し、主に映像制作業を行う。批評とメディアのプロジェクト〈Rhetorica〉のゲーム部担当でインディーSFゲームを探し求めている

オーランドーのモデルとされるヴィタ・サックヴィル＝ウェストとヴァージニア・ウルフ

【映画『オルランド』を観て】

映画『オルランド』のボリウッドリメイクを妄想する

ヨリタム

はじめに

『オルランド』[*1]を観た時、一貫して私に訴えかけてきたのは、この映画の音楽シーンの「ボリウッドっぽさ」[*2]だった。このボリウッドっぽさの片鱗は、ゲートウェイ・ドラッグ的にさらなるボリウッド化への欲望を私の脳内に植え付け、気がつくと私は「ボリウッドで『オルランド』をリメイクする」というアイデアに、自分でもちょっと気持ち悪いくらいに取り憑かれていた。以下の文章は、インド映画の専門家でもインド史の専門家でもない、それどころか別に大して詳しくもない、ただのインド史好きのいちボリウッド・ファンの妄想の軌跡である。

『オルランド』のボリウッドネス

「ボリウッド映画」と聞いて、真っ先に「歌と踊り」を思い浮かべる読者は多いだろう。私自身にとっても、ボリウッドといえばまず挿入歌だ。ここ数年は「歌って踊らない」作品の人気も高まっているとはいえ、挿入歌は今もボリウッド映画の中で特別な地位を占めている。挿入歌をめぐる、ボリウッドならではの「お約束」は、「ボリウッドらしさ」を構成する大事な要素となっている。歌の使い方が似ているだけで、ボリウッド好きはそこにボリウッドネスを感じてしまうものだ。そしてポッター版『オルランド』はそこんとこのツボを押さえているのである。

ボリウッド映画に馴染みのない読者のために解説すると、典型的なボリウッド映画[*3]の挿入歌の使い方は、ハリウッド映画のそれとは異なる。非ミュージカル映画はもちろん、一見ボリウッド映画に似たミュージカル映画とも一味違うのだ。

ハリウッドの非ミュージカル映画では、挿入歌は基本的に「BGM」である。つまり、劇中では音楽の流れていない場面でムード表現のために観客向けに音楽を流すか、もしくは劇中のBGMとして（例えばクラブで流れている曲とか、登場人物がヘッドホンで聴いている音楽などとして）音楽が流れている状態で、主要な登場人物が自分で歌っている訳ではない。曲は、既存の曲がシーンに合わせてセレクトされるケースがほとんどだ。

一方、ボリウッド映画の挿入歌は、典型的には劇中で登場人物が「口パク」で歌うものである。そして、原則として曲は映画ごとにオリジナルで作られるか、既存曲であっても新しくカバーされる。『オルランド』でも、主人公は歌わないものの（踊りはする！）オリジナル曲、または古典曲のオリジナルアレンジを、劇中の歌手が口パク（たぶん）で歌っている。[*4] この歌手は映画オリジナルのキャラであり、歌うだけの役ではあるのだが、時代を通じてオルランドを見守り続けるので、ある意味重要な登場人物の一人と言える。

ちなみに、ボリウッドでは挿入歌は映画のプロモーションに使われるのだが、ヒットすれば『アナと雪の女王』の「Let It Go」のようにその作品の代名詞として広く記憶されるだけでなく、クラブや結婚式、そして外国のインド料理屋のアンセムとして、何年も後までかかり続ける。インドでは誰もが口ずさめるような懐メロも、ほとんどは元々映画の挿入歌である。近年の作品では、ハリウッド的なBGMとしての挿入歌使用も増えているが、原則全曲オリジナルで、全ヒンディー語圏＋αでヘビロテがかかる、という独特の挿入歌文化は今も健在だ。

話を戻そう。劇中で登場人物自身が歌う、という特徴は、ハリウッドのミュージカル映画（以下「ミュージカル」）とも共通する。しかし、ミュージカルの歌詞は台詞の延長線上にあり、登場人物が舞台設定や自らの心情などを直接的に語るものが多い。また、音楽的には様々なジャンルを取り入れつつもミュージカル特有のスタイルと呼べるものが貫かれている。このため、ミュージカルの歌を聞くと、大抵は「ちょっと普通のポップスと違うな」と一発で感じられる。

一方、典型的なボリウッド映画の歌詞は、挿入されるシーンのテーマや登場人物の心情をそれとなく代弁しつつも抽象的で、映画から独立した普遍的な歌として成立するものだ。音楽的にも振れ幅が大きく、インドのメインストリーム向けに多少のアレンジはされるものの、例えば古典的な曲は古典らしく、ポップスは普通のポップスらしく仕上がっている（というか、ボリウッドの歌こそがインドの普通のポップスである）。つまり、ハリウッドではBGMとして使われるような曲を登場人物が劇中で歌っている、というイメージである。『オルランド』の挿入歌群も、統一感のあるアレンジを施されつつも、ミュージカルっぽさは全くなく、多種多様なジャンルを横断している点がボリウッド的だ。

さらにもう少し細かい話をすると、『オルランド』は歌や踊りのシークエンスのタイミングや演出の仕方にもボリウッドネスの片鱗を覗かせている。ボリウッド映画では基本的に、コンサートやお祭り、結婚式など、劇中で登場人物が歌ったり踊りだしても不自然でない場面に挿入歌を持ってくる割合が高い。『オルランド』の歌のシーンも、最後の曲以外はこの様式に従っている。そして、ボリウッドでは、ミュージカルのように歌の歌詞を使って物語を進めることが少ない代わりに、物語を進める鍵となるショットが歌のパフォーマンスと並行で提示されることが多い（ミュージカルでも時々用いられる手法である）。インストゥルメンタルではあるが、オルランドがテムズ川の氷上で婚約者とダンスしながら新しい恋の相手サーシャを盗み見る場面は、群舞のシークエンスを通じて主人公の恋愛関係が変化するボリウッド的典型と重なって見えた。また、天使が空からオルランド親子を見守りながら歌う終盤のシーンは、おもむろに主人公の内面を表す夢想的なシーンが始まるボリウッド的ドリーム・シークエンスを思わせる（スノッブなインドの若者や外国人に「突然ピラミッドの前で歌い出す」などと言われてしまう、私の大好きなアレだ）。他にも私が見落としたボリウッドネスがいろいろ隠れているかもしれないので、ぜひ探してみていただきたい。

『オルランド』に足りなかったもの

このように、いくつかのボリウッド的なツボを押さえた『オルランド』であるが、ボリウッド・ファンとしては物足りないと感じた点もあった。端的に言えば「長さ」である。

ボリウッド映画はよく「長い」といわれる。実際は時代や作品ごとに結構なばらつきがあるものの、メインストリーム大作は最低でも二時間はあるのが一般的だ。[*5]『オルランド』のような超大河作品なら、間違いなく三時間は超えるだろう。

しかし、私なんかに言わせればそもそも、ハリウッドに代表されるインド以外の映画が「短い」のだ（もちろん、長い作品もあるが）。わざわざ映画館に行って、安くないチケット代を払っておいて、九〇分やそこらで夢の世界から追い出されたくない……という私の貧乏人根性はともかく、余計なものを延々と見せられて時間を費やすのは私だってゴメンだ。ただ、「何を余計とするか」には、かなり恣意的な判断も含まれていて、それは文化的訓練の影響をモロに受ける。そして、私はハリウッド的な「余計さ」の基準は、それがたまたま普通になっているから気にならないだけで、実は結構極端に倹約な方向に振り切れているように思うのである。

過度な一般化と単純化を恐れずに言えば、ハリウッド映画とボリウッド映画では、根本的に目指しているものが違うと私は感じる。典型的なハリウッド映画は、ストーリーの描く弧の優美さを最大化しようとしているのに対し、典型的なボリウッド映画は、見応えを最大化しようとする。前者は「余計さ」の閾値を低く設定する方向に行きがちで、後者は高くする方向に行きがちだ。ボリウッドが挿入歌に時間を割くのも、歌で感情を高めて見応えをアップさせている、という側面がある。客観的にどちらがいいとは言えないが、私は後者の美意識がもっと評価されてもいいと思っている。

具体的には、例えば、インドで安価な生理用品の開発に奔走する男を描いた『パッドマン』（上映時間二時間超）を思い出していただきたい。この作品の主要キャラクターは一人の男と二人の女なのだが、私はこれを観終わった時、「ハリウッド映画だったら女どっちか削られてたな……」と思った。ボリウッド映画にありがちなことだが、主人公と各女性とのストーリーは、ハリウッドならそれぞれ七〇分強〜九〇分くらいの映画になりそうな充実度で、「二人とも主役級に描いてしまったら物語の凸凹が大きすぎて優美じゃないから一人に絞ろう」となりそうな気がしたのだ。でも、『パッドマン』には二人ともちゃんと描いたからこそ浮き彫りになるテーマがあり、より大きな感動、見応えがある。そういう観点から見れば、どちらの女性の話も「余計」ではない。ボリウッド映画の長さは、こういう選択の積み重ねの産物だと思う。

さて、一時間三四分の『オルランド』は（イギリス映画だが）、ハリウッド映画的には普通の長さだ。しかし、一六〇〇年から現代までの約四〇〇年間を描いた超大河作品としては、異様なほど短い。原作の意図的にゴチャゴチャと込み入った話から、オルランドの自己表現と成長の物語をそれなりに抽出できているのはスゴいのだが、その大きなストーリーを滞らせる要素を排除したからか、とにかく圧縮率が高すぎて、「原作を知らないと何が何だか分からないのでは？」と思ったほどである。予算など、制約はいろいろあっただろうと推測するが、それでもやはりこれだけの素材にこの短さは、ちょっともったいなかったな、と思ってしまう。もしボリウッドだったら、少なくとも倍の長さを使って、全体的なスムーズさはそんなに気にせず、各時代を自立した短篇映画のように丁寧に描くだろう。それが『オルランド』という作品にとっては「正しい」映画化な気もする。

『オルランド』ボリウッドリメイクに向けて

『オルランド』をボリウッドでリメイクするメリットは他にもある。『オルランド』の物語の幕が上がる一六〇〇年といえば、ちょうどムガル帝国のアクバル皇帝の治世の末期にあたる。一応、メインの舞台をインドに移す前提で考えると（イギリスの話のまま登場人物を在外インド人にするか、映像手法のみボリウッド風にするという変則的な手もありえなくはないが）、そこから現代までの物語となれば、ボリウッド時代劇三大時代（私が勝手に命名）を全部描ける。すなわち、①ムガル帝国の黄金時代、②インド大反乱前後の詩人とタワーイフ（高級娼婦）の時代、③二〇世紀前半の独立運動の時代である。それだけでもう、私の中ではボリウッドリメイクが完全に正当化されてしまう。

もっとも、この作品をボリウッドに持って行きたい背景には、『オルランド』が内包する植民地主義的な視点に対して、イギリスに植民地支配された側から回答があったら面白いのではないか、という思いもある。[*6] 書かれた時代的に仕方がないことだと思うが、原作の小説は東洋を神秘的で西洋人とは根本的に分かり合えない他者として描いている。ポッター版の映画では、オスマン帝国の役人にイギリスの植民地主義を警戒する発言をさせるなど、東洋側の視点を盛り込む配慮は見られる。しかし、この場面の舞台である一七〇〇年頃がまだ英東インド会社によるインド支配が本格化する前であり、オスマン帝国が衰退し始める瀬戸際の時代であったことを考えると、オスマン帝国の役人が既にイギリスの植民地支配を心配しているというのはやや時代錯誤的であり、当時の東洋を実際以上に受動的に描いていると感じた。イギリス貴族であるオルランドが大使としてオスマン帝国に派遣される原作を、ボスボラス海峡を軸に反転させたらどうなるだろう？　この時代にムガル貴族がオスマン帝国でイギリス大使と出会っていたら、遥か遠くの小国から国際都市コンスタンティニイェ（コンスタンティノープル）に集まってきたエキゾチックで興味深い人物の一人として接していたのではないか。

なお、現実にはボリウッド映画で『オルランド』のように女優が男性の役を演じることは極めて珍しいし、クィアな生き方が自然なものとして描かれることも少ない。ましてや主人公が途中でしれっと性転換する映画が近い将来作られることはちょっと考えにくい。が、近年のボリウッドでは伝統的なジェンダー観に挑戦する作品が数多く作られているし、「そこまでやるか⁉」という大胆な設定を平気でメインストリームなエンターテインメントに落とし込んでくるのもまたボリウッドなのである。『オルランド』のボリウッド・リメイクに私がどこか本気で期待してしまうのは、そんな背景による。

主演女優

ボリウッド版オルランドを演じるのは、私の中ではソーナム・カプール一択である。彼女が男性の役を演じるのは見たことがないが、ポッター版のティルダ・スウィントンの持つ可憐でどこか冷たい少年のような雰囲気に今のメジャーなボリウッド女優で一番近いのはソーナムだと思うからだ。新人を起用する手もあるが、ただでさえ野心的な作品なので、中心にはやはり確固たるスターを据えたい。

また、ソーナムは『パッドマン』や『Veere Di Wedding』などボリウッド映画の旧来的なジェンダー観やタブーを打ち破る作品に積極的に出演しているし、性的マイノリティーが決して広く受け入れられているとは言えないインド社会にあってアライ（味方）を公言している。二〇一九年二月に公開された『Ek Ladki Ko Dekha Toh Aisa Laga』[*7]では、「これぞボリウッド」というメインストリームな家族ドラマの中で、ソーナムの演じるレズビアンの主人公が、自然で好意的に描かれたことが話題となった。そんなソーナムなら、この企画にもきっと前向きに取り組んでくれそうだ。

監督・脚本・音楽

監督兼脚本家[*8]の選定はもう少し難しい。ポッター版は洗練されたデザインの時代衣装と、丁寧に構成された画面が美しかった。ボリウッド・ファンなら、これを読んで真っ先に連想するのはもちろん『Devdas』『Bajirao Mastani』『パドマーワト』などの美麗なスペクタクル映画で知られるサンジャイ・リーラー・バンサーリーだろう。彼はまた、素晴らしい挿入歌群を自ら手がける作曲家でもある。しかし、彼が『オルランド』を撮ったら、衣装やセットにとどまらず全てが過剰なメロドラマになってしまう恐れがある。アシュトーシュ・ゴーワリカルも『ラガーン』や『Jodhaa Akbar』など、スケールのデカい時代・歴史モノを撮れる監督だが、『オルランド』のような遊び心のある物語を撮るにはメッセージを前面に押しすぎるきらいがある。『Dev. D』や『Gangs of Wasseypur』など、欧米的な映画手法を巧みに用いながらもボリウッドらしい見応えたっぷりの作品を撮ることで知られるアヌラーグ・カシヤプは、六〇年代のボンベイを舞台にした『Bombay Velvet』でムードのある時代劇を撮れることを証明した（大コケしたが私は良い作品だったと思う）。挿入歌の使い方もとびきり上手い。しかし、どちらかというとマッチョでバイオレンスな男社会を描くのを得意とする人なので、あまりマッチョでない『オルランド』との相性は良くないかもしれない。

メインストリームから少し外れたところで優れた歴史・時代モノを撮った実績のある監督としては、ナンディーター・ダースとディバーカル・バナルジーが思い浮かぶ。実在の短篇小説家マントーが一九四七年のインド分割に翻弄される様を描いた『Manto』では、ダースはフィクションと現実をシームレスに行き来する演出で主人公の心境を効果的に捉えているので、『オルランド』のように歴史とファンタジーの境が曖昧な作品も自然に撮れるのではないかと思う。しかし、彼女は監督作がまだ二本しかなく、どちらもシリアスな作品なので、『オルランド』の軽妙洒脱な側面をどう料理するか未知数だ。その点バナルジーは、現代デリーの住宅事情を風刺した『Khosla Ka Ghosla』のような軽妙なコメディも撮っている人である。第二次世界大戦中のカルカッタを舞台にした探偵モノ『Detective Byomkesh Bakshy!』は、フィルム・ノワール的な憂いを含みながらも重くなりすぎないバランス感覚が好印象だった。この作品での一九四〇年代カルカッタ、特にそのチャイナタウンの再現は、過去の描写に奥行きを持たせようというバナルジー監督らのこだわりを感じさせるものであり、このチームならボリウッド版『オルランド』の物語に登場する各時代をフレッシュな角度から蘇らせてくれそうな気がする（なお、チャイナタウンの場面のメイキング映像はYouTubeに上がっている）。大物音楽プロデューサーに寡占支配されたボリウッドでは珍しく、インディーズのアーティストたちに作らせたサウンドトラックも現代的なエッジが効いていて、四〇年代の街並みと面白い対比を成していた。

しかし、実を言えば私にとっての最有力候補は——どちらも本格時代劇は未経験[*9]だが——ファラー・カーンとR・バールキなのである。この二人の間では今でも迷っている。畏れ多くも万が一ボリウッド・リメイクされる時に私に決定権が与えられるのなら、それぞれの監督と入念に面接させていただいた上で決めたい、と思うほど悩ましい。

カーン監督は、代表作『恋する輪廻――オーム・シャンティ・オーム』に見られるように、過去のボリウッド作品を息つく間もなく引用しまくるパスティーシュ的で間テクスト的な作品を得意とする。一方、『オルランド』の原作にも、様々な時代の英語文学や文体のカリカチュアが登場する。ポッター版の映画ではこのようなパスティーシュ的な要素は影を潜めているように見えたが、カーンであればウルフのこの遊び心を持って突っ走ってくれるのではないかと思うのだ。ボリウッド版『オルランド』の舞台となるムガル帝国やインド大反乱や独立運動の時代については、それぞれボリウッドの歴史を通じてたくさんの優れた作品が撮られてきた。カーンならこれらの名作へのオマージュを巧みに織り上げ、極上のエンターテイメントに仕上げられるに違いない。振付家出身の彼女が作るギミックたっぷりなダンスシーンがムガル帝国やオスマン帝国で繰り広げられたらどうなるかも、想像するだけで楽しい。ただ、カーンの直近の二作『Tees Maar Khan』と『Happy New Year』は彼女流のエンタメ志向が暴走して訳が分からなくなってしまった感があり、『オルランド』のような微妙なさじ加減を必要とする作品を今の彼女に任せて大丈夫か、一抹の不安がある。

そこへ行くと、R・バールキ監督はニュアンスに富んだエンタメ作品を定期的に発表しており、安心感がある。彼の映画はどれも、意外性のあるキャラクター設定から出発して、そこから観客の思考と感情を同時に動かす物語を展開していく。『キ&カ〜彼女と彼〜』では、バリバリのキャリアウーマンとカリスマ専業主夫のカップルを通じて、現代社会におけるジェンダー観の矛盾をウィットたっぷりに風刺しながらも、決してカリカチュアになりすぎない絶妙な温度感のラブコメに仕上げていた。この温度感は、『オルランド』にも通じると思う。さらに、現代ボリウッド版『雨に唄えば』ともいうべき

『Shamitabh』では、映画における「映像」と「音声」を、ダヌシュとアミターブ・バッチャンという二人の大物俳優を使ってそれぞれ擬人化し、両者の共依存関係をスリリングに描いてみせた。この実力をもってすれば、四〇〇年生きて途中で性転換する、という『オルランド』の奇想天外さも扱いきれるのではないだろうか。『パッドマン』で既にソーナムとタッグを組んでいるのも心強い。

なお、音楽プロデューサーは『Gangs of Wasseypur』『Manto』などを手がけた天才スネーハー・カーンワルカルと決まっている。ポッター版『オルランド』では、ポッター監督自らがイギリスの古い歌謡やヨーロッパ古典音楽や現代のダンスミュージックなど、クセの強いジャンルを現代的な感性のサウンドトラックにまとめあげていた。そのインド版を作るのに、圧倒的に洗練されたセンスでインド古典もインド中の民謡も自在に操るカーンワルカル以上の適任はいない。異論は認めない。

ここでは暫定的にR・バールキ監督を念頭に置いてリメイク版を妄想するが、ボリウッド・ファンの読者にはぜひファラー・カーン版も考えてみてほしい。

ボリウッド版『オルランド』の名前

ヒンディー語以外の作品のボリウッド・リメイクを考えるにあたって、考えなくてはならないのは登場人物の名前だ。ボリウッドではたくさんのインド国内外の映画がリメイクされているが、登場人物の名前はヒンディー語圏風に変えるのが一般的である（もちろんヒンディー語圏以外のキャラクターの時は出身地などに合わせる）。しかし、『オルランド』は厄介である。何百年間も同じ名前のまま、性別を変えなければならないからだ。インドではユニセックスな名前（ファーストネーム）もあり、シク教徒の間では一般的でさえあるのだが、三〇〇年前の昔に男性から女性に変わって、シク教徒でもないのに名前が全く変わらないというのは少し不自然な感じがする。インドの場合さらに厄介なのは、宗教である。

インドでは地域だけでなく宗教ごとに独特の名前文化があるので、大抵の名前は、ファーストネームでも名字でも、一日見ただけでその人の宗教が分かってしまう。ヒンドゥー教には、ラクシュミーナーラーヤナのように両性具有であったり、性転換する神様も存在するのだが、後述するように、『オルランド』はインドを舞台にすると否が応でも近世インドの寓話として見られてしまいそうな物語なので、主人公と特定の宗教との同一視を避けるために、なるべくニュートラルな名前にしたい。また、神様の名前を安易に引用すると、ラーマ神についての宗教劇の名前を用いたバンサーリー監督の『銃弾の饗宴ラームとリーラ』のように訴訟に発展する恐れがある。実際に映画化される訳でもないのに杞憂だと笑われるかもしれないが、ボリウッド映画をちゃんと妄想するなら宗教に配慮しない訳にはいかないと思う。

三〇〇年前に性別が変わっても名前がそのままだと不自然、というのはイギリス人の名前（ファーストネーム）にも当てはまることである。『オルランド』は、原作でもファーストネームなのかファミリーネームなのか爵位名なのか最初から最後までハッキリしないのだが、爵位名と考えれば敬称が変わるだけで名前はそのまま（「オルランド卿」が「レディ・オルランド」になる）でも納得できる。イギリスにおけるファミリーネー

ムや爵位名という概念はインドにそのまま当てはまるものではないが（例えば、ファミリーネームを用いない文化も多い）、文化によっては出身地が通称や名字として用いられるケースもあるので、インド版オルランドは地名ということにすれば一応納得できるかもしれない。宗教の問題も、出身地という設定ならギリギリ回避できそうだ。

そもそも原作の『オルランド』（『オーランドー』）は、シェイクスピアの「お気に召すまま」の登場人物から取られた名前と言われるが、イタリア風の男性名であり、なぜそれがイギリス人貴族（しかも一一世紀のノルマン征服に遡る由緒正しき家系という設定！）の爵位名なのか定かではない。しかし、元をたどれば「名高い土地」を意味するゲルマン祖語の「Hrōpiland」が語源と推定され、[*10]意外と地名みがある。そこで、ゲルマン祖語からさらに遡ったインド・ヨーロッパ祖語とサンスクリット語を無理矢理くっつけた「カルデーシュ」なる地名を考えてみたが、「響きが変」とインド文化コンサルタント[*11]（夫）に却下されてしまった。彼は代わりに、「ガンダーラ」と「カンダハール」をかけ合わせた架空の地名「Kandhar（カンダール）」はどうか、と提案してきた。ガンダーラもカンダハールも古来文明の交差路として知られる土地であり、特定の宗教との結びつきが薄い。原作にある古い家系という設定にふさわしい、悠久の土地という感じもするし、響きが気に入ったので採用することにした。以後、ボリウッド版オルランドの名前は「カンダールの人」という意味で**『カンダーリー』**とする。

＊1　映画『オルランド』（一九九二年、英・露・伊・仏・蘭）『タンゴ・レッスン』『耳に残るは君の歌声』などで知られる英国の女性監督サリー・ポッターが、*Orlando* を映像化した作品。長篇紹介で紹介されたように、本作のあらすじは、一六世紀のエリザベス一世の時代に男として生まれ、三〇歳に突如女として生まれ変わり、以後一九九〇年代までの約四〇〇年を生きていく、オーランドー（以下、オルランド）の数奇な人生を描いていくというもの。主演のティルダ・スウィントンは、

当時まだ英国をメインに活躍する女優で、ハリウッドデビューをする前であった。しかし本作では、性／生を超えて生き続けるオルランドという人物を完全に演じ切っている。ラストの、映画ならではの解釈と、エンディングに流れるテーマソングの融合は感動的。ウルフ作品へ触れるきっかけにもふさわしい、娯楽大作である。二〇一九年三月にBlu-ray化された。

＊2 「ボリウッド」とは、インドのムンバイ（旧称ボンベイ）を拠点とするヒンディー語映画産業の愛称である。ボリウッド映画の挿入歌の使い方や構成上の特徴は、インドの他地域の映画ともある程度共通するが、地域ごとの違いも大きく、私はそれらの映画については全く明るくないので、本稿ではリメイクを考えるにあたってあくまでもボリウッド映画のみを念頭に置いている。

＊3 ボリウッド映画　そのスタイルは時代によって著しく変化しているし、同時代でもかなりの幅があるのは言うまでもない。ここで典型的と呼ぶのは、時代を通じて多くのメインストリーム大作に見られる特徴を私なりに抽出してみたものに過ぎず、例外も多い。もちろん、ハリウッド映画についても同様だ。

＊4 劇中の歌手を演じているのが現実の歌手ジミー・ソマーヴィル本人であるところは、役者の劇中の「歌声」をプレイバック・シンガーと呼ばれる専門の歌手が吹き込む典型的なボリウッド映画とは少し異なるが、ボリウッド映画でもアミターブ・バッチャンなど役者本人が自分の歌声を吹き込むケースは一定数存在するので、この点が殊更にボリウッド的でないとは言えない。

＊5 ボリウッド映画の長さ　ボリウッド映画とハリウッド映画の上映時間の分布と変遷を比べてみた。公開年ごとにその年公開された全作品の上位一〇％から下位一〇％までの長さの範囲と中央値を出し、直近の五年間については年ごとのボリウッド興行収入ベスト3作品の長さを調べた。

過去五〇年間のハリウッド映画の大半（八割）が九〇分弱から二時間強に収まっているのに対し、ボリウッド映画は二〇〇〇年頃までは二時間から三時間弱の長さをキープしていた。

二〇〇〇年以降のボリウッド映画は、全体的に短くなってきているが、それでもハリウッド映画と比べると長い作品が多い。中でも、興行収入ベスト3入りするような超メジャー作品は、今でも結構長い。二〇〇〇年頃に何があったのか、どんな要素が削られることで全体的に短くなったのか、別の機会にじっくり検討したい。

※ Wikipediaから上映時間を自動抽出できたボリウッド映画二一九〇作品、ハリウッド映画九九九三作品のデータを分析しグラフ化した。データ及びグラフの描画に用いたスクリプトは以下で公開している：https://doi.org/10.6084/m9.figshare.7635752.v3

*6 それを欧米列強の植民地主義に対抗しながらもインドを自らの植民地主義の道具にしようとした日本の私が考えるというのも奇妙な話だが。

*7 「あの娘を見た時感じたこと」という意味で、ソーナムのお父さん、アニル・カプール主演の九〇年代の映画『1942: A Love Story』の挿入歌の歌詞から取られている。歌い手は男性だが、歌詞的には性別を特定していないため、インドのLGBTコミュニティで人気があるらしい（The Khandaan- A Bollywood Podcast Ep26）。なお、コルカタ出身のゲイの友人に確認してみたところ、彼も、彼のレズビアンの友達も聞いたことがないとのことだった。ヒンディー語圏限定だったりするのかもしれない。

*8 ここで挙げた作品は、『Devdas』と『Bajirao Mastani』以外は全て監督自らが脚本も手掛けている（ただし他のライターとの連名も含む）。

*9 ファラー・カーンは『オーム・シャンティ・オーム』の前半では七〇年代のボリウッドを描いているが、物語のほとんどは撮影所の中で展開するため、七〇年代の現実世界というより七〇年代の映画の世界を再現していて、私はあまり時代劇っぽさを感じなかった。

*10 https://en.m.wiktionary.org/wiki/Roland

*11 インドの文化について分からないことはインド出身でヒンディー語ネイティブの夫、トシフ・アハメドに聞いている。言うまでもなく、彼の意見はあくまで彼個人のものであり、インド人一般の意見を代表するものではない。

妄想映画『カンダーリー』（ボリウッド版『オルランド』）

構成・ヨリタム

――ポッター版の映画は、「死」「恋」「詩」「政治」「社会」「性」「誕生」の七パートに分かれている。妄想ボリウッド版も、これに倣って次の六パートに分ける。大筋ではオリジナルおよび原作を踏襲しつつも、インドの歴史に合わせて一部構成を変更した。

死、恋、旅、詩、性、誕生

【死】

ポッター版は一六〇〇年頃、ロンドンにほど近い林の中で、オルランド少年が木の下に座って紙に文章を書いているところから始まる。妄想ボリウッド版では、同じ頃のムガル帝国、ヒマラヤ山麓のとある友好的なラージプートのヒンドゥー教小王国で、祖父の代からこの地の王に仕える家系に生まれたカンダーリー少年が、ガンジス河の畔に座って詩をしたためている。以後カンダーリーはこの詩に四〇〇年かけて推敲を重ねていく。

ポッター版では、年老いたエリザベス女王が屋敷を訪れ、「色褪せるな、枯れるな、老いるな」と命じた結果、オルランドは四〇〇年以上少年のような容姿のまま生き続けることになる。カンダーリー少年も、同じように山城を訪れた晩年のアクバル帝の前で詩を朗読する。カンダーリーを気に入った皇帝は「神よ、この少年の美しさと気高さを永遠に保ち給

え！」と祈り、少年は不老長寿の命を得る。武勇を重んじるラージプートにあって、山や川を歩き回っては書き物をしてばかりいるカンダーリー少年は周囲に変わり者扱いされていたが、皇帝のお墨付きを得て周囲に一目置かれるようになる。程なくしてアクバル帝は死去し、カンダーリーは葬儀に参列する。

解説

アクバル帝は、宗教的寛容政策によってラージプート諸王国と同盟関係を結び、ムガル帝国の黄金時代を築いた賢帝として、今日のインドでも人気があり、彼の時代は『偉大なるムガル帝国』や『Jodhaa Akbar』などの有名映画でも描かれている。これらの作品には、アーグラーやラホールのムガル皇帝の宮殿、およびインド西部の砂漠地帯のラージプート諸侯の城が登場する。どれも広大な砂漠や乾燥した平野に築かれた壮麗な建造物であるが、そのような宮殿を描くチャンスは後の章でもあるので、ここでは少し趣向を変えてヒマラヤの山岳地帯を支配するラージプート王国ということにして、より小振りながらも素朴な威厳をもち、豊かな緑に囲まれた山城を舞台にしてみたい。今日のウッタラーカンド州あたりのイメージだ。カンダーリー少年の祖先は遥か西のカンダール地方の由緒正しき部族長の家系であり、土着の宗教を信仰していたが、祖父の代にヒマラヤの土地で武功を立て、以後ラージプートの王に仕えるようになった、という裏設定である。かなり苦し紛れの設定だが、ヒマラヤ地方を舞台にすれば次の章でスケートを履いた踊り子を登場させられるし、主人公が「カンダールの人」と呼ばれていることも一応説明がつく（カンダール地方が舞台だったら「カンダールの人」とは呼ばれないだろう）。また、実際のこの時代のラージプート社会がそこまで流動的だったかどうかは知らないが、先祖代々ラージプートという設定にしてしまうと、いかにもラージプート的な名前以外つけにくくなってしまう。カンダーリーの宗教も、最初から最後まで曖昧に描ける。

ポッター版では、日暮れにエリザベス女王が楽師を伴い小舟に乗って登場する歌シークエンスが印象的であった。ボリウッド版でも、オマージュとして、アクバル帝がガンジス河を小舟に乗って遡ってくるところを、皇帝を称える歌に乗せて描くことにする。この曲は、アクバル帝お抱えの楽師が演奏するのだから、きらびやかなヒンドゥスターニー（北インド古典）音楽が良いだろう。

　エリザベスを演じたのは、イギリスで同性愛が違法であり、差別が今よりずっと激しかった一九三〇年頃から既にゲイであることを公言し、公の場で女装していた（つまり、「クイーン」であった）著作家・俳優のクエンティン・クリスプであり、西洋の伝統的なジェンダー二分法を超越した妖しさを発揮していた。アクバルは男性なので、ポッター版のキャスティングを踏襲するのであれば、おじいちゃん皇帝的なルックスの年配のドラァグ・キングを起用するのが理想だと思う。しかし、残念ながら私の知る限りボリウッドのメインストリームにはそのようなベテ

ラン俳優はいないので、メインストリームの外から探し出すことになるだろう。
インドでは伝統的に、男性的な身体を持ちながら女性的に振る舞う人には「ヒジュラ」という第三の性が適用され、差別を受けながらもある程度の社会的地位を認められてきたが、女性の身体を持って男性的に振る舞う人は可視化されてこなかった。[*12] しかし、インドは多様だ。どこかの町に何十年も前から君臨してきた「キング」がいても不思議ではない。実際、民謡歌手ファールグニー・パータクのように、九〇年代からずっと男性装で活躍してきた女性パフォーマーもいる（彼女にはドラァグ・キング的「過剰さ」はないし、アクバル帝には少し若すぎるのだが）。
なお、この時代のムガル帝国貴族の間では、男性が若い男性の愛人を持つことも珍しくなかった。エリザベスがオルランドを寵愛する設定もそのままアクバルとカンダーリーに置き換えても良いと思う。

【恋】

アクバル帝の死後、ジャハーンギール帝の治世になっても、不思議なことにカンダーリーは瑞々しい少年の容姿を保ち続けていた。山を知り尽くした彼は、小王国を訪れたジャハーンギール帝のガイド役を引き受け、大昔に巡礼の途中で遭難した王とその家来たちの亡骸が沈んでいるというループクンド湖などへと案内する。

カンダーリーは地元の慣習に従い貴族の娘を娶るが、山の向こうから来た東方系の踊り子サー・シャーがスケートを履いて踊っているのを見て一目惚れする。家庭を顧みずにサー・シャーに熱を上げているうちに妻は病気で亡くなるが、恋に耽溺したカンダーリーは気にも留めない。しかし、いざサー・シャーを次妻に迎えようとすると、彼女はカンダーリーを捨てて故郷に帰ってしまう。女心の当てにならないこと！　カンダーリーは失恋の痛みを忘れるため、ジャハーンギール帝に仕官するべくアーグラーへと向かう。

解説

ポッター版の「恋」の章の冒頭では、凍りついたテムズ川の氷の中に閉じ込められたリンゴ売りの女性と、それを側近たちと面白がって眺めるジェームズ王が登場する。短いが、原作にもある描写であり、若いまま「凍って」しまったオルランドを暗示する場面として、あるいはこの章で展開する恋物語に死の通奏低音を追加する場面として重要なシーンなので、ボリウッド版でも再現したい。丁度良い(?)ことに、ウッタラーカンド州の山奥には、ループクンドと呼ばれる、大量の古い人骨が沈んだミステリアスな湖(というか池[*13])がある。しかも、寒冷な気候のせいで、一部の遺体は衣服や毛髪、軟部組織までも留めているという。自らも老いることをやめてしまったカンダーリーは、この光景を見て何を感じるのだろうか。

イギリスから見て東にあるロシアから来た王女サーシャは、ヒマラヤ山脈の東の方から来た踊り子サー・シャーに置き換えた。この時代に一介の貴族に過ぎないカンダーリーと恋に落ちるとしたら、お姫様より踊り子の方が現実的なのではないかと考え、この設定にした。ネーミングは、「サーシャ」を漠然と東方っぽい単音節に分けてみただけで、完全にデタラメであるが、一人くらいは原作の名前を留めているキャラクターがいたほうが良いし、五〇年代のボリウッド映画『Howrah Bridge』で往年のセクシー女優ヘレンが演じた上海出身という設定の踊り子の名前「チン・チン・チュー」といい勝負なのではないか。

ヘレンは、ビルマ(現ミャンマー)が英領インド帝国の一部だった時代、ビルマ人の母とイギリス系インド人の父の間に生まれ、第二次世界大戦中に日本軍によるビルマ侵攻を逃れてボンベイにやってきた人である。彼女は六〇年代から七〇年代にかけて、控えめで貞淑なボリウッドの伝統的なヒロイン像に背くセクシーなダンサーの役で一世を風靡した(ほとんどは悪役や踊るだけの役だったり、ジェンダー規範を逸脱した罰として最後に死ぬ役ではあったが)。色白で彫りが深い北西インド風の顔をした女優の多いボリウッドでは珍しく、若い頃のヘレンはメイクによって山瀬まみとトリンドル玲奈と加賀まりこを行ったり来たりする、東・東南アジア的な顔立ちの人気女優だった。

　インドとミャンマーは別々の国になったが、今でもインドの東北地方やヒマラヤの山岳地帯には、モンゴロイド系の人々が暮らす地域があり、デリーやムンバイなど他地域の都市に移り住む人も多い。また、『Detective Byomkesh Bakshy!』で脇役を演じた中国系三世のタレント、メイヤン・チャンのように中国などからの移民の子孫もごく少数ではあるがインド人として暮らしている。しかし、今日のボリウッドでは、モンゴロイド系の役者を主要な役で目にする機会はほとんどない。同じ「平たい顔族」（『テルマエ・ロマエ』ネタです）として、勝手にそんなかれらを応援している私としては、物語の鍵となるこの踊り子の役に、ぜひ東北系やチベット系の女優をキャスティングしたい。東北地方のマニプル州の映画産業ですでに活躍している人でも良いし、あるいはムンバイでブレイクを夢見ているフレッシュな才能を[*14]起用するのも良いだろう。ヘレンにも負けない魅惑的なファム・ファタールの誕生を期待している。

　原作には、男のように颯爽とスケートするサーシャにオルランドが惹かれるという描写があり、ポッター版映画ではスケートを履いて軽やかに踊るサーシャと、スケートが苦手で氷の上に敷かれたマットの上で踊る婚約者との対比がオルランドの心変わりを効果的に表していた。演じられる人は限られてしまうが、ボリウッド版のサー・シャーにも、ぜひスケートを履いたダンスでカンダーリーと観客を魅了してほしい。この時代のこの地方にスケートがあったかどうかは分からないが、ボリウッドならそんな時は迷わず面白さを優先して「あったことにする」のが正解だと思う（まあ、映画とは大体どこでもそういうものだが）。振付は、カタック（インド古典舞踊の

ジャハーンギール帝
キャスティング
未定
いっそのこと
ループクンドで
アイスダンス
しちゃう!?

一つ」のような優美な回転や所作にところどころ山岳地帯の民族舞踊の動きを取り入れたようなものが良い。曲は、カーンワルカルお得意の民謡サンプリング[15]を挟みつつ、コーラス部分はインド古典っぽいメロディーでまとめたい。文字通り「山」を意味するパハディーというラーガ[16]は、ヒマラヤ地方の民謡と似ていて、ところどころ中国の音階のような音が並ぶラーガであり、実際の歴史的経緯は知らないのだが、この地域での古来の文化交流を思わせる。[17]古典的な部分もこのラーガで作曲すれば、民謡風の部分とのまとまりが出るだろう。

原作では、オルランドがサーシャにフラれると彼女の移り気をなじる一方で、婚約者のことは平気で捨てる二面性が描かれている。男性に権力が集中する社会において、女性の心変わりのほうが理不尽に描かれがちなことを皮肉ったのだろう。ボリウッド版では、この時期のカンダーリーは自分の恋のために婚約者ではなく妻を裏切っていて、政略結婚だったとはいえ恋に夢中なあまり妻が病死しても悲しまない、という、人としてはもう数段アレなキャラクターに書き換えてみた。人の嫌な部分は、それくらいハッキリ描くのがボリウッドらしいと思うのだ。踊り子サー・シャーがカンダーリーに愛想を尽かしたのは、彼の浮気が本気になってしつこさがアップしたからか、単に他に好きな人ができたからか、それとも彼の妻への冷たさを目の当たりにして結婚に怖気づいたからか。後の章でカンダーリーは自ら高級娼婦となり、倫理観の微妙な既婚男性の相手もすることになる。カンダーリーは、そのとき初めてサー・シャーの心変わりを受け入れられるようになるのかもしれない。

【旅】

一六五〇年頃、サファヴィー朝イランを挟み撃ちにする軍事同盟を結ぶため、シャー・ジャハーン帝は使節をオスマン帝国に派遣することを決める。数十年の時を経てもなお失恋から立ち直っていなかったカンダーリーは、心機一転

を図って使節団への参加を皇帝に嘆願する。使節団の他のメンバーは、トルコ風の食事が口に合わず、スルタン謁見を果たすや否やインドに引き返すが、盛り場での魅力的な踊り子（男性）との出会いを通じて一人だけコンスタンティノープルが気に入ったカンダーリーはそのまま一〇〇年近くこの街に住み着き、恋の傷を癒やす。

やがてカンダーリーはイギリスの若き大使と仲良くなり、西欧のエキゾチックな文化に興味を持つ。大使の親戚がアメリカ大陸で「インド人」に蛮行を働いた話を聞いて心を痛めるが、ムガル帝国は強大な文明国なので関係ないと結論づける。ある日、朝起きるとカンダーリーは身体が女性になっていた。しばらくは男装のまま以前の生活を続けるものの、興味本位で試しに女装してみたところをイギリス大使に見られてしまう。性転換前からカンダーリーに淡い好意を抱いていたイギリス大使は、「やはりあなたは女性であったのだ！」と執拗な求愛を開始する。困り果てたカンダーリーは大急ぎでインドに帰る。

解説

この章は、オルランドが女性に変身する、物語前半のクライマックスである。ポッター版ではオルランドがコンスタンティノープルで反乱に巻き込まれ、男社会の暴力が嫌になったことをきっかけに性転換したように描かれていると感じた。ボリウッド版では、何が引き金になったかは曖昧にしつつ、性転換をきっかけにイギリス大使との関係が変化する様子を描きたい。

ウルフがどのような意図をもってこの時代を選んだのかは分からないが、オルランドが性転換する一七〇〇年頃は、ちょうどムガル帝国やオスマン帝国が衰退を始め、アジアにおける西欧諸国の影響力が拡大し始める時期であった。一六〇〇年頃に権力を持つ高貴な男性として生まれ、一七〇〇年頃、女性が力を持たなかった時代に女性に変身して権力を失い、その後二〇世紀のテクノロジーや社会の変化に伴い女性として主体性を回復する、というオルランドの物語は、まるで近世から現代にかけてのインドの寓話のようである。原作では、性転換したオルランドが、女装して周りの男性からお姫様扱いされるようになることで、女性として生きる不便さと共に、性的魅力で男性を振り回す快感を覚える、というシーンがある。ボリウッド版でもこの描写を踏襲したいが、相手が女性であると分かった途端に態度を一変させる男性を通じて、当時の西欧における東洋への態度の変化も併せて描ければ、さらに味わい深くなると思う。

ところで、ムガル帝国とオスマン帝国の関係を調べていて、面白い逸話に出くわした。一六五〇年代、シャー・ジャハーン帝によってコンスタンティノープルに派遣されたムガル帝国の使節団のために、オスマン帝国の役人ズルフィカール・アーガーが宴を開いた。ズルフィカールは茹でキャベツをとっておきのご馳走と信じており、「インドにはキャベツはありますかな?」と得意げにムガル使節団に振る舞った。しかし、使節団の代表者サイード・アフマドは「我が国には立派な野菜がたくさんあるが、これほど味気ないものはない」と不満たっぷりで、しまいにはズルフィカールを指して「雄牛を人間の形に作り給うた神に讃えあれ!」と言い放ち、帰ってしまった。ズルフィカールは友人に「インド人は彼らの香辛料に大層自信があるようだが（中略）我々は我々の国の産品に誇りを持とう」とこぼしたという。[*18] ムガル帝国の使節がオスマン帝国の役人を「雄牛」と皮肉ったのにはいくつか意味がありそうだが、インド料理に比べて香辛料の控えめなトルコ料理（さすがに実際はキャベツを茹でただけではなかっただろうが）を、「こんなものは牛の食べ物だ」と罵る意図もあったのではないだろうか。本筋とは関係ないが、今でも香辛料にうるさいインド人を彷彿とさせるコミカルなエピソードとして、この章の冒頭に入れたいと思う。もちろん、ポッター版のオルランドが独りトルコ風の服を着てトルコ社会に馴染んだように、変わり者のカンダーリーは茹でキャベツを美味しくい

ただき、使節団と袂を分かって独り街に繰り出していく。

バズ・ラーマン監督は、Jay-Zと手を組み、『華麗なるギャツビー』のサウンドトラックに現代のヒップホップを取り入れることで、同時代の人がジャズから感じたであろう先進性を表現した。カンダーリーがコンスタンティノープルの繁華街で街の魅力に目覚める場面では、同様に豪華で現代的なダンス・シークエンスを使って当時のコスモポリタンさを表現したい。一七世紀のオスマン帝国は、宗教紛争の吹き荒れた同時代の西欧に比べると、格段に寛容な社会だったという。また、奴隷制（スルタンのハレム）を通じてとはいえ、被支配民族であった東欧系の女性やアフリカ系の宦官が権力の最中枢で活躍するなど、ある意味ではダイバーシティがやたら進んでいたとも言える（もちろん、かれらの個人的な権力が差別的な制度を温存する前提で発揮されていたことは、現代の価値観では称賛できるものではないのだが）。ムガル帝国もインドの多様な地域をまとめあげた大帝国であったが、三大陸にまたがるオスマン帝国の首都は、きっとそれ以上に多様な人種と文化が集まる刺激的な場所だったことだろう。昔のボリウッド映画ではディスコやクラブは退廃の象徴であったが、近年では『クイーン――旅立つわたしのハネムーン』で婚約者にフラれた素朴なインド人女性が外国のクラブで踊るシーンが家父長的な価値観からの解放として描かれるなど、肯定的に用いられる場面も多い。このダンス・シーンもまた、当時のコンスタンティノープルの退廃ではなく、寛容と先進性を象徴する場面である。

『ル・ポールのドラァグ・レース』も顔負けの、体型も肌の色も様々な女装バックダンサーを従え、キレッキレの踊りを披露しながら口パクでこの曲を「歌う」のは、メトロセクシャルな魅力を持つボリウッドのダンス王リティク・ローシャンだ。リティクは色素の薄いヨーロッパ的な容姿なので、バルカン半島あたりの出身という設定でも違和感がないが、インドの言葉を織り交ぜて歌うなら、彼本人同様パンジャーブ地方あたりから来たことにした方が自然かもしれない。この曲はアイテム・ソング[19]扱いだが、曲の終盤でリティクがインド風の服を着たカンダーリーに気付いてパンジャーブ訛りのウルドゥー語[20]で話しかけ、街を案内するモンタージュを入れても良い。

このシーンの挿入歌の参考イメージとして音楽プロデューサーのカーンワルカルに聴かせたいのは、トルコ・ポップスの女王セゼン・アクスの八〇年代の曲をDJムラト・ウンジュオウルと男性歌手のレヴェント・ユクセルがカバーした『Sultan Süleyman』[21]だ。「オスマン帝国の黄金時代を築いたスレイマン一世でさえ世界を手に入れることはできなかった」というこの曲の歌詞は、帝国の爛熟と翳りを象徴するこのシーンに合っていると思うので、曲そのものをカバーしてしまっても良いかもしれない。ボリウッド映画である以上は、少なくとも一部はウルドゥー語に翻訳するべきだが、この妖艶な男性ボーカルと、王道ダンス・チェーン的アレンジはぜひそのま

まにしてほしい。もう少しディスコ風味を強くして、生楽器を足したら完璧だ。[*22] 余談だが、ディスコ音楽には欠かせないバスドラムとハイハット（シンバル）はトルコの軍楽隊に起源をもつ。ステージ横では、軍楽隊風の屈強な男達にアゲアゲな四つ打ちビートを刻んでいてほしい。

当時のオスマン帝国では古代ギリシアと同じく少年愛が一般的であり、「キョチェク」と呼ばれる女装の少年ダンサーが女性ダンサー以上の人気を誇っていたという。中年のリティクを少年という設定にするのは無理があるが、現代の価値観では少年愛を奨励する訳にはいかないので、セクシーな大人が踊っていることにした方がむしろ望ましいはずだ。当時の嗜みとしての少年愛と現代のアイデンティティに基づく同性愛やクィアネスは全く違う概念なので、キョチェクをドラァグ・クイーンやクィアなダンサーのように描くことは時代錯誤ではある。しかし、このシーンでは当時の風俗の正確な描写よりも、多様な性のあり方を（今日のアジアの保守派がしばしばそう描こうとするように）現代の西洋文化のみに限定されない、より普遍的なものとして肯定することに重点を置きたい。同時に、ダンス・ミュージックを通じて現代のクィア・カルチャー[23]の先駆者たちへのリスペクトをもさりげなく表現できたら良いと思う。後進性と先進性のどちらを強調するかという違いはあるものの、史実に必ずしも忠実でない、ある種の理想郷をオスマン帝国に投影しているという意味では、原作のスピリットを忠実に受け継いでいるのかもしれない。

先述したように、カンダーリーのイギリス大使との交流は、ポッター版でのオルランドとオスマン帝国の役人の交流の鏡像である。演じるのはもちろんポッター版の主演ティルダ・スウィントンご本人である。ボリウッドの時代劇に登場するイギリス人は――大英帝国による植民地への圧政の歴史を鑑みれば無理もないことではあるが――戯画的な悪人として描かれることが多く、例外として良心的な人物であっても「イギリス人は全員が悪人ではないんだよ」と言うためだけに存在するような平面的なキャラクターになりがちである。しかし、ここに登場するイギリス大使は、カンダーリーが女性と分かってからは態度が豹変するものの、単純な悪人として描きたくはない。出番は決して多くないが、文化の違いを超えてカンダーリーと真摯な友情を育み、ありえたかもしれないもう一つの歴史を思わせるような、含みのある演技を期待している。

【詩】

一七四〇年頃にカンダーリーがやっとのことでインドに戻ってくると、ムガル帝国はいくつもの地

方政権に分裂しつつあった。故郷にもデリーにも元のカンダーリーを知る者はおらず、地位を失ったまま男性のフリをし続けるのは難しいので、カンダーリーは歌と踊りの特訓をしてカンダーリー・ベーグム（英語でいう「Lady」の意味）という名のタワーイフ（高級娼婦）として生きることを決意する。幸い、時のムガル皇帝ムハンマド・シャーは熱心な芸術の守護者であった。

ムハンマド・シャー帝の死後、南インドで戦争が勃発し、英仏東インド会社による軍事介入が本格化する。カンダーリー・ベーグムは皇帝に安易にイギリスを招き入れぬよう忠告するが、皇帝はもはや傀儡に過ぎず、彼を操る宰相には女の戯言として一蹴され、インドが混乱に陥るのを黙って見ている他なかった。

政治に絶望したカンダーリー・ベーグムは、文芸や芸能活動に没頭するようになる。時を経ても衰えない彼女の不思議な美貌と、長い年月をかけて鍛え上げられた教養は、時の文化人たちを魅了した。一流のウルドゥー語詩人たちと交流をしながら自らも詩を書き続けていたが、女性が公に詩を発表することへのハードルは高く、ついに作品を出版することはなかった。

一八五〇年代に入り、英東インド会社の圧政への民衆や地元の権力者の不満は限界に達する。かれらは一八五七年に大反乱を起こし、カンダーリー・ベーグムは娼館で叛逆者たちを匿う。しかし、彼女は反乱鎮圧後には有力なパトロンを失い、売春婦としての仕事の比重を増やすことを余儀なくされる。それでもカンダーリー・ベーグムは誇りを失わず、芸を磨き続けるのであった。

解説

前章の開放的で明るい雰囲気とは打って変わって、この章では衰退するムガル帝国を背景に重苦しい雰囲気が漂う。一八世紀から一九世紀前半にかけてのインドでは、ムガル帝国の権威が失われ社会が混乱する一方で、まるでそれを忘れようとするかのように、ウルドゥー語詩や古典舞踊・音楽などの宮廷文化が帝国の最盛期以上に発展した。ここではカンダーリーからカンダーリー・ベーグムへの変貌に、そんな世相を託してみた。

タワーイフとは、ムガル帝国時代（特に後期）から英領インド帝国初期にかけて活躍した高級娼婦である。パトロンと性行為に及ぶことも多かったため便宜上「娼婦」という言葉を当てはめているが、全盛期の彼女らの「主力商品」は、その豊かな教養と知性、そして洗練された歌や踊りなどの宮廷芸能であった。タワーイフは、家族の男性に従い家庭内に閉じこもって暮らす上流階級の女性よりも建前上は卑しい身分だったが、人気のある者は自ら財産を持ち客を選ぶことができ、男性と対等に渡り合うことを許された特異で自由な存在だった。一九世紀前半までは、東インド会社のために働きながらもインド文化に染まるイギリス人も多く、彼らもまたタワーイフを贔屓にした。

しかし、一八五七年の大反乱後に東インド会社が廃止され、イギリスの直接支配が始まると、タワーイフらは叛逆者に協力することが多かったため罰として売春を強制されたり、当時のヴィクトリア朝的価値観に則って蔑視され、活動が厳しく規制されるようになり、徐々に衰退していったという。[*24]

タワーイフが主人公のボリウッド映画として、特に有名なのは『Pakeezah』と『Umrao Jaan』である。[*25] どちらも素晴らしい作品なので、ボリウッド・ファン以外の読者にもぜひ観ていただきたいのだが、これらの作品で描かれるタワーイフは、強く誇り高く生きようとしながらも、最終的には一人の男性に心身を捧げ、翻弄される憐れな存在といえる。もちろん、いくらタワーイフとはいえ、当時のインドの圧倒的な男性優位の社会で女性が自立を続けるのは並大抵のことではなかっただろうし、セックスワーカーならではのリスクは避けられなかったことだろう。ただ、現実のタワーイフたちは、『Umrao Jaan』（の原作小説）の描写は実際と違っていて、タワーイフのイメージを傷つけたと話し

ていたという[*26]。家父長制社会の中で、自らの実力ひとつで精一杯の自由と名声を勝ち取ってきた彼女らにとって、男性に振り回されるところばかりを描かれるのは不本意なことだったのかもしれない。

【性】

一九三〇年代、カンダーリー・ベーグムは、植民地政府に反道徳的な職業として厳しく規制されたタワーイフ業を廃業し、黎明期のボリウッド映画に出演する。愛国的なメッセージを歴史劇に隠した作品で人気を博し、やがて自らも監督や挿入歌の作曲家として活躍するようになる。

人気が頂点に達した頃、カン

ダーリーはとある駆け出しの若手男優と共演する。彼はリベラルな教育を受けて育ったムスリムであり、その伝統や宗教に固執しない自由な性格にカンダーリーは次第に惹かれていく。彼もまた伝統的女性像に縛られないカンダーリーを受け入れるのだった。二人は関係を持つようになり、カンダーリーは妊娠する。インド分離独立後、男優はヒンドゥー教徒による暴力を恐れ、カンダーリーの妊娠を知らぬままパキスタンへと旅立ってしまうが、ボリウッドを離れることを考えられないカンダーリーはボンベイに留まることを選ぶ。

解説

原作やポッター版では、この章は一九世紀のヴィクトリア朝時代を舞台としており、保守的な価値観に覆われた、暗く窮屈な時代として描かれている(映画版では、この雰囲気は辺りに漂う霧や曇った天気で表現されている)。オルランドも時代の雰囲気に流され、出会ったばかりのアメリカ人男性と勢いで結婚してしまうが、さすが我らがヒーロー／ヒロイン、普通の結婚はしない。相手の男性は両性具有的な魅力を持ち、自由を愛する旅人であり、二人が式を挙げて間もなく、また船に乗ってどこかへ旅立ってしまう。ボリウッド版では、カンダーリーはヴィクトリア朝の窮屈な社会を逃れて黎明期の映画産業に転職する。恋の相手は自分の意思で旅立たなくとも、独立運動に参加して投獄されたり、当時深まっていた宗教間の暴力を逃れたりと、姿をくらます理由には事欠かない。

ボリウッドの黎明期には、何人ものタワーイフが女優や音楽家として活躍した。中にはタワーイフから監督に転身したジャッダンバーイーのような人物もいた。当時の中／上流階級の女性は、ムスリムとヒンドゥーの別を問わず、「パルダ」と呼ばれる男女隔離のもとで家族以外の男性に姿を見せないように生活するのが尊厳ある生き方とされていた。ましてや不特定多数の観客の前で演技をする

などもっての外であり、初めは娼婦でさえ映画出演を渋ったので、最初期のサイレント作品では線の細い男優が女性の役を演じていたが、やがてタワーイフたちが活路を求めて映画産業に進出していったという。この章では、カンダーリーのボリウッド進出を通じてこれらのパイオニアたちに敬意を表したい。

映画『Manto』には、ジャッダンバーイーが登場する印象的な歌シークエンスがある。当時のボリウッドの錚々たる関係者が集まったインド独立記念パーティーで、彼女は「アブ・キャー・バターウーン（今、何と言おう）」というウルドゥー語の恋の詩を、ジャズ風味のしっとりとしたバンド演奏に乗せ披露する。進歩的なムスリムの小説家マントーがヒンドゥー教徒の親友の発言をきっかけにパキスタンに旅立つ直前の、どこか切ないシーンだ。この曲は、当時の雰囲気を感じさせながらもどこか新鮮なカーンワルカルのアレンジが光っている。カンダーリーにも、こんな曲に乗せて共演男優との束の間の恋を表現してほしい。

　カンダーリー・ベーグムの相手の男優は、マントーと往年の名優ラージ・カプール[*27]をかけ合わせたようなキャラクターである。彼を演じるのは、ボリウッド初のトーキー映画『Alam Ara』に出演したプリトヴィーラージ・カプールまで遡る俳優一族カプール家に生まれたランビール・カプール[*28]で決まりだ。血筋なのかは分からないが、どこかクラシカルな雰囲気を持った男優であり、『Bombay Velvet』で見せたようなレトロな役が似合う人だと思う。なお、ソーナムとはバンサーリー作品『Saawariya』で共演済みである。

【誕生】

普通の人間の一〇〇分の一の速さで歳を取るカンダーリー・ベーグムは、インド独立後も数十年間子供を妊娠したままであった。お腹が出てきてからは女優としてのキャリアに終止符を打ったが、知る人ぞ知る脚本のゴーストライターとして密かにボリウッドで働き続けていた。何十年経っても一向に若々しさが衰えないカンダーリーには整形しているとの噂が絶えず、科学者たちは彼女の若さの秘密を解明しようとしたが、分かるのは時間経過の遅さが妊娠にも影響していることだけだった。

**　ようやく出産を終えたカンダーリーは、三〇〇年以上前の恋の相手サー・シャーにそっくりな若いダンサーと病棟で出会ったことをきっかけに、これまでの半生を振り返る。二〇一〇年代に入り、伝統的なジェンダー規範を逸脱する映画がいくつもヒットするようになったことを受け、カンダーリーは書き溜めてきた詩を自伝的な脚本として整理し直す。彼女はプロデューサーを説得して映画化に漕ぎ着け、ほどなくして主題歌がイ**

ンド中のスマートフォンやテレビから流れ始める。カンダーリーが自らの数奇な運命を語る時がついに訪れたのだ。

解説

ポッター版映画では、オルランドの老化のスピードや妊娠や子供の成長にかかった時間ははっきりしない。原作では一九二八年までに中年に達したことになっているのだが、ボリウッド版のカンダーリーの中では、普通の人間の一〇〇分の一の速さで老化や成長が進むことにした。特に深い意味はないし、どうして思考や消化や病気の治癒など他の生命活動は普通の人と同じ速さでできるのか、機序も全く不明だが、単にこうすればインドの独立から現代まで妊娠していたことにできる（九〇〇ヶ月≒七五年）、という計算である。なんとなく、バールキ監督だったらいきなり現代に飛んでいつの間にか六歳くらいの子供がいるという描写はせずに、こういうディテールを詰めてくるんじゃないかな、と思うのである。

ところで、バールキ監督の作品には必ず「アミ爺」ことアミターブ・バッチャン[*29]が登場する。実は既に「詩」の章のイラストでウルドゥー語詩人ミールの役に彼をキャスティングしてある。ここでポッター版に倣ってもう一度、カンダーリーの作品を後押しするプロデューサー役でご登場を願おう。

ボリウッドでは、黎明期にはタワーイフたちが主導的な役割を果たしていた。しかし、彼女たちのように、いくつかの例外的な存在や作品もあったものの、ハリウッド同様基本的には長らく男性が要職を独占してきたし、やはりハリウッド同様、映画の中でも女性は受動的で副次的な役割を演じることが圧倒的に多かった。メインストリーム作品で、強く自律的な女性キャラクターが主役を張るようになったのは、ここ十数年くらいのことである。また、性的マイノリティーもつい最近までは、全く描かれないか、登場しても嘲笑の対象にしかならないことがほとんどだった。[*30] カンダーリーにとっては、映画界デビュー以降の八〇年間くらいは、一定の活躍の場を持ちつつも、自分の体験を自由に語ることのできない潜伏期間のようなものだったのではないだろうか。ポッター版のラストでは、オルランドは長年書き溜めていた詩を出版し、幼い娘はビデオカメラを手にして自らの視点を映像にする。私はどちらの表情にも、自分を表現する誇りや喜びを感じた。カンダーリーにもまた、時代が彼女に追いついて、ありのままの自分を表現できる喜びを感じてほしい。ボリウッド映画の公開前には、いくつかの主要な挿入歌が、映画のプロモーションの一環として「シングルカット」され、YouTubeなどで配信される。『カンダーリー』のプロモーションでも、このラストの挿入歌を全面的に使ってほしい。ジャンルは何でも良いが、四〇〇年以上の時を経て語り始めたカンダーリーの気持ちを象徴するような、高揚感溢れるトラックが良い。劇中でも同じ曲が彼女の映画のプロモーションとして流れることで、現実と虚構との境界が曖昧になり、「もしかしてカンダーリーは本当に存在するのではないか?」という思いが一瞬でも観客の脳裏をよぎれば、私の目論見は成功である。

おわりに

二〇〇九年に友人に誘われてインドを訪れた時に、行きのフライトで『Guide』という古いボリウッド映画を観たのが私とボリウッドとの出会いである。ボリウッドの何たるかを予習するつもりで観たのだが、愉快な観光ガイドがいろいろあって聖者になるというヘンテコな大長篇で、ボリウッドのイメージが全く摑めず困惑したのを覚えている。正確には、九〇年代のシャー・ルク・カーンとカジョールの代表作『Dilwale Dulhania Le Jayenge』(通称ＤＤＬＪ、邦題『シャー・ルク・カーンのＤＤＬＪラブゲット大作戦』!)もこの時観たのだが、どちらを先に観たか思い出せない。ＤＤＬＪは恋愛の描写が口に合わず途中でギブアップしてしまった。今思えばこれらの二作品への私の当時のリアクションが、片や斜め上を行く見応えと時に鋭い社会的視点に魅了され、片や古風なジェンダー観やハリウッドをも凌ぐ(宗教以外の)ダイバーシティのなさに突き放される、私のボリウッドへのフクザツな愛情を象徴している気がする。ただ、うれしいことに近年の作品では後者の割合が減ってきており、この記事では前者のみを純粋培養するイメージで妄想させてもらった。

　実際に映画化しようとしたら、上手くフィットしない部分や、マーケットを考えて変更せざるを得ない部分はいろいろあると思うのだが、あくまで「わたしのかんがえたさいきょうのボリウッド・リメイク」ということで、心の赴くままに好きなものを全部詰め込んでみた。ボリウッド映画やインドの歴史が好きというだけで、知

識も生半可で、観たことのある作品も偏りまくっている私が、偉そうにボリウッドを語ってしまって良いのだろうかという思いはあったのだが、それでも映画を観ながら「ヒャッハー（これ最高！）」とか「チクショー（私だったらこうするのに！）」と思い続けてきたものが、一気に噴出するのを止めることはできなかった。読者の皆様にも、「いや、ここはこうした方が良いだろう」などと一緒になって考えていただけたなら幸いだ。

なお、内容にはできるだけ正確を期したが、知らずに間違えてしまった箇所もあるかと思う。特に、ムガル帝国時代の男性が被っていた独特のターバンについては、身分によって被れる形が違ったりしたのだろうと思うが、私の貧弱なリサーチ力では調べきれなかったので、映画やGoogleで出てくる細密画を元にテキトーに描いてしまった。細密画では描かれるアングルが限られており、立体形状も今ひとつ理解できていないため、見る人が見たらトンチンカンな絵になってしまっている可能性があり、大変申し訳ない。

冒頭では「物足りない」などと評してしまったが、ポッター監督の『オルランド』は、短いながらもこれだけの空想の起爆剤となるような、美しく豊かな作品だった。また、ウルフの原作も併せて読んだのだが、友人・恋人をモデルとして、彼女や仲間たちに向けて書かれたような極めてプライベートな雰囲気がありながら、言い回しがいちいち文学的で、一流の作家は息をするようにこういう文章を書くのか、と参ってしまった。これらの不思議な作品の、完全にシリアスでも滑稽でもない感じを私の拙い文章で上手く表現できたかどうかは分からないが、また映画化するなら、そこのバランス感覚を継承してほしい。最後に、ここまでお付き合いくださった読者のみなさま、素敵な機会をくださった小澤みゆきさん、そして深夜までディスカッションに付き合ってくれた夫に、改めて心からお礼を申し上げます。

*12 ただしカンダーリーの「出身地」に近いアフガニスタンには、娘を

息子として育てる「バチャ・ポーシュ」という風習が伝統的に存在する。南アジアの一部という意味では「広義のインド」の文化ともいえる。なお現代インドには出生時に女性の割り当てられたトランスジェンダー男性やノンバイナリー（Xジェンダー）を自認する人も多数暮らしている。インドの最新のLGBT事情は刻々と変化しているので、SNSで活動家や支援団体などをフォローすることをおすすめする。@gaysifamily(Twitter、Instagram共に同じ)は私が個人的に信頼している団体のひとつだ。

*13　湖の保存のため、実物ではなくどこか別の場所でニセモノの亡骸を使って撮影するのが望ましい。もちろん、実際よりも風光明媚な場所に見せられるという利点もある。

*14　ボリウッドで活動する東北系の役者については、この記事が詳しい。「映画の中の偏見に挑む『平たい顔』の男優」(https://www.47news.jp/3072755.html)

*15　MTVインドの音楽紀行番組『Sound Trippin'』では、カーンワルカルが毎回インド中の個性的な文化をもつ土地に出向き、地元の民謡歌手や様々な楽器や音を録音して、現代風のビートに乗せたトラックを作っていた。この番組のパンジャーブ編から生まれた『Tung Tung』は後に少しアレンジを加えられてボリウッド映画『Singh Is Bliing』の挿入歌にもなったが、オリジナル版の方がかっこいいのでぜひYouTubeで『Tung Tung Sound Trippin'』を検索してみてほしい。

*16　インド古典音楽においてメロディーを規定するルールで、西洋音楽のモード（旋法）に対応する。旋法とは音階や調のようなものだが、音の間隔だけでなく、メロディーのパターンも旋法ごとにある程度決まっている、という違いがある。

*17　気になった方はYouTubeで『raag pahadi』や『Himalayan folk music』を検索してみてほしい。時々びっくりするほど日本昔ばなし感がある。

*18　Rashid, Abdur. OTTOMAN-MUGHUL RELATIONS DURING THE SEVENTEENTH CENTURY. Proceedings of the Indian History Congress 24 (1961): 127-35. http://www.jstor.org/stable/44140726.

*19　ボリウッド映画で、セクシーなダンスを見せることを主目的としたダンス・シークエンス。多くの場合、踊

り手は物語の本筋とは関係ないキャラクターで、この場面にしか登場しない。女性が踊り手を演じるケースがほとんどだが、男性が踊るアイテム・ソングもある。

*20 ウルドゥー語はパキスタンの言葉、ヒンディー語はインドの言葉、というイメージがあるが、実際は文字（アラビア文字かデーヴァナーガリー文字か）や一部の語彙（アラビア・ペルシア語由来かサンスクリット語由来か）が違うものの、話し言葉としてはほとんど同じ言語である。たとえるなら漢文調の日本語と、やまとことば中心の日本語くらいの距離感だ。両者の和集合的なヒンドゥスターニー語というのもある。なお、これらの区別は現代に入ってから確立されたものである。

*21 「Murat Uncuoglu Sultan Suleyman」で検索。

*22 この曲は最近トルコの音楽番組でもカバーされたようなのだが、この時のアレンジが私のイメージしているものに近い。『Rubato & Linet Sultan Suleyman』で検索していただきたい。

*23 ダンス・ミュージックとLGBTアクティビズムの歴史については、この記事が詳しい。「クラブカルチャーにおけるセクシュアリティのオルタナティブ歴史」(http://jp.residentadvisor.net/features/2039)

*24 https://www.dailyo.in/arts/tawaifs-courtesans-women-balakhanas-kothas-nautch-girls-awadh-prostitutes/story/1/21698.html

*25 初恋の人を忘れられず酒に溺れて破滅する男を描いた有名なベンガル語小説を映画化した『Devdas』にもタワーイフが登場するが、主人公ではない。私は五〇年代の『Devdas』は未見なのだが、バンサーリー監督によるリメイク版よりも、現代に舞台を移したカシャプ監督の『Dev. D』の方が個人的には好きである。

*26 https://www.dailyo.in/arts/tawaifs-courtesans-women-balakhanas-kothas-nautch-girls-awadh-prostitutes/story/1/21698.html

*27 ラージ・カプール　自身は既婚者でありながら、四〇年代から五〇年代にかけて活躍したジャッダンバーイーの娘ナルギスと長年不倫関係にあったという。

*28 ランビール・カプール　ランビールはラージ・カプールの孫でもある。なお、ソーナムも同じ名字だが、遠い親戚であり、プリトヴィーラージ

の直系ではない。

＊29　アミターブ・バッチャン　ボリウッドの大御所俳優のひとり。有名な詩人を父に持つ。なお「アミターブ」はサンスクリット語で、「阿弥陀」の語源である。

＊30　ちなみにファラー・カーン監督作品にはつまらないゲイ・ジョークが含まれるものもあるのだが、それが彼女自身のこだわりによるスタイルではないことを祈っている。

ヨリタム　一九八七年生まれ。世界中の音楽を剽窃……もといリスペクトした作品群で知られるボリウッドの大物音楽プロデューサー、プリータムのモノマネ芸人（？）を目指していたが、自らの音楽の才能のなさに嫌気がさしたので、現在は違う方向性を探っている。インドの歴史、特に二〇世紀前半の独立運動の時代に興味があり、パキスタン建国の父ジンナーの妻ラッティーを題材にした百合漫画をツイッターで気まぐれに更新中。なお、実はネズミの行動と脳を研究する大学院生でもあり、最近では、自分の博論を漫画化する試みにも挑戦している

5 ウルフとロンドンとわたし

小澤みゆき

『灯台へ』の料理を作ってみた
——「牛肉の赤ワイン煮込み」調理レポート

はじめに

『灯台へ』第一部では、主人公たちラムジー一家と、その友人・知人たちが集まってディナーをともにする場面がある。そこではメインディッシュとして「牛肉の赤ワイン煮込み」＝ブフ・アン・ドーブという料理が登場する。その描写がとてもおいしそうなのである。たとえばこんなふうに。

> マルトがちょっぴり勿体つけた手つきで茶色の大鍋の蓋をとると、オリーヴと油と肉汁の混ざりあったとびきりの芳香が立ちのぼった。うちの料理人が三日もかけたごちそうですからね。ここは細心の注意をはらって、と、夫人はよく煮えた肉の塊にナイフを入れながら思う。（中略）中をのぞきこんでみれば、つやのある鍋肌に囲まれて、おいしそうな褐色と黄金色の肉がほろほろと煮くずれ、ベイリーフが顔をのぞかせ、ワインの香りが漂い、そうして夫人は思うのだった。
>
> （『灯台へ』鴻巣友季子訳、河出書房新社、二〇〇九年）

これを読み、すなおに、ああ食べてみたいなあ、と思った。ある意味で幸福の絶頂に達した瞬間にラムジー一家が口にした、特別な料理——本章はそんな料理の再現を試みた、制作の記録である。前置きしておくと、筆者はあまり料理が得意ではなく、ましてや凝った料理を積極的に作る方ではない。そして予算的な都合もあり、必ずしも一〇〇年前と同じ料理を再現できたわけではない。あくまで現代日本の、スーパーで手に入る材料で再現可能なレシピということでご容赦いただきたい。今回は①下調べ、②実験、③本番という手順を踏み、試行錯誤を繰り返しながら、徐々に理想の「ブフ・アン・ドーブ」に近づけていくことにした。

①下調べ

まずブフ・アン・ドーブというのは、その名の響きから、フランスの料理のようだ。試しにGoogle 翻訳に Boeuf en daube と入れてみると、In Beef Stew、つまりビーフシチューと出た。しかし画像検索すると、日本人が想像するビーフシチューとはだいぶ異なる。お皿のなかに、ゴロッとした牛肉とざっくり切られた野菜が詰まっており、その上に緑のハーブのようなものが振りかけられている。シチューというより、牛肉を入れた煮物、といった雰囲気だ。要はフランス流の煮物ということなのだろう。『灯台へ』本文をさらに読み進めると、「『祖母直伝のフランス風レシピですの』そう答えるラムジー夫人の声には、隠しきれない喜びがにじんでいた」とあるように、夫人がフランス系の流れを汲む人であることが読み取れる。おそらくフランス人の祖母に教わったレシピを再現して、みなにふるまっているのではないか、と推測できる。

さらに検索すると、この料理はどうやらフランス南部プロヴァンス地方の料理であることがわかった。画像を見ると、ホーロー鍋に肉と野菜をたっぷり入れ、鍋ごとテーブルに出しているものが多い。まさに大人数で食べる素朴な家庭料理という感じだ。

また原作とは別に、世界中の文学作品の料理を作ってみたという『ひと皿の小説案内』という本があり、その中でブフ・アン・ドーブも取り上げられている。簡単な解説と写真が載っているため、こちらも参考にした。

> ブッフ・アン・ドーブ Boeuf en daube はフランスの伝統的なシチューで、牛肉をワインとプロヴァンス風のハーブで煮たものである。オリーブやプルーン、ジュニパーベリーやオレンジ・ピールなどを入れることもある。伝統的な調理法では「ドビエール daubière」と呼ばれる、火に直接かけるタイプのテラコッタ［素焼きの陶器］の鍋で調理される。
>
> （ダイナ・フリード『ひと皿の小説案内』阿部公彦監修・訳、マール社、二〇一五年）

加えて、ネットを検索して、仏語を自動翻訳していくつかのレシピを見てみたところ、最低限必要な材料と手順を下記の通り構想した。

【材料案 その① 下調べ編】
・牛肉――ブロック肉
・赤ワイン――もちろん、フランス産が望ましいのだろう
・ブーケガルニ――パセリ、タイム、ローリエ、エストラゴンなどの香草類を数種類束ねたもの
・ベイリーフ――もしくはローリエ、月桂樹
・野菜――にんじん、エシャロット、玉ねぎ
・甘味づけ――オレンジ・ピールなど（あれば）
・調味料――小麦粉、塩、胡椒など

【手順案 その① 下調べ編】
①肉を切り、ブーケガルニ、赤ワインを入れ三時間置く
②野菜を刻む。エシャロットと玉ねぎはみじん切りに、にんじんは薄切りにする
③鍋で①を焼く
④鍋から一旦肉を出し、エシャロットと玉ねぎを炒め、小麦粉をふりかけ、透明になるまで炒める
⑤ろ過した赤ワインを鍋にいれ、肉も鍋に戻す
⑥うす切りのにんじんを鍋に入れ、一時間煮る

② 実験

実際に調理に取りかかる前に『灯台へ』にふたたび立ちもどると、ラムジー夫人は「うちの料理人が三日もかけたごちそうですからね」とも言っていた。しかし再現をするのに、いきなりすべての工程をこなし、三日間もかけるのは正直なところ面倒くさい。なので、まず「牛肉の赤ワイン煮」を「とりあえず完成」させることで、成功体験を得たいと考えた。

そこで今回使用したのが、ホットクックという電気鍋である。ホットクックとは材料を切って入れるだけで、あとは全自動で調理をしてくれるというものだ。ネットにも繋がり、レシピをダウンロードしてボタンを押すだけで、あとは勝手に調理をしてくれる。忙しい現代人にとっては素晴らしい文明の利器である。

まずはこのホットクックで、前述の工程を単純化して作ることにした。実験なので材料をなるべく安く揃え、鍋に入れて待つこと二時間。さすが、放っておくだけで概ねおいしくできた。ほろほろとしたお肉に香菜の味が染み込んでいたし、野菜の甘みも十分感じられた。しかし改善点も多く見られた。①カットした肉が、若干煮崩れしてしまった。②野菜を多くしたため、肉料理というより野菜の煮物という見た目になってしまった。また野菜の塩気・酸味も足りない。③ワインの染み込み具合もいまいちだった。

ここでさらにウルフの文章を読み直すと、ラムジー夫人は「格別に柔らかいところをウィリアム・バンクス（ラムジー家に居候している客）に取り分けてあげましょう」と言っている。つまり肉はまるごと煮て、食べる時に取り分けるものなのだ。ここで初めてその事に気づいた。大人数で食べる特別な家庭料理なのだから、確かにそれが自然である。
これらの反省点から、レシピを再度練り直し、いよいよ本番にとりかかった。

【材料案 その② 実験編】

・牛肉――オーストラリア産のもの。今回は300グラムを使用
・赤ワイン――調理用の安いもの
・ブーケガルニ――2個（ティーバッグタイプ）
・ローリエ――1枚。ベイリーフのかわりに使用
・野菜――玉ねぎ1個、ニンニク2かけ、にんじん1本
・調味料――小麦粉大さじ1、塩ひとつまみ

【手順案 その② 実験編】

①肉は二センチに角切りし、玉ねぎ半分を薄切りにする。それらをボウルに入れ、ブーケガルニを入れ、赤ワインで浸したあと、三時間放置する（肉と赤ワインの比率は一対一）
②玉ねぎとにんにくをみじん切りに、にんじんを薄切りにする
③鍋で②を炒め、小麦粉を絡める
③①から③をホットクックに入れて、二時間半加熱する

③本番

本番用の鍋には、「ル・クルーゼ」を用いた。これは楕円形のホーロー鍋で、煮物などを作るのに適している。今回は前日から仕込みをして、材料もできるだけ質の良いものにこだわった。また既存のレシピによってはトマトホール缶を使うケースもあったが、一〇〇年前のイギリスには存在しないはずなので、思いきって省略した。丸一日肉と野菜をワイン漬けにし、文字通り鍋でコトコト煮ること三時間。ついに最終形のブフ・アン・ドーブが完成した。味は非常においしい！　肉のほろほろ加減がちょうどよく、酸味も効いていて、それでいてブーケガルニらハーブの後味がかすかに残る。しかし、今回の分量では三時間は長すぎたようで、鍋底に野菜が焦げ付いてしまった。それだけが反省点だが、ほかは一〇〇点満点のおいしさだった。今後できる工夫としては、マッシュルームや豆を入れてもおいしそうなのと、オレンジ・ピールで甘みも出す、といったことがあるだろう。いくらでも工夫しがいがありそうだ。ウルフが口にしたブフ・アン・ドーブは、一体どんな味だったのだろうか——そんなことを思いながらお肉を口にした瞬間、口の中が幸福でいっぱいになった。

【材料案 その③　本番編】

・牛肉——（ステーキ用）600グラム
・赤ワイン——（フランス産・シラー）2／3本
・にんじん——1／2本

・玉ねぎ――1個
・にんにく――4かけ（エシャロットがどうしても手に入らなかったため、スペイン産のにんにくを代用）
・ブーケガルニ――2個（ティーバッグタイプ）
・ローリエ――2枚
・塩、胡椒、小麦粉――適量
・ブイヨン――2個

【手順案 その③ 本番編】

前日の下ごしらえ

①野菜を切る

にんじん――薄切り

にんにく――薄切り

玉ねぎ――半分を薄切り、もう半分をみじん切りにする

②切った野菜と、ブロックのままの牛肉を、赤ワイン、ブーケガルニとともにジップロックに入れ、一晩冷蔵庫で保存する

調理当日

③牛肉を取り出し、水気を取ったあと、塩・胡椒・小麦粉を全体につける

④フライパンで牛肉に軽く焼き目をつける
⑤漬けていたワインを取り出してろ過する
⑥野菜とワイン、肉、ローリエ、ブイヨンを鍋（ル・クルーゼ）に入れ、アクをすくいながら、弱火で二～三時間煮る

キュー・ガーデン（*Kew Gardens*）

ヴァージニア・ウルフ　小澤みゆき訳

17世紀から20世紀のヨーロッパには、「プラントハンター」と呼ばれる植物の蒐集家たちがいた。彼らは、植民地や未開の地に分け入り、有用な植物や希少な植物を採集箱に納めて、自国に持ち帰ってきていた。（『暮しの手帖』五十四号）

キュー植物園（Royal Botanic Gardens, Kew）は、イギリス・ロンドン郊外の街キューにある王立植物園です。一八世紀、植民地からの植物輸入とその品種改良を目的に建造されました。現在も洋の東西を問わず、四万種を超える植物がコレクションされています。二〇〇三年には、ユネスコ世界遺産に登録されました。

観光地としても人気があり、本作の著者・ヴァージニア・ウルフの作中にも登場する、睡蓮や棕櫚などが育てられているガラス張りの温室（パーム・ハウス）や、中国風の仏塔（パゴダ）といった建造物は特に有名です。また近年は、パーム・ハウスへのプロジェクションマッピングや、クリスマスシーズンのイルミネーション、蜂の巣を模したインスタレーション（ザ・ハイヴ）など、さまざまな体験型イベントも楽しむことができます。

文字通り、美しい〈自然〉が集う、英国王室の庭であるキュー・ガーデン。本作は、そんな植物園の様子と、そこを訪れる人々の〈意識の流れ〉が描かれた、短くも美しい物語です。

＊

楕円の形をした花壇から、おそらくは百本もの茎が立ち上がり、ハートや舌の形をした葉っぱたちのもとへと伸びている。それらの先っぽには赤や青、黄色をした花びらが広がり、表面にはぽつぽつとした斑点が浮かび上がっていた。そして赤、青、黄色の暗がり、茎の首元からはまっすぐな芯が立ち上っていて、その表面は金粉に覆われ、先はわずかに丸まっている。夏のそよ風にかすかに吹かれて豊かな花びらは開く。動くたびに赤や青や黄色の光がゆらゆらと重なりあって、二、三センチほどの茶色の地面を、このうえない複雑な色合いでまだら模様に染めていった。光は降り注ぐ――すべすべとした小石の背面の灰色のところ、あるいは茶色の渦巻き模様をしたカタツムリに、またあるいは雨粒の中に。光は赤と青と黄色の強い色彩を、雨粒の内側の薄い膜の中に押し広げるので、その色はいまにも弾けて消えてしまいそうに見える。けれども、雨粒は消えないで、一瞬のうちにふたたび銀色と灰色に戻る。その光はいま、肉厚な葉っぱの上にとどまり、その表面に枝が広がるようにして、葉脈を浮かび上がらせている。それから光はまた動き出し、ハートや舌の形をした葉っぱでできた円天井の下、大きく広がる緑の空間に、その輝きを放っている。そして頭上に吹くそよ風は勢力を増し、光の色彩は空に向かって瞬き、そのまま七月のキュー植物園《ガーデン》を歩く男女の瞳の中へと飛び込んでゆく。

それらの男女の影は、花壇のわきをだらだらと通り過ぎていったけれども、その動きは奇妙な不規則さを伴っていて、それは白と青の蝶たちが、花壇から花壇へと、ジグザグに芝生を横切っていく様子に似ていなくもなかった。男は女よりも半歩ほど前にいて、無頓着といった感じでぶらぶらと歩いている。一方女の方は強い意志をもった様子で、ときどき後ろを振り返っては、子どもたちが離れすぎてはいないかと注意を払っていた。男はわざと女から距離を置いていたけれど、ひょっとしたら無意識であったのかもしれない。なぜなら彼は自分の思案を続けたかったからだ。

「一五年前、リリーとここに来たんだ」彼は想い出していた。「ふたりで湖のそばのあの辺りに座り込み、暑い午後の間じゅうずっと、彼女に結婚を申し込んでいたんだ。トンボが一匹、周りを飛び続けていた。トンボと、つま先にシルバーのバックルがついたあの子の靴の事を、どれほどはっきりと見つめていたことか！　話をしながらずっと靴のほうを見ていたから、それがもどかしそうに動いた時、顔を上げなくとも、彼女が言おうとしていることがわかった――彼女のすべてがあの靴の中にあるように見えた。そして私の愛、私の欲望が、あのトンボの中に込められていた。どういうわけか、もしあのトンボが――真ん中に赤い花が咲いた大きな葉の上に止まったなら、葉の上に静止したなら、彼女はすぐに『イエス』と言ってくれるような気がした。けれども、トンボはぐるぐると周りを飛び続けた――どこにも静止することなく――もちろん止まらなかったんだ、幸せなことに。それでなければ私は今、エリナーや子どもたちとここを歩くことはなかっただろう――教えてくれ、エリナー。きみは過去を思い出したりすることがある？」

「どうしてそんなことを聞くの、サイモン？」

「昔のことをずっと考えていたからなんだ。リリーのことをさ。結婚したかもしれない女の子のことだよ……。おい、どうして黙ってる？　ぼくが昔を思い出すのは嫌かい？」

「サイモン、どうしてわたしがそんなことを気にしなきゃならないの？　植物園の樹の下で男や女たちが寝転んでいるときって、過去に思いを馳せるものなんじゃない？　あれは誰かの過去だったり、過去の遺物や、あの男たち、女たち、木陰に寝そべっているあの幽霊たちだったり――誰かにとっての幸福や、真実だったりするんじゃない？」

「ぼくにとっては、靴の四角いシルバーのバックルと、トンボが――」

「わたしにとってはね、キスなの。想像してみて。二〇年前に、六人の少女たちがイーゼルの前に座っているところ。湖のそばで、睡蓮を描いているのね。それまで見たことがない、初めて見る紅い睡蓮だった。そうしたら突然、首のうなじにキスをされたの。それでびっくりして、午後のあいだじゅう手が震えて、絵が描けなかったってわけ。わたしは時計を取り出して、キスのことだけしか考えない時間を五分だけにすると決めた――それはすごくかけがえのない時間だった――鼻にこぶがある、初老のグレイヘアの女性がしてくれたキス、私の人生で起きたすべてのキスの源となるもの。さあおいで、キャロライン！　いらっしゃい、ヒューバート！」

　一家は花壇の脇を通り、四人横に並んで歩いていたが、やがて木々の間に小さくなり、陽の光と影が不規則かつ大きく震えるように彼らの背中に降り注ぐ中で、透き通っていったように見えた。

楕円の花壇の中では、殻が赤や青、黄色にまだらに染まったカタツムリが、二分かそこらじっとしていたが、いま、殻からとてもゆっくりと動き出して進み始め、そしてちぎれ壊れたもろい土くれを乗り越えようとし始めた。カタツムリが進むにつれ、土は崩れ、バラバラになった。カタツムリは眼の前の到達点をはっきりと理解しているように見える。しかし、高く飛び跳ねている痩せこけた緑色の昆虫は違っていた。昆虫はカタツムリの前を横切ろうとしていたが、あたかも熟考しているかのように一瞬触角を震わせながら待ち、それから突然おかしな様子で、すばやく反対の方向へと向かっていった。茶色の岩肌はそのくぼみの中に深い緑の湖をたたえ、木々は、根っこから枝先まで厚みのない刃物のようにうねった。灰色の石は大きく丸い。地面は広大で、薄くパリパリと今にも脆く崩れてしまいそうになっている――これらすべてのものが、到達点に向かって茎の間を一歩一歩進むカタツムリの前に横たわっていた。カタツムリが、枯れ葉でできた円天井を迂回しようか、それともその上を登って進もうか決めかねているうちに、他の人間たちの足が花壇を横切っていった。

　今度は両方とも男だった。若い方の男の表情は、おそらくは不自然に落ち着いていた。彼は瞳を上げて、連れの相手が話している間は前方をしっかりと見据える。そして相手が話し終わるとすぐに再び地面の方に目をやっては、時折、長い沈黙の後で口を開いたりしたが、またある時は全く口を開かなかった。年上の男の方は、奇妙かつ不規則に体を揺すりながら歩いているが、急にその手を前に投げ出し、かと思うと突然頭を上げたりする。それはまるで屋敷の外で繋がれて待ちくたびれ、苛立った馬車馬のような様子だったが、こうした男の動きは、ぐずぐずとして無意味な感じだった。彼はほとんどひっきりなしに話していた。彼は自分自身にほほほえみかけてはまた話し出す——まるでその笑顔が何かの答えであったかのように。彼は霊魂について話していた——死者の霊たち——それは男によれば、あの世で経験した奇妙な出来事を自分に語りかけているのだという。

「天国というのは、ウィリアム、古代の人々にとってはテッサリア[*1]だと思われていたんだよ。この戦争[*2]がある今まで、その霊魂は丘の間を走る雷のように転げ回っていて——」彼は立ち止まり、耳を澄ましたような素振りを見せ、ほほえんでから、急に頭を上げ、話を続けた——

「きみが、小さなバッテリーとゴムの欠片を持っていたとする。ワイヤーの断熱材としてね、いや、絶縁体か？　断熱材？　まあいい、とにかく詳細は省く、よくわかっていないことに関して詳しく語ろうとするのはよくないからね——それでつまり、ベッドの枕元の手に取りやすい場所、いわばきちんとしたマホガニー製の台の上に、小さな機械が置いてある。使用人が、わたしの指示のもとできっちりと、すべての準備を整えており、未亡人は耳をすまし、あらかじめ取り決められた仕草でその霊魂を呼び起こす。女たちよ！　未亡人たちよ！　黒服を着た女たちよ！——」

その時、男は遠くの場所に女のドレスを見つけたようだった。それは日影の中にあるため黒く見える紫色のドレスだった。彼は帽子を脱ぎ、片手を胸に当て、そして何かをつぶやき熱に浮かされたような様子で、彼女の方へ急いでいった。しかしウィリアムが男の袖をつかみ、年上の男の注意を引くために、ステッキの先端でひとつの花に触れた。年上の男は少し混乱した様子でその花を見て、そして花の方に耳を傾けて、花からの声に応えようとしているかのように見えた。というのも、男は何百年も前にヨーロッパで最も美しく若い女性とともに訪れた、ウルグアイの森について語り始めたのだった。男は幽《かす》かな声で語り始める——蠟のような南国のバラの花びらに覆われたウルグアイの森、ナイチンゲール、海と浜辺、人魚たち、そして海に溺れた女たち——ウィリアムは男を急かして歩き出す。ウィリアムの冷静で忍耐強い表情は、ゆっくりと深く、さらに深いものになっていった。

年上の男の足取りに続いて、彼の様子が少しおかしいと思いながら、二人の初老の女性がやってきた。彼女たちは中流下層階級の人々で、一人は太ってがっしりとしており、もう一人はバラ色の頬をし、如才ない雰囲気を漂わせている。彼女たちは、自分と同じ階層にいる多くの人たちと同じように、頭がおかしく見える男の風変わりな仕草に興味津々だった——特に、男はお金持ちに見えたし——しかし彼女たちは、男の行動が単に風変わりなだけなのか、それとも本当に狂っているのか、確かめるには距離が遠く離れ過ぎていた。彼女らは初老の男の後ろ姿を無言でじろじろと眺め、いかがわしく視線を合わせたあと、二人で懸命に交わし合っていた、とても込み入った会話に戻っていった。

「ネル、バート、ロット、セス、フィル、パパ、彼は言う、私は言う、彼女は言ってる、私は言う、言う、言う——」

「私のバート、お姉ちゃん、ビル、おじいちゃん、お年寄り、お砂糖、
　　お砂糖、小麦粉、燻製の魚、お野菜、
　お砂糖、お砂糖、お砂糖」

太った女のほうは、こぼれ落ちる言葉たちが紡ぐ模様を通して、地上から涼しげに、ゆるぎなく、まっすぐと咲く花々を、奇妙な表情で眺めていた。彼女は花々を見た——それは深い眠

りから覚め、いつもとは違うふうに光を反射させる真鍮の燭台を見つめ、瞳を閉じ、また開き、もう一度真鍮の燭台を見つめては、ついに覚醒し、すべての力を込めて蠟燭を見つめる者のように見えた。太った女は、楕円形の花壇の前に立ち止まり、もう一人の女の言葉に耳を傾けるふりさえやめてしまった。女は、その言葉たちが自分に降りかかるままにして立ち、花を見つめながら、上半身を前へ後ろへとゆっくりと揺らしていた。そして女は、どこかに座ってお茶でも飲みましょうよ、と提案をした。

　さてカタツムリは、枯れ葉を迂回したり登ったりせずに、到達点にたどり着くにはどうしたらいいかを思案していた。葉っぱの上を登ろうとがんばるのはいいけれど、触角の先で少し触れただけでパチパチと音を立てて震えるような、そんな薄い表面のものが、果たして自分の体重を支えきれるのかが疑問だった。それからついに彼は意を決して、葉っぱの下を這って進むことにした。湾曲した葉っぱと地面の間に、ちょうど彼が滑り込めるくらいの隙間ができていたからだ。カタツムリはまずはじめにひょこっと頭をその隙間に入れ、高い茶色の天井を注意深く調べる。また新たに二人の人間が外の芝生の上を通り過ぎた時には、彼はすっかりひんやりとした茶色の光に慣れ始めていた。今度は二人とも若かった、若い男の子と女の子だ。彼らは青春の真っ只中、あるいは、若さの絶頂へ向かっていくあの季節の中にいた――ピンク色のなめらかな花のつぼみが、その粘りけのある覆いを打ち破る前の季節――蝶々の羽が、すっかり開いているのにもかかわらず、陽の光の中で静止している頃だ。

「今日が金曜日じゃなくてラッキーだったね」若い男が言った。

「なんで？　運勢でも信じてるの？」

「だって、金曜日には六ペンスも払わないといけないから」

「なんなの、六ペンスくらい。それって六ペンスの価値はあってもいいんじゃないの？」

「それって何？　どういう意味さ？」

「えっと、いろいろなことよ——私が言いたいのは——わかるでしょう？」

そうした会話の間には、それぞれの長い沈黙があった。彼らは淡々と、一本調子な声を発していた。二人は花壇の端にじっと立っていて、そして彼女が持つパラソルの先端を、二人一緒に、やわらかい土の中へと深く押し込んだ。彼の手が彼女の手の上に触れたという行動と事実が、彼らの感情を奇妙な形で表していた。それらの取るに足らない言葉たちも、また何かを表現していたかのように。意味で重たくなった言葉たちの体は、短い翼しか持たない言葉では遠くに運べず、彼らは自らの周囲にあるありふれたものに気まずく独りごちるだけだった。それが彼らの未熟な触れ合いを強いものとした。しかし誰が知るであろう（彼らはパラソルを地面にさしこみながら考えた）。言葉の中には絶壁が隠されているのではなかろうか？　もしくは絶壁の反対側、氷の斜面に、陽の光が当たっているなんてことは？　誰がそれを知るだろう？　誰がそれを見たことがあるというのだろう？　彼女が「キュー植物園では、どんなふうにお茶を出してくれるのかな？」と言っている間、男は女の言葉の裏に現れた何かを感じて、その背後に広大にそびえる堅固なものに向き合った。それから霧が、とてもゆっくりと立ちのぼっては消えていく——ああ、一体それはどんな形をしているのだろう？——小さな白いテーブルで、ウエイトレスたちは女を最初に見て、それから男を見る。彼が支払うはずの本物の二シリングが記されたお勘定が置かれている。それは本物だった。ほんとうに、本物だった、彼はポケットの中のコインをまさぐり、自分を安心させ、何もかもが本物《リアル》であると確信した——彼と彼女を除くすべての人にとっては——そして彼にとってさえ、現実であるように感じられてきた。それから——しかしこれ以上立ち止まって考えるには、胸が高鳴りすぎていた。彼はパラソルを急に地面から引き抜き、他の人々が自分たちと一緒にお茶を飲んでいた場所を見つけたいと強く思った、他の人々がそうするみたいに。

「行こう、トリッシー。そろそろお茶の時間だよ」

「いったいどこでお茶がいただけるのかしら?」彼女は興奮から、ものすごく奇妙でぞくぞくした様子を声に含ませながら尋ねた。ぼんやりと周りを見渡し、芝生の小道を歩き、パラソルを引きずりながら、あちらこちらのほうを向き、お茶のことなど忘れ、そこここを歩き回りたいと思いながら、野生の花々に囲まれたランの花と鶴たちのことや、中国風の仏塔《パゴダ》や、とさかが赤い鳥のことを思い出していた。しかし彼は、彼女を急き立てて歩き続けた。

　そして、次から次へと二人組があらわれては、同じようにふぞろいで無目的な行動をしながら花壇を通り過ぎて行き、幾層にも重なり合う青緑色の蒸気に包まれていった。その中で、最初に彼らの体は形と色を伴っていたが、のちには両方とも青緑色の大気の中に溶けていった。何て暑い日なんだろう!　あまりにも暑かったので、つぐみも機械仕掛けの鳥のように、長い休憩を取りながら、花々の影の中をぴょんぴょん動き回ることにしたようだった。白い蝶たちはとりとめもなく動き回るのではなくて、上になったり下になったりしながら踊るように飛び、背の高い花々の上に白く薄い羽を絶えず移動させながら、粉々になった大理石の円柱を形作った。ヤシの温室《パームハウス》の屋根のガラスは、マーケットに緑色の傘がいっぱいに開かれて陽の光を受けているかのように光り輝いている。飛行機の低い音が響く中、夏の空が、その激しい魂をささやいていた。黄色と黒、ピンクと雪のような白、すべての色かたち、男の人、女の人、そして子どもたちの姿が、瞬間、地平線の上に見出され、芝生の上に広がる黄色い幅広い地帯を見つめては、迷ったように木陰を探し求め、黄色と緑の大気の中で水滴のように溶けていった。ほんのり赤と青の染みを残しながら。それはまるで、ひどく大きくて重い身体が暑さの中へと動かずに沈んでゆき、地面の上に群がり重なっているようだった。けれども、その声たちは、太い蠟燭の身体からちらつく炎のようにゆらめいていた。声。そう、声たち。言葉のない声が静寂を破る——深い幸福感や、激しい欲望や、子どもたちの声の中にある、驚きの、その新しさが——静けさを突き破るのだろうか？　しかしそこには静寂はもうない。乗り合いバスはいつだって、そのタイヤを回し、ギアを変え続けていた。まるですべてが精巧な鋼《はがね》でできていて、幾層にも入れ子になった中国式の箱の中で、箱たちが回転し続けるように、街はざわめいていた。街の上でその声たちが叫んでいて、無数の花びらたちが、大気の中へその色をキラキラと放っていた。

＊1　テッサリア　ギリシャ中部の地帯。平原が広がる土地で、古代から文明が栄えた場所としても知られる。

＊2　本作は一九一九年に発表されているため、第一次世界大戦を指す。

＊本作の訳出にあたり、以下のふたつの翻訳文を参考にさせていただきました。
「キュー植物園」『壁のしみ——短編集』（川本静子訳、みすず書房、一九九九年）
「キュー植物園」『ヴァージニア・ウルフ短篇集』（西崎憲編訳、ちくま文庫、一九九九年）

ゆめみるロンドン彷徨

ヴァージニア・ウルフは散歩好きだったことで知られている。『ダロウェイ夫人』の冒頭は、主人公クラリッサ・ダロウェイが花を買いに街へでかける場面からはじまるし、『自分ひとりの部屋』に登場する架空の女性メアリー・ビートンは、オックスブリッジ（オックスフォード大学とケンブリッジ大学をかけあわせた架空の大学名）の中を歩き回り、最後には男女二人組がタクシーに乗り込む様子を目撃する。『船出』の若き主人公レイチェル・ヴィンレスは、ロンドンを飛び出して南米行きの船に乗り、広い世界を旅する。

歩きまわること——移動——は、ウルフ自身にとっても単なる気分転換だけではない、創作のみなもととなる行為だった。その模様は、エッセイ「ロンドン散策——ある冒険」（片山亜紀訳、『早稲田文学増刊女性号』所収、二〇一七年）を読むとよりよく分かる。作家と思われる語り手の女性は、一本の鉛筆をもとめて、孤独な「自分ひとりの部屋」を出て、ロンドンを自在に歩き回る。通りを歩きながら、目につくさまざまなものに思いをめぐらせる。公園で、アンティーク宝石店で、古書店で——ウルフの自在な筆は、そこにいる人やモノを活写するだけでなく、目に映らない細かい動きにまで想像力をはたらかせる。まるで世界のすべてを記述しようとするかのように、彼女は歩いた。

ウルフは最初に稼いだ原稿料でペルシャ猫を買ったという逸話があるが、エッセイ「女性にとっての職業」のなかで、つづけてこうも述べている。「私は野心を抱きはじめたのです。（中略）ペルシャ猫でじゅうぶんというわけにはいきません。私は自動車を手に入れなければならないのです[*1]」。ウルフがみずから運転を行っていたかはわからないが、彼女が仕事の報酬として乗り物を手に入れ、自由に移動することを夢みていたことがうかがえる。

こうした女性の移動は、二〇世紀初頭のフェミニズム的状況と無関係ではない、という指摘を聞いたことがある。参政権をふくむさまざまな女性の権利が主張されていたイギリスで、ひとりで街を歩くという行為そのものが、女性の自由解放とつながっているというのだ。確かに、女性が家を出て、安心して外を散策できること自体、街が安全で、差別や制約がない状態であることのしるしであるとも言える。そう考えると、過去の女性たちが獲得してきたさまざまな権利に、感謝の気持ちを抱かずにはいられない。私のような現代の女性の、何気ない日常行為や、当然のように行っている意思決定は、何百・何千・何億という女性たちによって積み重ねられた努力の賜物なのだということ。そのことを、ウルフが楽しそうに歩く様子を読むたびに思い出している。

近代になり移動の自由を得た人類は、さらに現代には「部屋」を出なくとも外の世界を見ることが可能になった。ヴァーチャル・リアリティなどの発展で、われわれは画面上に、現実世界さながらの景色を目にすることができる。地図サービスとしてすっかり定着したGoogle Mapsでは、「ストリートビュー」という機能を使って、空撮画像や、車載カメラで撮影した道路の画像を閲覧できる。つまり擬似的な散歩が可能になった。この機能を使って、私は『ダロウェイ夫人』のクラリッサの足取りを追ってみた。自宅であるウェストミンスターから、セント・ジェームズ公園を経て、ボンド通りにある花屋〈マルベリー花店〉にたどり着くまでの足跡をたどってみたのである。

　もちろんそこにあるのは現代のロンドンで、一〇〇年前のそれではない。しかし変わらずビッグ・ベンやウェストミンスター寺院といった建造物は存在しているし、公園の中の池は美しく木々を映し出している。現代のボンド通りは高級ブランドの店舗がひしめくエリアになっていて、観光客だろうか、Tシャツにパンツ姿の人々が歩いているが、クラシックな建物が軒を連ねているのは変わりない。

　こう思うと、約一〇〇年前の道をそのまま「歩ける」ことにおどろく。ロンドンという土地が、姿をほぼそのままに留めていることがよくわかるのだ。たった一〇〇年前の光景さえ思い出せなくなっているような、破壊と創造をくりかえす都市の風景――たとえば東京・渋谷のような場所――を思うと、ある意味でロンドンは「死んだ街」なのかもしれない。その良し悪しは別として、ウルフの時代から、いやもっと前から、ロンドンという街は変わることなく在りつづけ、その繁栄を永久に人々の心に刻みつづけているのだろう。日本の、この小さな部屋からヴァーチャル散歩をしていると、そんな、そこはかとない「死の匂い」を感じる。私が見たロンドンと、ほんとうのロンドンは、どれくらい異なるのだろう。ネットで見たものの答え合わせになるのだろうか。それとも――？

　しかし、ここまで画面上で「歩いた」にもかかわらず、私はロンドンを実際に訪れたことが

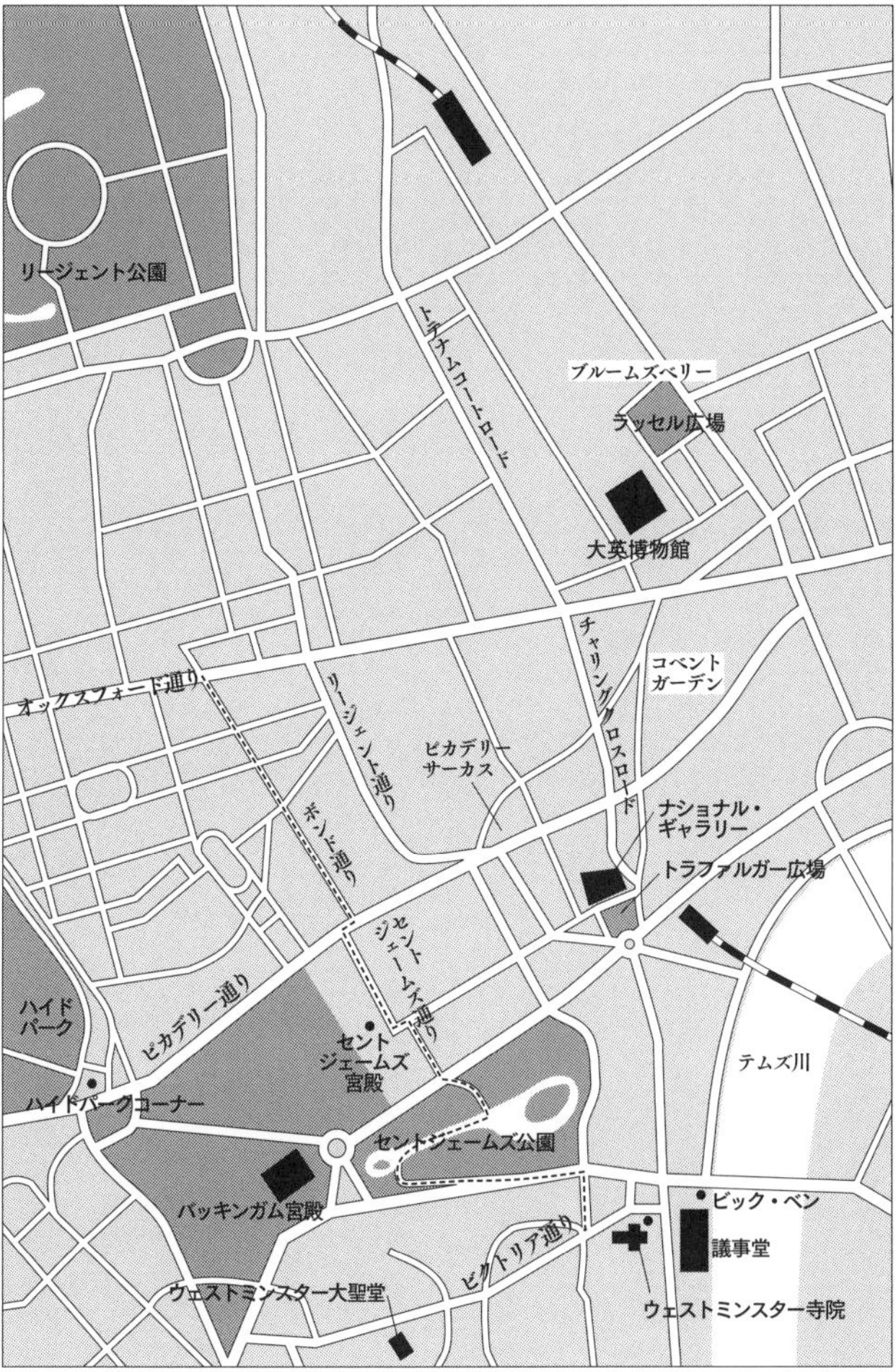

---------『ダロウェイ夫人』でクラリッサが歩いたコース

0　1マイル

0　1km

ない。ロンドン以外にも、ウルフが晩年暮らした家や作中に登場する場所を、いつかたずねてみたいと思い数年が経過したが、最近その夢が遠のいてしまった。新型コロナウイルス感染症の流行である。この文章を執筆している二〇二〇年一二月は、全世界の感染者数が七〇〇〇万人を超え、「第三波」の到来が日々ニュースで伝えられる状況にある。「不要不急の外出」は控えるように、という報道はもはや日常と化し、街へ出ることも、人に会う機会も激減した。ましてや異国へ赴ける日など、とうぶん来るとは思えない。二〇二〇年、人類は思わぬ形で移動の自由を制限されることとなった。

　自分ひとりの部屋とお金、仕事に集中するための時間、そしてインスピレーションを得るための自由な移動。これらをウルフは追求したが、いま日本で生きる私も、感染症の影響以前から、すべてを達成しているとは言えない。またウルフが女性について書いたものを読むとき、現代と重なる問題提起に驚くこともある。ウルフのフェミニズムは現代にとっても示唆に富むが、男女がともにタクシーに乗りこむという調和《ハーモニー》を描いた場面は、もしかしたら外を散歩していて、ふと思いついたものなのかもしれない。

　そんな折、ロンドン市内の公園にヴァージニア・ウルフの実物大のブロンズ像がつくられている、というニュースが入ってきた[*2]。女性の彫刻家の手によりクラウドファンディングで制作資金が集められているというこの像は、普段着を着たウルフがベンチに腰掛け、足を組み、右手を背もたれに掛け、ゆったりと微笑んで隣の人をみつめているというものだ。実際、きっとウルフはこんなふうに、散歩がてら読書したり、誰かと会話を楽しんだり、道ゆく人々を観察したりしていたのだろう。

もしいつか、あの公園のベンチに座るときがきたら、自分は何を感じるだろう。ウルフと同じまなざしで、まわりを眺めてみたとしたら。これればかりは、行ってみないことにはわからない。ただ、私の心の奥深くに、ウルフのテキストを通した「夢のロンドン」が在り、そこを無限に歩きつづけることはできる。そう思うと、読書とは、魂の自由な移動のことなのかもしれない。孤独な「部屋」を飛び出し、ページの中を心のままに歩きまわる行為。私は今日も、ウルフのロンドンを夢見ているのである。

＊1　「女性にとっての職業」（出淵敬子・川本静子監訳『女性にとっての職業――エッセイ集』みすず書房、一九九四年）

＊2　https://www.theguardian.com/books/2020/nov/13/virginia-woolf-statue-fundraiser-flooded-with-donations-after-wollstonecraft-controversy

ウルフ・ニュース2021

ヴァージニア・ウルフに関するここ近年の国内外の動きはとても活発です。日本では新訳や復刊が相次ぎ、海外ではウルフをベースにしたアートや映像作品がつぎつぎ公開されています。

日本国内での動き

まず、本書にもご寄稿いただいている片山亜紀氏によるウルフの新訳が四作、発表されました。**『ある協会』**（エトセトラブックス、二〇一九年）、**『おばあさんとオウム』**（本屋B&B、二〇二〇年）、**「病気になるということ」**（「ミステリマガジン」（二〇二〇年七月号、早川書房）、そして**『幕間』**（平凡社ライブラリー、二〇二〇年）です。

『ある協会』が発表されたのは、一九二一年。作家としてまだこれから、という頃のウルフが書いたフェミニズム短篇小説です。その内容は、五人の若い女性が「協会」を結成し、裁判所や軍隊など、「男の領域」とされる職業の現場に潜入し、その模様を話し合うというもの。とある女性差別的な雑誌記事への反論として書かれたこの物語は、とにかくテンションが高く、熱量が感じられるのが特徴。若いウルフが感情の赴くままに書いているように感じます。

『おばあさんとオウム』は、うってかわって穏やかな雰囲気の短篇小説です。というのも、ウルフの姉・ヴァネッサ・ベルの子どもたちに向けて書かれた、童話のような物語なのです。自分の「財産＝お金」を求めて冒険するおばあさんと、そのペットのオウムの心温まる交流を描いていて、ウルフの動物好きな面や、子どもたちを喜ばせたいという純粋な気持ちをうかがい知ることができます。本屋B&BのPDF電子書籍として購入可能です。

「病気になるということ」は、一〇〇年前にヨーロッパで流行していたというインフルエンザを患ったとされるウルフが、病床で考えたことを綴ったエッセイ。文学と病気の関係や、インフルエンザ患者の心象風景を語っています。二〇二一年現在、新型コロナウイルス感染症が流行するなかで、病気についてあらためて考えるきっかけや問いを読者に投げかけてくれます。

『幕間』は、ウルフの遺作であり、戦間期を生きたウルフの集大成となる作品です。とある一日に屋敷で行われた野外劇。迫りゆく第二次世界大戦の気配と、そこに生きる人々の生への渇望、そしてヴィジョンを克明に描き出す本作が、片山氏による新訳で読めることは、とても喜ばしいことです。

　またうれしいニュースとして、**『フラッシュ――或る伝記』**（白水uブックス、二〇二〇年）の復刊と、雑誌「SWITCH」（VOL.38　NO.3　MAR.2020、スイッチ・パブリッシング）に掲載された柴田元幸氏による**「オーランドー」**の新訳（抄訳）もあります。『フラッシュ』については、二〇二一年二月に幻戯書房から新訳も刊行されました。「長篇作品への招待」で触れたように、伝記の形をとったこの二作は、ウルフの「かわいい」面をぞんぶんに伝えてくれる作品です。

　このように、ウルフ作品はますます身近に、手に取りやすくなっています。この流れが今後も途切れなく続いていくことを、いちウルフ・ファンとしては期待せずにはいられません。

海外での広がり

また海外に目を向けると、紙の本を飛び出して、さまざまなメディアでウルフが表現されています。

まず二〇一五年には、英国ロイヤル・オペラ・ハウスにて**バレエ作品『ウルフ・ワークス』**が上演されました。本作は『ダロウェイ夫人』『オーランドー』『波』をモチーフとした三部構成となっています。ロイヤル・バレエの常任振付師ウェイン・マクレガーが初めて取り組んだ長篇作品で、音楽は映画『メッセージ』や『女神の見えざる手』を手がけたマックス・リヒターが担当。ウルフの世界観を、美しい踊りと音楽が彩っています。

二〇一七年に公開された**映画『A GHOST STORY（ア・ゴースト・ストーリー）』**。ウルフの短篇「幽霊屋敷」のエピグラフからはじまるこの映画は、不慮の死を遂げシーツをまとった幽霊となった男が、その妻や、社会の移り変わりを見守る姿を描いたファンタジー作品です。「幽霊屋敷」では、霊となった男女が光をもとめて彷徨いますが、映画でも、静謐な時間に流れる男女の確かな愛の絆を見ることができます。個人的には、パートナーの女性を演じるルーニー・マーラが、男性を失った悲しみでキッチンでパイをガツガツ食べる模様を長回しで撮っていたのが忘れられません。

また二〇一八年にイギリスで公開された**映画『Vita&Virginia』**は、ウルフ、彼女と恋愛関係にあったというヴィタ・サックヴィル゠ウェストの関係を描いた伝記映画です。ウルフをエリザベス・デビッキが、ヴィタをジェマ・アータートンが演じました。トレイラーを見る限り、ふたりの恋愛模様と葛藤が描かれているようです。ウルフ・ファンにとっては垂涎の映画なのですが、二〇二一年現在、日本では公開されていません。せめてソフトやサブスクリプション配信でもよいので、観られるようになってほしいです。

二〇一九年末には**オペラ『オーランドー』**の上演がありました。くわしいレビューはぜひ本書の田村氏の記事を参照していただきたいのですが、「コム・デ・ギャルソン」の川久保玲が衣装を手掛けたことで、ファッション業界でも話題となりました。また同じく二〇一九年の五月には、女優のティルダ・スウィントンがキュレーターを手掛ける**展覧会「オーランドー」**がニューヨークのアパーチャー・ギャラリーで開催。スウィントンは一九九二年に映画でオーランドー役を演じています。本展では彼女のキュレーションのもと、一一人の写真家による作品が紹介されたそうです。これらは、LGBTQやジェンダーフルイディティ（流動性）といった話題の重要さが増すなかで、『オーランドー』が偉大な作品であることが、あらためてわかる出来事でした。

そして二〇二〇年五月に開催が予定されていた**「METガラ」**では、「About Time: Fashion and Duration」というテーマで、哲学者のアンリ・ベルクソンとともにヴァージニア・ウルフがフィーチャーされました。新型コロナウイルス感染症の影響でMETガラは中止となってしまいましたが、展覧会が二〇二〇年一〇月から二〇二一年二月までニューヨーク・メトロポリタン美術館で開催されました。ウルフは「ゴースト・ナレーター」となり、展覧会を導く役割を担っていたといいます。

なぜウルフがこれだけ広がっているのか

このように、ウルフをとりまくニュースは枚挙に暇がありません。こうした動きの背景にはフェミニズムへの注目やＬＧＢＴＱ、セクシュアル・マイノリティへの理解の深まりがあることは間違いないはずですが、それ以外の理由もあるのではないかと、つい考えてしまいます。ウルフ作品に多くの人々が惹かれる理由とは何なのでしょう？　個人的には、ウルフやその作品が、多様な印象を内包するからこそ、さまざまな自由な解釈が生まれるのではないかと考えています。

『灯台へ』のようなゆらめくヴィジョンを真正面から捉えた物語もあれば、レズビアンを描いた「外から見た女子学寮」「存在の瞬間」のような小品もある。『ある協会』や『自分ひとりの部屋』のようにフェミニストとしての顔がある一方で、『フラッシュ』『おばあさんとオウム』では、動物への限りない愛情を注ぐ一面をのぞかせます。本書の「かわいい」という解釈もその一つにすぎません。読者の数だけ、「ウルフ」が生まれていると思うのです。懐の広さを持ち、いつまでも不思議で謎めいている、万華鏡のような存在――それがヴァージニア・ウルフという人なのでしょう。

ヴァージニア・ウルフとその夫のレナードと愛犬。

夫・レナードへの最期の手紙

ヴァージニア・ウルフ　小澤みゆき訳

――一九四一年三月二八日、病が悪化したヴァージニア・ウルフは、自宅があるサセックスの近くの川にて入水自殺をした。戦争と病気が彼女に与えた苦しみはいかなるものであっただろうか。コートのポケットには石が詰められていたという。これは、その死の直前に、彼女が夫レナード・ウルフへ宛てた手紙である。

火曜日　あなたへ

また頭がおかしくなってきているのがわかる。あの酷い時期がまた訪れるなんて、わたしたちは、きっと耐えられないと思う。それに、今のこの病気だってもうよくならない。声が聞こえはじめて、集中することができない。だから、最善と思えることをしようと思う。あなたは私に至上の幸福を与えてくれた。あなたみたいな人は世界のどこにもいない。こんなに幸福なふたりの人間はいないでしょう、この酷い病気になるまでは。もう無理、立ち向かえないの。わたしは、わたしがあなたの人生をだめにしてるってわかってるし、わたしがいなければあなたはちゃんと仕事もできる。そう、できるはず。この手紙だって、ちゃんと書けてないのがわかるでしょ？　読むことすらできない。わたしが言いたいのは、わたしの幸福はあなたのおかげだったっていうことなの。あなたはずっと忍耐強くわたしといてくれて、よくしてくれた。信じられないほど。伝えたいのは——みんなそれをわかっているということ。もし誰かがわたしを助けられるとしたら、それはあなたしかいなかったろうと。あらゆるものがわたしから離れてゆくけれど、あなたの善良さだけはたしかに残っています。もうこれ以上、あなたの人生を無駄にすることは、わたしにはできない。わたしとあなた以上に幸福な人間は、この世界にいないから。

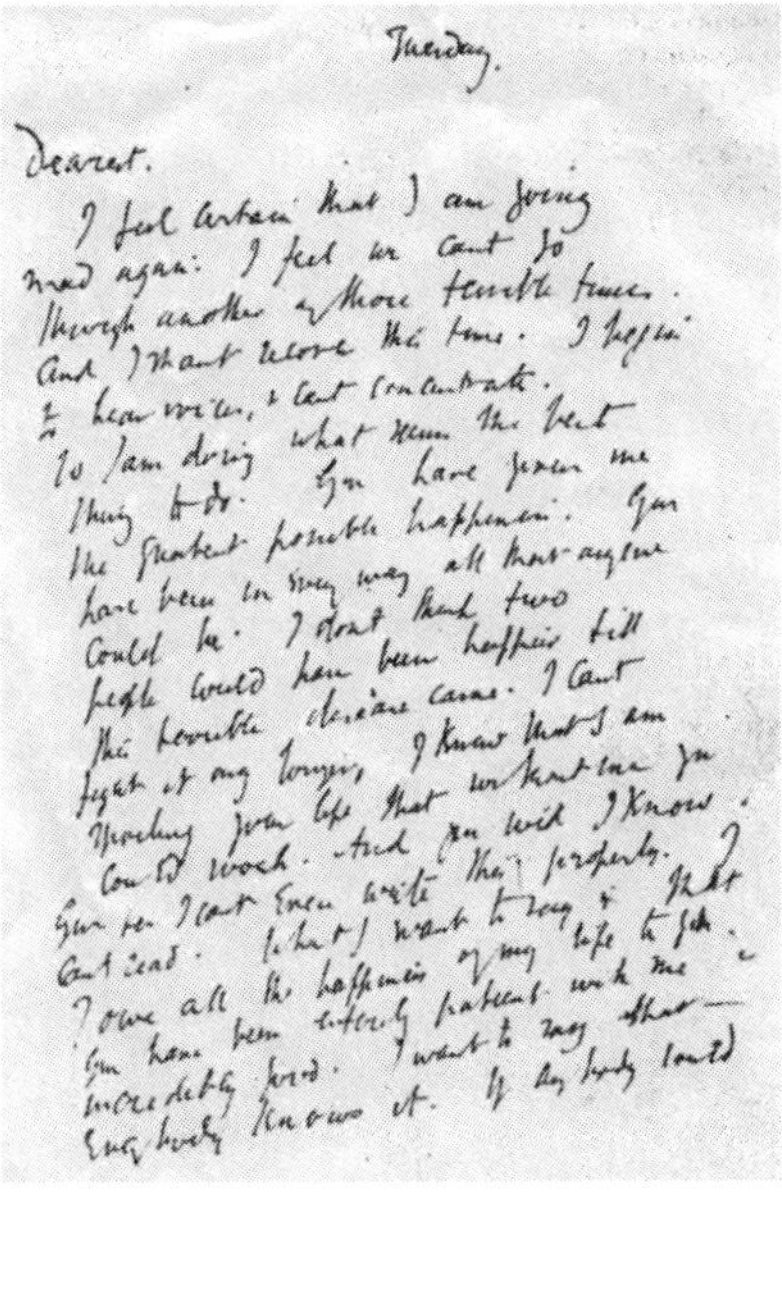
Tuesday.

Dearest.
I feel certain that I am going
mad again: I feel we cant go
through another of those terrible times.
And I shant recover this time. I begin
to hear voices, & cant concentrate.
So I am doing what seems the best
thing to do. You have given me
the greatest possible happiness. You
have been in every way all that anyone
could be. I dont think two
people could have been happier till
this terrible disease came. I cant
fight it any longer, I know that I am
spoiling your life, that without me you
could work. And you will I know.
You see I cant even write this properly. I
cant read. What I want to say is that
I owe all the happiness of my life to you.
You have been entirely patient with me &
incredibly good. I want to say that —
Everybody knows it. If anybody could

あとがき

記録をふりかえると、二〇一八年一二月七日、日記に「ヴァージニア・ウルフに関する本をつくりたい」と書いていた。ヴァージニア・ウルフが好きなのに、その気持ちを共有する場所がないと感じていた。そういう場所を生み出したいという強い動機のもと『かわいいウルフ』の企画は動きだした。それから約半年、制作に没頭した。同人誌制作はほぼはじめてだったが、熱意だけはあったので、無我夢中でつくっていた。

ウルフを知らない、読んだことがないという友人たちに「ウルフの作品を読んだ感想を書いてください」と、無茶にもほどがある寄稿依頼をし、それが「ウルフのティーパーティー」と「オーランドー・アラカルト」の企画となった。執筆者はみな、個人的なおつきあいのある友人・知人ばかりで、バックグラウンドもさまざまだ。かしこまった批評や分析だけではなく、お茶を片手に、みんなでウルフについておしゃべりする、昼下がりのお茶会のような雰囲気にしたいと思った。

自分もウルフの魅力を伝えるためにテキストを書きなぐった。ある程度の本の骨組みができてくると、「ウルフの一生をまんがで描いたら伝わりやすいのではないか」「ウルフを実際に翻訳された方々の生の言葉があったほうがいいのではないか」「ウルフ自身の作品も掲載しなければいけないのではないか」というアイデアが次々湧き出てきた。そこで、訳者の方にインタビューや寄稿依頼をしたり、無謀ともいえるまんがや翻訳にチャレンジをしてみた。

こうして、B5版・一六〇ページの同人誌『かわいいウルフ』は完成した。荒削りだが熱量だけはだれにも負けない、そんな本になったと思っている。二〇一九年四月に販売を開始したところ、同人誌即売会や通販などで、なぜかよく売れた。またプリンターで印刷した手作りのパイロット版を持って、ZINEや同人誌を取り扱っている書店へ営業した。SNSでも日々制作過程を伝え、「ウルフの同人誌をつくっている」ということを発信しつづけた。

当初三〇〇冊を予定していた印刷部数は、重版を経て一〇〇〇冊になり、約半年で売り切れた。とても驚いたが、この数字は社会の流れとうまく合致したからなのだろう。「ごあいさつ」で述べたように、日本の文芸シーンのなかでウルフが注目される流れはすでにあったし、『82年生まれ、キム・ジヨン』（チョ・ナムジュ、斎藤真理子訳、筑摩書房、二〇一八年）を代表とするフェミニズム文学の盛り上がりと重なって、幸運にもたくさんの方の目に触れる機会にめぐまれた。

そしていざ売り出してみると、当然ながらヴァージニア・ウルフはとても人気があり、たくさんの人に大切にされている作家ということがよくわかった。SNSを通じて、ウルフをはじめ文学を愛する大勢の人々と知り合うことができただけでなく、「ヴァージニア・ウルフを読んだことはないけれど、『かわいいウルフ』を買ってみた」というコメントをいただくことも多々あった。「仲間を増やしたい」「ウルフを布教したい」という目標が叶い、同人誌をつくってよかった、と心から思っている。

販売終了後も、「読みたい」「うちの書店で取り扱ってみたい」という声をたびたびいただき、もっと多くの人に届ける方法はないかと思案していたところ、亜紀書房より書籍化のお話をいただいた。そうしてできあがったのが本書、書籍版の『かわいいウルフ』である。

書籍化にあたり、いくつかの記事を書き直したほか、新規に記事を収録した。同人誌を発売した二〇一九年から二年が経過し、ヴァージニア・ウルフに関する国内外の状況も変わってきている。そういった変化もなるべく取り込み、同人誌版を読んでくださった方も、そうでない方も楽しんでいただけるような内容にすべくつとめた。収録されているさまざまなテキストから、読者の方それぞれのヴァージニア・ウルフを見つける、そのきっかけを生み出すことができたら、編者としてこのうえない幸せである。


ヴァージニア・ウルフは、夫レナードとともに出版社「ホガース・プレス」を立ち上げ、そこから自作を発表していった。同時に、さまざまな雑誌に書評やエッセイを寄稿したり、大学での講演をもとに『自分ひとりの部屋』（片山亜紀訳、平凡社、二〇一五年）を執筆した。単なる作家活動にとどまらず、インディペンデントな活躍をした人だと捉えている。

私も会社勤めをしながら、ひきつづき同人誌を作ったり、雑誌記事を執筆する生活をしている。大変なこともあるが、文章を書き、ものをつくることは、とても楽しい。その過程で、折に触れてウルフのことを思い出す。約一〇〇年前に精力的な制作活動をしていた人がいることが、私の大きな励みになっているのだ。もちろんウルフの偉大さには遠く及ばないけれど、彼女の生き方にはあこがれを抱きつづけている。今回、『かわいいウルフ』を通して、長年考えてきたことを本というかたちにすることができて、とても幸福だった。今後もなんらかのかたちで、制作活動をつづけてゆきたい。

本書の完成の過程で、たくさんの方にご助力を頂戴した。

寄稿をしてくださった方々、インタビューにお答えいただいた方々には、お忙しい中原稿を執筆・確認いただいた。「みんなで読む、ヴァージニア・ウルフ」という本書のコンセプトは、ひとりひとりの多様な「読み」がなければ実現し得なかった。あらためて厚く御礼申し上げる。同人誌版を販売してくださった書店に、感謝を申し上げたい。無名の人間がつくった本にもかかわらず、応援をいただき励みになった。

そして同人誌版を購入し、読んでくださった読者のみなさまにも心からの御礼を伝えたい。前述の通りあたたかいご感想をいただいたことが、書籍化のきっかけとなった。

すべての方のお名前を挙げることはできないが、応援をしてくれたたくさんの友人にも感謝したい。とくに、さまざまな助言をくれたメディア・プロジェクト〈Rhetorica〉のみなさんと、同人誌版で編集や校正を手伝ってくれた戸田恵一さん、吉岡泉美さん、水原涼さん。支えてくれた家族にもありがとうと伝えたい。

また、すばらしい装丁を手掛けていただいた名久井直子さん、校閲スタッフの方はじめ、本書の制作に携わってくださったすべての方に感謝したい。そして、書籍化というすばらしい機会をくださった、亜紀書房の足立恵美さんに、心から御礼を申し上げる。

最後に、私に文学の愉しみを教えてくれた、ヴァージニア・ウルフさんに感謝を捧げる。

二〇二一年一月七日　小さなひとりの部屋から

小澤みゆき

【参考文献】

■ヴァージニア・ウルフ著作
鈴木幸夫訳『波』（角川文庫、一九五四年）
中島俊郎訳『フレッシュウォーター』（こびあん書房、一九九二年）
杉山洋子訳『オーランドー』（ちくま文庫、一九九八年）
川本静子訳『壁のしみ――短編集』（みすず書房、一九九九年）
西崎憲編訳『ヴァージニア・ウルフ短篇集』（ちくま文庫、一九九九年）
川本静子編訳『病むことについて』（みすず書房、二〇〇二年）
鴻巣友季子訳『灯台へ』（池澤夏樹＝個人編集、世界文学全集Ⅱ、河出書房新社、二〇〇九年）
土屋政雄訳『ダロウェイ夫人』（光文社文芸文庫、二〇一〇年）
大澤實訳『歳月』（文遊社、二〇一三年）
ヴァージニア・ウルフほか、利根川真紀編訳『新装版　レズビアン短編小説集――女たちの時間』（平凡社ライブラリー、二〇一五年）
片山亜紀訳『幕間』（平凡社ライブラリー、二〇二〇年）
出淵敬子訳『フラッシュ――或る伝記』（白水uブックス、二〇二〇年）

■関連書籍・研究書
神谷美恵子『神谷美恵子著作集4　ヴァジニア・ウルフ研究』（みすず書房、一九八一年）

モニーク・ナタン、石井康一訳『作品とアルバムのヴァージニア・ウルフ』（南雲堂、一九八四年）

橋口稔『ブルームズベリー・グループ――ヴァネッサ、ヴァージニア姉妹とエリートたち』（中公新書、一九八九年）

柴田徹士『小説のデザイン――ヴァージニア・ウルフ研究』（研究社出版、一九九〇年）

ダイナ・フリード、阿部公彦監修・訳『ひと皿の小説案内――主人公たちが食べた50の食事』（マール社、二〇一五年）

鴻巣友季子『翻訳ってなんだろう?――あの名作を訳してみる』（ちくまプリマー新書、二〇一八年）

小澤みゆき　（おざわ・みゆき）

1988年生まれ。会社員。2016年より同人活動をはじめる。2020年には出版プロジェクト「海響舎《かいきょうしゃ》」を立ち上げ、文芸同人誌『海響一号　大恋愛』を発表。ほか、『新潮』『文學界』『しししし』『〈Rhetorica#03〉』といった雑誌にエッセイ／書評／コラム等を執筆している。

かわいいウルフ

編者　小澤みゆき

2021年3月22日　第1版第1刷発行

発行所　株式会社亜紀書房
〒101-0051　東京都千代田区神田神保町1-32
TEL　03-5280-0261（代表）　03-5280-0269（編集）
http://www.akishobo.com/
振替　00100-9-144037

装丁　名久井直子

印刷・製本　株式会社トライ
http://www.try-sky.com/

978-4-7505-1690-5　C0098